प्रभावशाली लीडर बनें

प्रभावशाली लीडर बनें

डेल कारनेगी

अनुवाद : डॉ. सुधीर दीक्षित

MANJUL

मंजुल पब्लिशिंग हाउस

MANJUL

मंजुल पब्लिशिंग हाउस

कॉरपोरेट एवं संपादकीय कार्यालय

• द्वितीय तल, उषा प्रीत कॉम्प्लेक्स, 42 मालवीय नगर, भोपाल-462 003

विक्रय एवं विपणन कार्यालय

• सी-16, सेक्टर 3, नोएडा, उत्तर प्रदेश, 201301

वेबसाइट : www.manjulindia.com

वितरण केन्द्र

अहमदाबाद, बेंगलुरू, भोपाल, कोलकाता, चेन्नई,
हैदराबाद, मुम्बई, नई दिल्ली, पुणे

डेल कारनेगी द्वारा लिखित मूल अंग्रेजी पुस्तक
बिकम एन इफ़ेक्टिव लीडर का हिन्दी अनुवाद

यह हिन्दी संस्करण 2018 में पहली बार प्रकाशित
द्वितीय आवृत्ति 2024

ISBN 978-93-87383-92-0

अनुवाद : डॉ. सुधीर दीक्षित
कवर डिज़ाइन : तृणांकुर बैनर्जी

मुद्रण व जिल्दसाज़ी : रेप्रो इंडिया लिमिटेड

अनुक्रम

प्रस्तावना

सफल प्रबंधकों को किस बात की ज़्यादा परवाह होती है : लक्ष्य पूरे करने की या फिर अपने अधीन काम करने वाले लोगों का नेतृत्व करने की? प्रभावी प्रबंधक जानते हैं कि उन लक्ष्यों तक पहुँचने के लिए उन्हें सच्चा लीडर बनना होगा, जो अपने सहयोगियों को मार्गदर्शन दे सके, प्रोत्साहित कर सके, कोचिंग दे सके, और परवाह कर सके। जो भी अपनी नौकरी में सफल होना चाहता है, उसे नेतृत्व और प्रबंधन की योग्यताओं के संतुलन पर ध्यान केंद्रित करना चाहिए।

हम क्या कर रहे हैं बनाम हम क्या करने के लिए दूसरों का नेतृत्व कर रहे हैं, इसके संतुलन की जाँच करना महत्त्वपूर्ण है। हम किस तरह से अपनी नेतृत्व शैली को पहचान सकते हैं और उसकी लीवरेजिंग कर सकते हैं, ताकि हम वैसे सर्वश्रेष्ठ लीडर बन जाएँ, जैसे हम बन सकते हैं, ताकि हम अपने ख़ुद के और अपने संगठन के लिए सर्वश्रेष्ठ परिणाम हासिल कर सकें?

हम दूसरों को जिस तरह देखते हैं और हम लोगों तथा अपने आस-पास के संसार के बारे में जो धारणाएँ रखते हैं, वे हमारी वास्तविकता और हमारे कामकाजी परिवेश को आकार देती हैं। इस पुस्तक में हम नेतृत्व के बारे में सीखे गए सबक़ बताएँगे और उन मान्यताओं के बारे में भी बताएँगे, जो हम उन अनुभवों के फलस्वरूप बनाते हैं।

मैनेजर/लीडर की बदलती भूमिका

संसार तेज़ी से बदल रहा है और इसमें यह ज़रूरी हो गया है कि जो लोग नेतृत्व और प्रबंधन के पदों पर हैं, वे निरंतर भूमिकाएँ व ज़िम्मेदारियाँ बदलते रहें। चाहे हम यूरोप में हों, अफ़्रीका, अमेरिका या पैसिफ़िक रिम

में हों, प्रतिस्पर्धा लगातार यह माँग करती है कि हम प्रॉडक्ट्स का उत्पादन करने और सेवाएँ देने के बेहतर, ज़्यादा कार्यकुशल, ज़्यादा उत्पादक और ज़्यादा लाभदायक तरीक़े खोजें।

ये माँगें हमारी प्रतिस्पर्धा तक ही सीमित नहीं हैं। हमारे कर्मचारियों की अपेक्षाएँ, हमारे आंतरिक ग्राहकों और बाहरी ग्राहकों, हमारे सप्लायर्स, डिस्ट्रिब्यूटर्स और कारोबारी साझेदारों की अपेक्षाएँ बढ़ रही हैं। आज के तेज़ी से बदलते संसार में प्रतिस्पर्धी बने रहने के लिए हम 21वीं सदी में अपने संगठनों का नेतृत्व और प्रबंधन करते हैं।

एक स्वप्न बनाएँ और बताएँ

हमें सृजनात्मक बनकर एक साझी भविष्यदृष्टि तथा स्वप्न बनाना चाहिए और अपने सहयोगियों को प्रभावी ढंग से बता देना चाहिए। हमें अपने कर्मचारियों को प्रोत्साहित करना चाहिए कि वे कार्य-विवरणों के कठघरे से बाहर क़दम निकालें और काम के प्रति अल्पतम नीति को छोड़ दें, ताकि हमारी कंपनी आज के संसार में विकास कर सके और समृद्ध हो सके। यह अत्यंत महत्त्वपूर्ण है कि हम ऐसे लोगों को नौकरी पर रखें और तैयार करें, जो हमारे संगठन को अगले स्तर तक पहुँचाने में सक्षम हों। हम या हमारे कर्मचारी हमें अगले स्तर पर पहुँचाने में तब तक मदद नहीं कर सकते, जब तक कि हम अपने लक्ष्यों को न पहचान लें और एक स्पष्ट स्वप्न बनाकर उसे अपने सहयोगियों तक संप्रेषित न कर दें। एक बार जब साझा स्वप्न तैयार हो जाता है और पूरे संगठन में प्रचारित हो जाता है, तो इसके फलस्वरूप सशक्तिकृत व्यवहार हमें अगले स्तर पर पहुँचा देता है। लोग उनकी भूमिका को काम-केंद्रित मानना छोड़ देते हैं और इसके बजाय वे परिणाम-केंद्रित बन जाते हैं।

परिणामों को स्पष्टता से देखने से हम और हमारे सहयोगी जोखिम व ज़िम्मेदारी लेने के लिए प्रेरित होते हैं। नेतृत्व संगठन में खुद के स्तर को खोजने से शुरू होता है। स्पष्ट परिणामों पर ज़ोर देने से लोग ज़्यादा स्व-प्रबंधित बन सकते हैं और वरिष्ठ स्तर के सहयोग के बिना संसाधनों को सँभाल सकते हैं।

सशक्तिकृत व्यवहार एक साझे स्वप्न या भविष्यदृष्टि से संचालित होता है, लेकिन यह तब तक संभव नहीं है, जब तक कि वह स्वप्न पूरे संगठन में स्पष्टता से संप्रेषित न हुआ हो। प्रभावी संप्रेषण प्रभावी टीम बनाने, एकीकृत उद्देश्य का अहसास बनाने और अपने संगठन को अगले स्तर तक पहुँचाने की बुनियादी योग्यता है।

लोगों और प्रक्रिया के बीच संतुलन बनाना

जब यह पूछा जाता है कि प्रबंधन के लिए आवश्यक सबसे महत्त्वपूर्ण व्यक्तिगत लक्षण क्या है, तो ज़्यादातर वरिष्ठ अधिकारी कहते हैं, "लोगों के साथ काम करने की योग्यता।" लीडर्स उत्पादन, वितरण, इंजीनियरिंग, बिक्री, शोध और विकास के महत्त्व को पहचानते हैं। वे इनमें से प्रत्येक क्षेत्र में व्यवस्थित करने, निर्देशित करने और गतिविधियों को नियंत्रित करने के लिए प्रबंधन तंत्र बनाते हैं। बहरहाल, उच्चाधिकारियों के निर्णयों पर अमल तो कर्मचारी ही करते हैं। किसी भी बजट में सबसे बड़ा अकेला संचालन व्यय कर्मचारियों का वेतन होता है। चाहे व्यावहारिक हो या सामरिक, नियोजन कर्मचारियों के द्वारा और उनके आस-पास बनाया जाता है। कर्मचारी किसी संगठन की सबसे मूल्यवान संपत्ति होते हैं। वास्तव में, ज़्यादातर एक्ज़ीक्यूटिव्ज हर कामकाजी दिन का लगभग तीन चौथाई हिस्सा लोगों के साथ व्यवहार करने में बिताते हैं। इसका मतलब है कि हम प्रबंधन तंत्र बनाते हैं, जिस पर हमारा संगठन काम करता है। हम लगातार नेतृत्व प्रदर्शित करते हैं, जिससे उन तंत्रों को लक्ष्य हासिल करने की अनुमति मिलती है।

लोगों को प्रबंधन और नेतृत्व के पदों पर तरक़्क़ी देने के पीछे सबसे अहम कारण यह होता है कि वे अपनी पिछली नौकरी में प्रभावी थे। अब प्रबंधक के रूप में उनका काम यह है कि उन्होंने जिस तरह काम किया था, उतना ही अच्छा या उससे भी बेहतर काम करने में दूसरों को समर्थ बनाएँ। इसमें बिलकुल अलग योग्यताओं की ज़रूरत होती है। हमारी सफलता के लिए यह आवश्यक होता है कि हम अपनी योग्यताओं और अपने समय की लीवरेजिंग करें और काम करने के बजाय नेतृत्व करने पर ध्यान केंद्रित करें।

प्रबंधक के रूप में प्रभावी बनने के लिए हमें कर्मचारियों और प्रक्रिया के बीच संतुलन बनाना चाहिए। कर्मचारियों पर बहुत ज़्यादा केंद्रित बनने

का मतलब यह है कि अगर कोई मुख्य कर्मचारी काम छोड़कर चला जाता है, तो हर चीज़ रुक जाती है। बहुत प्रक्रिया-केंद्रित बनने का मतलब यह है कि बेहतरीन तंत्र सही जगह पर हैं; बहरहाल, कोई भी उन्हें नहीं समझता है या उनके भीतर काम नहीं करना चाहता है। प्रक्रिया-केंद्रित तंत्र कहता है, "यह रही योजना और यहाँ हम इस तरह से चीज़ें करते हैं।" कर्मचारियों पर केंद्रित तंत्र कहता है, "आइए योजना पर और इस पर बातचीत करते हैं कि हम चीज़ें क्यों करते हैं।" सही संतुलन होने पर उत्पादकता और समर्पण दोनों ही सर्वोच्च स्तरों पर बने रहते हैं।

प्रेरणा और जवाबदेही में संतुलन करना

प्रेरणा के बिना कुछ नहीं किया जाता है, लेकिन जैसे ही हम लोगों को जवाबदेह ठहराने की कोशिश करते हैं, वे अप्रेरित हो जाते हैं, है ना? ज़रूरी नहीं है! ऐसे उपाय हैं, जो लोगों के लक्ष्यों, उद्देश्यों और जवाबदारियों के लिए उन्हें जवाबदेह ठहराने के साथ-साथ प्रोत्साहित व प्रेरित भी बनाए रखते हैं। यह संतुलन होने पर हमारा खुद पर और हमारी टीम के परिणामों पर और भी ज़्यादा नियंत्रण होता है।

प्रबंधक का काम लोगों को तैयार करना है और आज इसका महत्त्व पहले से कहीं अधिक है। जब हम एक ऐसा माहौल बना लेते हैं, जहाँ कर्मचारियों को परिणाम मिलते हैं, वे नई योग्यताएँ विकसित करते हैं और सफल बनते हैं, तो हम प्रबंधक और लोगों के लीडर के रूप में अपने सर्वश्रेष्ठ आह्वान को पूरा कर रहे हैं। शक्ति और संवेदनशीलता के साथ संप्रेषण करना, कोच बनना और कर्मचारियों को बेहतर बनाना हर लीडर की सर्वोच्च प्राथमिकता है।

संघर्ष और नकारात्मकता को सँभालना

हम चाहे जो करते हों, नकारात्मक लोगों और प्रदर्शन प्रबंधन की चुनौतियाँ हमेशा रहेंगी। हमारे और हमारी टीम के परिणाम इस बात पर निर्भर करते हैं कि उन स्थितियों को कैसे सँभाला जाता है। निष्पक्षता, निरंतरता और शक्ति की आवश्यकता सही जगह पर, सही समय पर और सही तरीक़े से होती है। इसके बिना हर एक का मनोबल शून्य हो सकता है, जिससे

उत्पादकता, ग्राहक की वफ़ादारी और कर्मचारी की वफ़ादारी पर बुरा प्रभाव पड़ता है - जो सब आज की उच्च प्रतिस्पर्धी कार्यशक्ति में अनिवार्य हैं।

इस पुस्तक में हम लीडर्स के सामने की इन और अन्य समस्याओं पर बात करेंगे और ऐसी नीतियाँ बताएँगे, जिनकी बदौलत हम ख़ुद को और अपने सहयोगियों को समर्थ बना लेंगे कि हम उत्पादकता को बेहतर बनाएँ और इसके साथ ही ऐसी योग्यताएँ, नज़रिये और क्षमताएँ विकसित करें, जो हम सभी को अपनी नौकरी में विकास करने में मदद करें।

इस पुस्तक से अधिकतम लाभ लेने के लिए पहले तो इसे पूरी पढ़ लें, ताकि हमें लीडर के रूप में अपनी भूमिका की सकल अवधारणा समझ आ जाए। फिर हर अध्याय को दोबारा पढ़ें और हर क्षेत्र में उत्कृष्टता हासिल करने के दिशानिर्देशों पर अमल शुरू करें।

आर्थर आर. पेल, पीएच.डी.
संपादक

1

बॉस न बनें, नेतृत्व करें

प्रबंधन के महानतम चिंतकों में से एक पीटर ड्रकर ने लिखा था, "हम जिसे प्रबंधन कहते हैं, उसमें से ज़्यादातर में यह शामिल है कि हम लोगों का काम करना मुश्किल बना देते हैं।"

प्रबंधक ऐसा क्या करते हैं, जिसकी वजह से ड्रकर यह लिखने के लिए मजबूर हुए? प्रबंधन या सुपरवाइज़र के पद पर बैठे कई लोग अपने कर्मचारियों के साथ इस तरह का व्यवहार करते हैं, मानो वे रोबोट हों - उनसे नियमों के सटीक पालन करने की उम्मीद करते हैं और काम करते समय अपनी ख़ुद की पहल, सृजनात्मकता और मानसिक शक्ति का इस्तेमाल नहीं करते हैं। उन्हें स्थापित नियमों, नीतियों, पद्धतियों और दिनचर्याओं के अनुसरण की इतनी ज़्यादा चिंता होती है कि वे उस संभावना को नज़रअंदाज़ कर देते हैं, जो उनके अधीन काम करने वाले हर कर्मचारी में हो सकती है।

जो प्रबंधक काम का प्रबंधन करने के बजाय सचमुच अपने कर्मचारियों का नेतृत्व करते हैं, उन्हें न सिर्फ़ बेहतर परिणाम मिलते हैं, बल्कि वे कर्मचारियों की टीमें भी बनाते हैं, जो उनके काम और जीवन के हर पहलू में सफलता पाने के लिए समर्पित होते हैं।

क्या आप जानते हैं कि किसी लीडर का सबसे महत्त्वपूर्ण गुण कौन सा है? यह एक्ज़ीक्यूटिव योग्यता नहीं है। यह बेहतरीन मानसिकता नहीं है; यह दयालुता नहीं है, साहस नहीं है, हास्यबोध नहीं है, हालाँकि इनमें से प्रत्येक बहुत महत्त्वपूर्ण है। यह मित्र बनाने की योग्यता है, जिसका सारांश में मतलब है दूसरों में सर्वश्रेष्ठ देखने की योग्यता।

—डेल कारनेगी

लीडर सेवा करते हैं

सच्चा लीडर अपने कर्मचारियों की सेवा करता है - इसका उलटा नहीं होता। ज़्यादातर संगठनों में जो आम रूपरेखा दिखाई देती है, वह त्रिकोण होती है। सबसे ऊपर बॉस होता है, जो बीच के प्रबंधन को आदेश देता है, जो सुपरवाइज़रों को आदेश देते हैं, जो इसके बाद कर्मचारियों को आदेश देते हैं। त्रिकोण के सबसे निचले हिस्से में ग्राहक होते हैं, जिनके बारे में हम उम्मीद करते हैं कि वे हमारी सेवा से संतुष्ट हो जाएँगे।

हर परत का उद्देश्य अपने से ऊपर की परत की सेवा करना है। पारंपरिक नीति में कर्मचारी अपने सुपरवाइज़रों की सेवा करते हैं, सुपरवाइज़र अपने प्रबंधकों की सेवा करते हैं और वे अंततः बड़े बॉस की सेवा करते हैं। सबसे नीचे रहने वाले ग्राहक को लगभग नज़रअंदाज़ कर दिया जाता है। इस त्रिकोण को उलट देना चाहिए। शीर्ष स्तर के प्रबंधन को मध्यम स्तर के प्रबंधकों की सेवा करनी चाहिए, जिन्हें अपने सुपरवाइज़रों की सेवा करनी चाहिए, जो वहाँ पर कर्मचारियों की सेवा करने के लिए हैं - और सभी को मिलकर ग्राहक की सेवा करनी चाहिए।

लीडर अपने स्टाफ़ की सेवा करते हैं

होटल उद्यमी जे. विलार्ड मैरियट ने इसे सार रूप में लिखा था : "मेरा काम अपने लोगों को प्रोत्साहित करना है, उन्हें सिखाना है, उनकी मदद करना है और उनकी परवाह करना है।" आख़िरी बिंदु पर ग़ौर करें - उनकी परवाह करना। अच्छे लीडर सचमुच अपने कर्मचारियों की परवाह करते हैं। वे उनकी शक्तियों और सीमाओं, उनकी पसंद और नापसंद, वे कैसे काम

और प्रतिक्रिया करते हैं, इस बारे में ज़्यादा से ज़्यादा सीखते हैं। वे उनके साथ काम करने का समय निकालते हैं, उन्हें उनका काम प्रभावी ढंग से करने के लिए आवश्यक संसाधन, औज़ार और ज्ञान प्रदान करते हैं। वे इस बारे में चिंता करके उनकी राह में नहीं आते हैं कि क्या हर चीज़ पूरी तरह से नियमानुसार हो रही है या हर छोटी-छोटी बात का पालन किया गया है।

जब इस बारे में सर्वे किए जाते हैं कि लोग किसी बॉस से क्या चाहते हैं, तो लगभग सबसे ऊपर यही बात आती है : एक ऐसा बॉस, जो मेरा साथ दे। यह एक ऐसा बॉस है, जिसके पास कोई भी कर्मचारी सवाल लेकर जा सकता है और उसे यह डर न हो कि उसे मूर्ख समझा जाएगा या एक ऐसा बॉस, जिस पर कर्मचारी जानकारी, प्रशिक्षण और सुझाव देने के लिए निर्भर रह सके, बजाय ऐसे बॉस के जो हमेशा माँग करता हो और आदेश-निर्देश देता हो। यह एक ऐसा बॉस है, जो लोगों की संभावना विकसित करने में मदद करता है - उनका उपयोग सिर्फ़ काम पूरा कराने के साधन के रूप में नहीं करता है।

अपने कर्मचारियों का सशक्तिकरण करें

सच्चे लीडर अपने कर्मचारियों को "सशक्त" बनाते हैं। सशक्तिकरण शब्द आज के प्रबंधन में फ़ैशनेबल बन गया है, लेकिन फ़ैशनेबल शब्द प्रायः वर्तमान में स्वीकृत अवधारणा को सारांश में प्रस्तुत करते हैं। यह एक क़ानूनी शब्दावली से उत्पन्न हुआ है, जिसका अर्थ है निश्चित क़ानूनी अधिकार एक व्यक्ति से किसी दूसरे व्यक्ति को हस्तांतरित करना। बहरहाल, आज की प्रबंधन शब्दावली में इसका उपयोग अधिक व्यापक अर्थ में किया जाता है - प्रबंधक के अधिकारों और नियंत्रण में अधीनस्थों को हिस्सेदार बनाना। कोई काम कैसे किया जाना चाहिए, इसका हर निर्णय प्रबंधक नहीं लेता है। इसके बजाय जिन कर्मचारियों को काम करना है, वे निर्णय लेने की प्रक्रिया में शामिल होते हैं। जब इन निर्णयों में लोगों की थोड़ी हिस्सेदारी होती है, तो वे न सिर्फ़ काम करने के तरीक़े के बारे में ज़्यादा विविध जानकारी हासिल करते हैं, बल्कि शामिल होने के कारण कर्मचारी इसकी सफलता के प्रति समर्पित बन जाते हैं।

प्रबंधन बनाम नेतृत्व

प्रबंधन इस बात पर ज़ोर देता है कि कर्मचारी आदेशों का पालन करें - प्रायः बिना सवाल किए। "यह काम इसी तरीक़े से होगा।" नेतृत्व करना अधीनस्थों में सृजनात्मकता को प्रोत्साहित करता है, क्योंकि यह दिन प्रति दिन के संपर्क में अनौपचारिक रूप से उनके विचारों का आग्रह करता है और इसके अलावा बैठकों, सुझाव कार्यक्रमों और इसी तरह की गतिविधियों में औपचारिक रूप से भी उनके विचारों का आग्रह करता है। प्रबंधन का अर्थ लोगों को बताना है कि वे किसके लिए जवाबदेह हैं। नेतृत्व का मतलब लोगों को सशक्त करना है - उन्हें उनके स्वयं के निर्णय लेने के उपाय देना है, निश्चित दिशानिर्देशों के भीतर जो सभी पक्षों ने स्वीकार किए हैं।

प्रबंधन करते समय इस बात की ज़्यादा चिंता रहती है कि नीतियों का अनुसरण कैसे होता है, नियमों और नीतियों को स्पष्ट कैसे किया जाए और उन्हें लागू कैसे किया जाए। नेतृत्व लोगों को प्रोत्साहित करता है और उन्हें सिखाता है कि काम कैसे किया जाए। यदि अपेक्षा के अनुरूप परिणाम नहीं मिलते हैं, तो अधिक और बेहतर प्रशिक्षण देकर प्रदर्शन को सुधारने की कोशिश की जाती है। गुणवत्तापूर्ण प्रदर्शन हासिल करने में मुख्य उपाय सीखने में लोगों की मदद करना है।

प्रबंधन प्रयासों को चीज़ें सही करने पर केंद्रित करता है; नेतृत्व सही चीज़ें करने पर ज़ोर देता है। ऐसा समय होता है जब प्रबंधन करना आवश्यक होता है - जब क़ानूनी या अन्य कारणों से यह अनिवार्य होता है कि चीज़ें नियमावली के अनुसार की जाएँ। ज़ाहिर है, प्रबंधक के पद पर बैठे लोगों को यह सुनिश्चित करना चाहिए कि चीज़ें सही तरीक़े से की जाएँ। लेकिन यह उनका मुख्य काम नहीं है। नियमों का लागू होना सुनिश्चित करना ऐसी परिस्थितियों में आवश्यक हो सकता है, लेकिन अधिक महत्त्वपूर्ण यह है कि लोगों को प्रशिक्षित और प्रेरित किया जाए, ताकि वे विभाग और कंपनी के लक्ष्यों को पूरा करने के लिए अपना सर्वश्रेष्ठ करने के इच्छुक व सक्षम हों। अपने कर्मचारियों के साथ ऐसा करना ही सच्चे नेतृत्व का सार है।

अच्छा बॉस - बुरा बॉस

हैरी उस तरह का बॉस था, जिसे लोकप्रिय होने का शौक़ था। वह सोचता था कि वह एक अच्छा बॉस है, क्योंकि उसके विभाग का हर व्यक्ति उसे पसंद करता था। वह इस लोकप्रियता को विचलित नहीं करना चाहता था, इसलिए वह नियमों के छोटे-मोटे उल्लंघन पर क़दम उठाने या कामकाज में छोटी-छोटी ग़लतियों को सुधारने में झिझकता था। जब किसी फटकार की ज़रूरत होती थी, वह इसे इतने लंबे समय तक टाल देता था कि लोग उसके कारण को भूल ही जाते थे। प्रशंसा इतनी ज़्यादा आम थी कि उसका महत्त्व ही ख़त्म हो गया था।

टेरेसा कठोर थी। उसे विश्वास था कि कर्मचारियों से काम कराने के लिए उसे चाबुक फटकारने की ज़रूरत थी। वह अक्खड़, हठी थी और उसका प्रिय वाक्य यह था, “मैं बॉस हूँ। तुम लोगों को काम करने के पैसे मिलते हैं, इसलिए बेहतर होगा कि तुम काम करो, वरना अपना रास्ता नापो।” वह अपने कर्मचारियों की शायद ही कभी प्रशंसा करती थी और अक्सर पूरे विभाग के सामने उन पर बरस पड़ती थी।

हैरी और टेरेसा दोनों को ही गंभीर समस्या थी, क्योंकि इनमें से कोई भी अति दरअसल काम नहीं कर सकती। आइए देखते हैं कि इनमें से प्रत्येक क्षेत्र में क्या हुआ।

उदारतापूर्ण बॉस

जब कोई बॉस विभाग को नियंत्रित नहीं करता है, तो काम प्रभावित होगा। उत्पादन के लक्ष्य पूरे नहीं हो पाएँगे, गुणवत्ता प्रभावित होगी, लोग इस उदारता का लाभ लेंगे और अनुपस्थिति बढ़ेगी, कामचोरी की प्रवृत्ति बढ़ेगी और सामान्य नज़रिया कमज़ोर हो जाएगा। हैरी के लोग लीडर रहित महसूस करते हैं और उसकी बात पर ज़्यादा ध्यान नहीं देते हैं।

कोई मैनेजर इस बिंदु तक उदार और आरामपसंद क्यों बन जाता है कि इस वजह से पूरा विभाग कष्ट उठाता है? अक्सर इसका कारण स्वयं की योग्यता में असुरक्षा का भाव होता है। असुरक्षित व्यक्ति अपने अहम को बढ़ाने के लिए दूसरों का अनुमोदन चाहते हैं। ऐसे लोग लोकप्रिय होना चाहते हैं और गैंग में से एक बनना चाहते हैं। वे यह मानकर चलते

हैं कि कर्मचारियों के साथ उदारता से पेश आने पर कर्मचारी उन्हें पसंद करेंगे।

जब हैरी के बॉस को पता चलता है कि विभाग पीछे रह रहा है, तो हैरी को जवाबदेह ठहराया जाता है। अब हैरी घबरा जाता है, क्योंकि यह स्पष्ट हो जाता है कि उसे तेज़ी से इसे उलटना होगा। स्वाभाविक प्रतिक्रिया यह है कि वह तुरंत अपनी नीति को उलट ले। वह कठोर बन जाता है और माँग करने लगता है। वह अपने अधीनस्थों को डाँटता-फटकारता है, उन पर अक्सर चीख़ता-चिल्लाता है। वह छोटी-छोटी ग़लतियों के लिए लोगों को फटकारने लगता है और उन मामलों के लिए लोगों को दंड देने लगता है, जिन्हें उसने एक सप्ताह पहले ही नज़रअंदाज़ किया था। इससे उसके कर्मचारियों में द्वेष और अनिश्चितता उत्पन्न होती है। कुछ समय तक काम में तेज़ी आ सकती है, लेकिन चूँकि हैरी के व्यक्तित्व की प्रकृति इन कार्यों के विपरीत है, इसलिए जब चीज़ें ठीक हो जाती हैं, तो एक बार फिर वह अपने पुराने स्वरूप में लौट आता है।

प्रबंधन शैली में बार-बार होने वाले परिवर्तनों से मनोबल जितना कम होता है, उतना एक शैली पर क़ायम रहने से नहीं होता, चाहे वह अच्छी हो या बुरी। हमारे कर्मचारी यह अनुमान नहीं लगा सकते कि हम कैसा व्यवहार करेंगे। यह अनिश्चितता कर्मचारियों के कमज़ोर मनोबल और नौकरी छोड़ने की ओर ले जाती है।

हैरी के आरामपसंद नज़रिये का कारण उसकी खुद की सुरक्षा का अहसास है। उसे अपने आत्मविश्वास को बढ़ाना होगा। इसे हासिल करने का एक तरीक़ा यह है कि वह अपने काम में विशेषज्ञ बन जाए। जब कोई व्यक्ति अपने काम में पूर्ण ज्ञानी होता है, तो उसमें सुरक्षा की भावना आ जाती है, जो काम संबंधी सभी मामलों में आत्मविश्वास देती है। उसे मानवीय संबंधों का भी ज़्यादा अध्ययन करना चाहिए और सीखी बातों का इस्तेमाल अपनी नौकरी में करना चाहिए।

सख़्त सुपरवाइज़र

टेरेसा की भी इसी तरह की समस्या है। हालाँकि उसकी शैली हैरी से काफ़ी अलग है, लेकिन परिणाम कमोबेश एक जैसे हैं। वह अपने कर्मचारियों में

द्वेष उत्पन्न करती है - चेतन रूप से या अचेतन रूप से वे सहयोग करने से इनकार कर देते हैं। कम उत्पादन, ज़्यादा कर्मचारियों का नौकरी छोड़कर जाना, ज़्यादा अनुपस्थिति, बहुतेरी शिकायतें और आम तौर पर कमज़ोर मनोबल इस तरह के सहयोग के अभाव के आम प्रमाण हैं।

उदार नीति की तरह कठोर नीति की वजह भी असुरक्षा ही है। बहरहाल, "ख़ुश करने की इच्छा" वाले नज़रिये की जगह पर रूखा अंदाज़ और सत्ताधारी मुखौटा आ जाता है। सख़्त लीडर्स के लिए बदलना ज़्यादा मुश्किल होता है, शायद इसलिए क्योंकि उनमें एक ज़िद भरी भावना होती है कि उनका तरीक़ा ही एकमात्र तरीक़ा है। ज़िद उनके आदतन व्यवहार का अखंड हिस्सा होती है।

एक बार फिर समाधान के लिए मानवीय संबंधों के अच्छे ज्ञान की ज़रूरत होती है। सुपरवाइज़र को ज़्यादा बार प्रशंसा करना सीखना चाहिए और यह भी कि द्वेष और द्रोह उत्पन्न किए बिना प्रभावी फटकार कैसे लगाई जाए। टेरेसा को सीखना चाहिए कि वह बहस से बचने और अपने सहकर्मियों व स्टाफ़ के साथ ज़्यादा सौहार्दपूर्ण ढंग से काम करने के लिए अपने अंदाज़ व भाषा को कोमल कर ले।

सर्वश्रेष्ठ सुपरवाइज़र

सबसे प्रभावी सुपरवाइज़र की शैली इन दो अतियों के बीच कहीं पर है। यह मानव व्यवहार को समझने पर आधारित है। यह अपने अधीन काम करने वाले कर्मचारियों के साथ काम करते वक़्त अपने इस ज्ञान का इस्तेमाल करने पर आधारित है। प्रभावी सुपरवाइज़र अच्छे काम के लिए लोगों की प्रशंसा करता है, लेकिन वह प्रशंसा को हल्केपन में उछालता नहीं फिरता है। हैरी ने प्रशंसा की इतनी अति कर दी कि उसके किसी कर्मचारी को महसूस ही नहीं होता था कि उसके किसी ख़ास काम की सचमुच क़द्र हुई थी। टेरेसा ने कभी अपने कर्मचारियों की प्रशंसा नहीं की, इसलिए उन्हें महसूस हुआ कि ख़ास तौर पर अच्छा काम करने में कोई तुक नहीं है।

ज़रूरत पड़ने पर फटकार अकेले में लगाना चाहिए और वह भी शांत अंदाज़ में। कभी अपनी आवाज़ ऊँची न करें और हमेशा कर्मचारी को उसका

पहलू बताने का मौक़ा दें। ध्यान देकर सुनें और बात न काटें। सृजनात्मक आलोचना करें और जहाँ तक संभव हो, स्पष्ट बनें।

बुरे मूड या क्रोध में कभी न फटकारें। कभी किसी बहस में न उलझें। तानों और नुक्ताचीनी से बचें। मुद्दों तक सीमित रहें। याद रखें, फटकार का उद्देश्य किसी ग़लत चीज़ को सही करना है। अच्छा प्रबंधक द्वेष उत्पन्न करके ग़लती को बढ़ाना नहीं चाहता है। हमेशा कौन के बजाय क्या पर ज़ोर दें। प्रभावी फटकार किस तरह लगाई जाती है, इस बारे में अध्याय 9 में सुझाव दिए जाएँगे।

अच्छे लीडर न तो कमज़ोर, ढुलमुल इंसान होते हैं, न ही वे सख़्त तानाशाह होते हैं। उनके अधीनस्थ न तो उन्हें नज़रअंदाज़ करते हैं, न ही उनसे डरते हैं। सक्षम सुपरवाइज़रों में आंतरिक आत्मविश्वास होता है और इसके अलावा उनके पास उनके कर्मचारियों का सम्मान भी होता है।

आइए एक आसान तुलना पर नज़र डालते हैं कि किस तरह एक बॉस प्रबंधन करता है और एक लीडर नेतृत्व करता है :

बॉस	लीडर
लोगों को संचालित करता है	लोगों का मार्गदर्शन करता है
डर जगाता है	उत्साह बढ़ाता है
कहता है, "करो"	कहता है, "चलो हम करते हैं"
काम को नीरस बना देता है	काम को रोचक बनाता है
सत्ता पर निर्भर होता है	सहयोग पर निर्भर होता है
कहता है, "मैं," "मैं," "मैं"	कहता है, "हम"

मिथक और ग़लत अवधारणाएँ

जो मिथक और ग़लत अवधारणाएँ बरसों तक या जीवन भर से लोगों की सोच पर हावी रही हैं, उनसे उबरना मुश्किल है। बहरहाल, प्रबंधक के रूप में हमें उन्हें तोड़ना चाहिए, तभी हम आगे बढ़ने में सक्षम होंगे।

कुछ लोग नेतृत्व की भूमिकाएँ निभाने के अनिच्छुक होते हैं। वे मानते हैं कि इसके लिए उनके पास निश्चित आंतरिक नेतृत्व गुण होने चाहिए, जैसे करिश्माई व्यक्तित्व या वह अमूर्त व्यक्तित्व जिससे वे दूसरों को प्रभावित कर सकें।

यह सच है कि संसार के कुछ सबसे महान लीडर पैदाइशी लीडर थे - उनके पास वह ख़ास सम्मोहन था, जो जनता को मंत्रमुग्ध कर देता था। लेकिन वे अपवाद हैं। बहुसंख्यक सफल लीडर सामान्य स्त्री-पुरुष हैं, जिन्होंने अपने लक्ष्य तक पहुँचने के लिए कड़ी मेहनत की है। अगर हमारे पास नैसर्गिक गुण हों, तो लोगों का प्रबंधन आसान हो जाता है, लेकिन वे अनिवार्य नहीं हैं। हममें से प्रत्येक निश्चित रूप से वे योग्यताएँ हासिल कर सकता है, जो लोगों का प्रबंधन और नेतृत्व करने के लिए ज़रूरी हैं।

नेतृत्व एक कला है, जो सीखी जा सकती है। थोड़े से प्रयास के साथ हर व्यक्ति इसे सीख सकता है, जो लोगों का इस तरह मार्गदर्शन करना चाहता है, ताकि वह उनका सम्मान, विश्वास और सहयोग हासिल कर ले।

कई प्रबंधक ख़ुद को "पेशेवर" कहते हैं, लेकिन क्या प्रबंधन सचमुच एक पेशा है? दूसरे क्षेत्रों के पेशेवर लोगों (जैसे : डॉक्टर, वकील, मनोवैज्ञानिक और इंजीनियरों) को उन्नत अध्ययन पूरा करने की ज़रूरत होती है और प्रमाणपत्र पाने के लिए परीक्षा में उत्तीर्ण होना पड़ता है। प्रबंधक बनने के लिए ऐसी कोई आवश्यकताएँ नहीं हैं। कुछ प्रबंधकों के पास ख़ास शिक्षा हो सकती है, जैसे कारोबारी प्रशासन में डिग्री, लेकिन ज़्यादातर को कर्मचारी से तरक़्क़ी देकर प्रबंधक बनाया जाता है और उनके पास प्रबंधन का कोई प्रशिक्षण या तो होता ही नहीं है या फिर बहुत कम होता है। ज़्यादातर प्रबंधक पद पर आने के बाद ही सीखते हैं।

सफल प्रबंधक अध्ययन के कोर्स करके योग्यताएँ सीखने का प्रयास कर रहे हैं, लेकिन ज़्यादातर प्रबंधक अब भी अपनी तकनीक अपने अधिकारियों को देखकर ही सीखते हैं। वे जिस मॉडल का अनुसरण करते हैं, वह अच्छा हो सकता है। लेकिन बहुत बार देखा जाता है कि नए प्रबंधक अपने बॉस के पुराने और दकियानूसी दर्शन को ही सीखने में लगे रहते हैं।

नेतृत्व एक कला है, जिसे सीखा जा सकता है। हम लोगों का इस तरह मार्गदर्शन करना सीख सकते हैं, जिससे हमें उनका सम्मान, विश्वास और दिली सहयोग मिल जाए।

हो सकता है कि नीचे दिए गए कुछ विचार अतीत में कारगर रहे हों, लेकिन अब वे कारगर नहीं हैं; बाक़ी कभी सच नहीं थे। आइए प्रबंधन संबंधी कुछ मिथकों और ग़लत धारणाओं पर नज़र डालते हैं।

मैनेजमेंट कॉमन सेंस से ज़्यादा कुछ नहीं है

जब एक प्रबंधक से शुरुआत में उसके प्रशिक्षण के बारे में पूछा गया, तो उसने कहा, "जब मुझे प्रमोशन देकर प्रबंधक बनाया गया, तो मैंने एक बहुत अनुभवी प्रबंधक से सलाह माँगी कि अपने अधीन काम करने वाले लोगों से किस तरह पेश आया जाए। उन्होंने मुझसे कहा कि बस अपने कॉमन सेंस का इस्तेमाल करो और तुम्हें कोई परेशानी नहीं आएगी।"

"कॉमन सेंस" क्या है? जिसमें किसी व्यक्ति को समझदारी नज़र आती है, वह किसी दूसरे को बकवास लग सकती है। अक्सर "कॉमन सेंस" की परिभाषा संस्कृति पर आधारित होती है। मिसाल के तौर पर, जापान में किसी निर्णय को लेते वक़्त पूर्ण मतैक्य होने का इंतज़ार करना "कॉमन सेंस" माना जाता है, लेकिन अमेरिका में इस तकनीक को अक्सर अकार्यकुशल और समय की बर्बादी कहा जाता है।

सांस्कृतिक परंपराएँ कॉमन सेंस संबंधी भिन्न विचारों का एकमात्र कारण नहीं हैं। अलग-अलग लोगों के इस बारे में अलग-अलग विचार होते हैं कि क्या अच्छा है और क्या बुरा है, क्या कार्यकुशल है और क्या अनावश्यक है, तथा क्या काम करेगा और क्या काम नहीं करेगा।

कॉमन सेंस के अपने ख़ास ब्रांड को विकसित करने के लिए हममें अपने ख़ुद के अनुभवों का इस्तेमाल करने की प्रवृत्ति होती है। समस्या यह है कि किसी व्यक्ति का निजी अनुभव सिर्फ़ सीमित दृष्टिकोण ही प्रदान करता है। हालाँकि हम जिसे कॉमन सेंस समझते हैं, वह हमारे अनुभवों से विकसित हुआ है, लेकिन किसी व्यक्ति का अनुभव कभी सीमित दृष्टिकोण से ज़्यादा देने की स्थिति में नहीं होता है। नेतृत्व में किसी एक व्यक्ति के अनुभव से

बहुत ज़्यादा की ज़रूरत होती है। सच्चा लीडर बनने के लिए हमें कॉमन सेंस से आगे देखना चाहिए।

हम वित्त या उत्पादन की समस्याओं को सुलझाने के लिए कभी कॉमन सेंस पर पूरी तरह निर्भर नहीं रहेंगे। हम इन क्षेत्रों के सर्वश्रेष्ठ संभव विशेषज्ञों से सलाह और जानकारी लेंगे। तो फिर लोक-व्यवहार की समस्याओं को सुलझाने के लिए हमें कम व्यावहारिक नीति क्यों अपनानी चाहिए?

हम प्रबंधन की कला और विज्ञान के बारे में बहुत कुछ सीख सकते हैं, बशर्ते हम उद्योग संबंधी पुस्तकें और पत्रिकाएँ पढ़ें, कोर्स व सेमिनारों में जाएँ और उद्योग संगठनों में सक्रियता से हिस्सेदारी करें।

मैनेजर हर चीज़ जानते हैं

प्रबंधक हर चीज़ नहीं जानते हैं। कोई भी नहीं जानता है। स्वीकार करें कि हमारे पास सारे जवाब नहीं हैं, लेकिन यह जान लें कि हमें जवाब पाने की योग्यताओं की ज़रूरत है। एक प्रभावी तरीक़ा यह है कि हम दूसरी कंपनियों के लोगों के साथ संपर्क बनाएँ, जिन्होंने ऐसी ही स्थितियों का सामना किया है। हम उनसे काफ़ी कुछ सीख सकते हैं। नेटवर्किंग - दूसरी कंपनियों के लोगों के साथ संपर्क बनाना, जिनसे हम सुझाव, विचार और समस्या सुलझाने की रणनीतियों की मदद माँग सकते हैं - का लाभ यह है कि नई जानकारी और विचारों की ज़रूरत होने पर हम इन लोगों से संपर्क कर सकते हैं। नेटवर्किंग समस्याएँ सुलझाने के लिए सहयोग का एक सतत मूल्यवान संसाधन बन जाती है।

आप ही बताएँ, आपको किन विचारों पर ज़्यादा विश्वास होता है? उन विचारों पर जिन्हें आपने ख़ुद खोजा है? या फिर उन विचारों पर, जिन्हें किसी दूसरे ने आप पर थोपा है? जवाब आप ख़ुद जानते हैं। तो फिर क्या यह मूर्खता नहीं है कि आप अपने विचार दूसरों के गले के नीचे उतारने की कोशिश करते रहें? क्या इसमें समझदारी नहीं होगी कि सुझाव दिए जाएँ और सामने वाले को निष्कर्ष ख़ुद निकालने दिए जाएँ?

—डेल कारनेगी

मेरा रास्ता अपनाओ या फिर रास्ता नापो!

डर द्वारा प्रबंधन अब भी एक आम आदत है। यह कारगर होती है - कई बार। कर्मचारी काम करेंगे, अगर उन्हें इस बात का डर हो कि उनकी नौकरी जा सकती है, लेकिन वे कितना ज़्यादा काम करेंगे? जवाब यह है, "बस इतना कि उन्हें नौकरी से न निकाला जाए।" इसीलिए इस तकनीक को प्रभावी प्रबंधन नहीं माना जाता। सफल प्रबंधन में सहयोगियों का स्वैच्छिक सहयोग पाना शामिल है।

इससे भी अधिक, कर्मचारियों को नौकरी से निकालना अब इतना आसान नहीं है। नागरिक अधिकार क़ानूनों और श्रम यूनियनों की उलझनों पर विचार करते हुए - और कई मामलों में सुयोग्य वैकल्पिक व्यक्ति नियुक्त करने में आने वाली मुश्किलों तथा लागत को ध्यान में रखते हुए - कर्मचारियों को नौकरी से निकालने में ज़्यादा समस्याएँ उत्पन्न हो सकती हैं, बजाय उन कर्मचारियों को ढोते रहने के, जिनसे हम संतुष्ट नहीं हैं।

जब हम डर द्वारा प्रबंधन करते हैं, तो अच्छे कर्मचारी हमारे यहाँ ज़्यादा समय तक नहीं टिकेंगे। जब हमारे समुदाय या उद्योग में नौकरियाँ कम हों, तो कर्मचारी कठोर, स्वेच्छाचारी बॉस को बर्दाश्त कर सकते हैं, लेकिन जब नौकरी का बाज़ार खुल जाता है, तो सर्वश्रेष्ठ कर्मचारी ज़्यादा सुखद कामकाजी माहौल वाली कंपनियों में चले जाएँगे। कर्मचारियों का नौकरी छोड़ना महँगा और अक्सर हानिकारक हो सकता है।

प्रशंसा करना मतलब कर्मचारियों को बिगाड़ना

कुछ प्रबंधकों को डर होता है कि अगर वे टीम के किसी सदस्य की प्रशंसा कर देंगे, तो वह घमंडी बन जाएगा और बेहतरी की कोशिश छोड़ देगा (निश्चित रूप से कुछ लोग इस तरह से भी प्रतिक्रिया करते हैं)। लक्ष्य पाने की कुंजी यह है कि हम अपनी प्रशंसा को ऐसे अंदाज़ में व्यक्त करें, जिससे वह कर्मचारी अच्छा काम जारी रखने के लिए प्रोत्साहित हो।

दूसरे प्रबंधक इस बारे में चिंतित होते हैं कि अगर उन्होंने अच्छे काम के लिए सहयोगियों की प्रशंसा की, तो वे वेतनवृद्धि या बोनस की उम्मीद करेंगे। कुछ कर्मचारी ऐसा कर भी सकते हैं। लेकिन उचित प्रशंसा को रोकने का यह कोई कारण नहीं है। कर्मचारियों को यह पता होना चाहिए कि

वेतनवृद्धि, बोनस और अन्य वित्तीय पुरस्कार किस तरह तय किए जाते हैं। यदि वार्षिक प्रदर्शन मूल्यांकन के समय भुगतान पर दोबारा विचार-विमर्श किया जाता है, तो टीम के सदस्यों को आश्वस्त करना चाहिए कि जिस अच्छे काम के लिए उनकी प्रशंसा की गई है, उस पर मूल्यांकन में विचार किया जाएगा।

कुछ प्रबंधक प्रशंसा को अप्रासंगिक मानते हैं। एक विभाग प्रमुख ने कहा, "मैं जिन लोगों का पर्यवेक्षण करता हूँ, वे जानते हैं कि अगर मैं कुछ नहीं बोल रहा हूँ, तो इसका यह मतलब है कि वे अच्छा काम कर रहे हैं। अगर मुझे उनसे बात करनी पड़ती है, तो वे जानते हैं कि वे मुश्किल में हैं।" फटकार के अलावा कोई दूसरा फ़ीडबैक प्रदान न करना कारगर नीति नहीं है। याद रखें, हम नकारात्मक नहीं, बल्कि सकारात्मक प्रोत्साहन यानी सुदृढ़ीकरण का इस्तेमाल करना चाहते हैं।

ज़ाहिर है, प्रशंसा की भी अति हो सकती है। अगर हर छोटी-मोटी उपलब्धि के लिए लोगों की बार-बार प्रशंसा की जाती है, तो प्रशंसा का मूल्य इस बिंदु तक घट जाता है कि यह सतही बन जाती है। इसके अलावा, अत्यधिक प्रशंसा होने पर ग़ैर-उत्पादक कर्मचारी यह सोच सकते हैं कि वे बेहतरीन काम कर रहे हैं। प्रशंसा के प्रभावी उपयोग की तकनीकों पर अध्याय 3 में विचार-विमर्श किया जाएगा।

> *सबसे छोटे सुधार की भी प्रशंसा करें। इससे सामने वाला बेहतर बनते रहने के लिए प्रेरित होता है।*
>
> **—डेल कारनेगी**

चाबुक का अत्यधिक इस्तेमाल करना

निश्चित रूप से, कुछ प्रबंधक अब भी गुलामों के मालिक की तरह काम करते हैं। हर वर्ष प्रबंधन परामर्शदाता और *द कॉरपोरेट कोच* के लेखक जेम्स मिलर वर्ष के सर्वश्रेष्ठ और निकृष्टतम बॉस के लिए प्रतियोगिता आयोजित करते हैं। कर्मचारी उन्हें मनोनीत करते हैं। मिलर बताते हैं कि उन्हें सर्वश्रेष्ठ बॉस के बजाय निकृष्टतम बॉस के लिए बहुत ज़्यादा मनोनयन मिलते हैं।

कर्मचारी अपने बॉस को नापसंद करते हैं, इसके मुख्य कारणों में से एक यह है, जैसा मिलर ने पाया कि ये बॉस लगातार अधीनस्थों में ग़लतियाँ खोजते रहते हैं, ताने कसते रहते हैं, असफलताओं को टकटकी बाँधकर देखते रहते हैं और अक्सर कर्मचारियों पर चीख़ते-चिल्लाते रहते हैं।

लोग इस तरह व्यवहार क्यों करते हैं? निश्चित रूप से कुछ लोगों पर चीख़ा-चिल्लाया जाता है - माता-पिता द्वारा, शिक्षकों द्वारा और पूर्व अधिकारियों द्वारा - इसलिए वे यह मान सकते हैं कि चीख़ना-चिल्लाना संप्रेषण का एक प्रभावी तरीक़ा है।

हम सभी कभी-कभार अपनी आवाज़ ऊँची कर लेते हैं, ख़ास तौर पर दबाव में। कई बार चीख़ने-चिल्लाने की इच्छा को दबाने के लिए भारी आत्म-अनुशासन की ज़रूरत होती है। बहरहाल, प्रभावी लीडर इस प्रवृत्ति को नियंत्रित करते हैं। कभी-कभार की चूक तो चलती है, लेकिन अगर चीख़ना-चिल्लाना संप्रेषण का सामान्य तरीक़ा बन जाता है, तो हम असली लीडर बनने की अपनी असफलता स्वीकार कर रहे हैं। हम अपने सहयोगियों पर चिल्लाकर उनका स्वैच्छिक सहयोग हासिल नहीं कर सकते।

प्लैटिनम नियम को आज़माएँ

जब हम लोगों का प्रबंधन करते हैं, तो *बाइबल* का स्वर्णिम नियम "दूसरों के साथ वैसा ही करें, जैसा आप दूसरों से अपने साथ कराना चाहते हैं" दमदार सलाह है, लेकिन एक हद तक। सभी लोग एक जैसे नहीं होते हैं, इसलिए हम जैसा व्यवहार अपने साथ चाहते हैं, दूसरों के साथ वैसा ही व्यवहार करना ठीक वैसा नहीं है, जैसा वे अपने साथ चाहते हों।

मिसाल के तौर पर, लिंडा यह पसंद करती है कि उसे लक्ष्य बता दिए जाएँ और वह अपने काम के विस्तृत विवरण ख़ुद बनाना पसंद करती है। लेकिन उसका सहायक जेसन किसी सौंपे गए काम के बारे में तब तक आरामदेह नहीं होता, जब तक कि सारे विस्तृत विवरण उसे न बता दिए जाएँ। यदि लिंडा अपने सहयोगी को उस तरीक़े से काम सौंपती है, जिस तरह वह ख़ुद काम सौंपे जाना चाहती है, तो उसे सर्वश्रेष्ठ परिणाम नहीं मिलेंगे।

सोल को सतत सुदृढ़ीकरण की ज़रूरत होती है। वह नौकरी में तभी ख़ुश होता है, जब उसका बॉस उसके काम का निरीक्षण करता है और

सोल को आश्वस्त करता है कि वह अच्छा काम कर रहा है। बहरहाल, तान्या बॉस द्वारा काम की बहुत ज़्यादा बार जाँच करने से विचलित हो जाती है। वह शिकायत करती है, "क्या उन्हें मुझ पर भरोसा नहीं है?" हम तान्या के साथ वैसा नहीं कर सकते, जैसा हम सोल के साथ करते हैं; हमें इसके अच्छे परिणाम नहीं मिलेंगे।

हममें से हर एक की अपनी ख़ुद की शैली, अपनी ख़ुद की नीति और अपनी ख़ुद की विचित्रताएँ होती हैं। जैसा हम अपने साथ चाहते हैं, "दूसरों के साथ वैसा ही करना" लोगों के प्रबंधन का सबसे ख़राब तरीक़ा हो सकता है।

प्रभावी प्रबंधक बनने के लिए हमें अपनी टीम के हर सदस्य को जानना चाहिए और अपने प्रबंधन की पद्धति को हर व्यक्ति की व्यक्तिगत शैली के हिसाब से ढालना चाहिए। स्वर्णिम नियम का अनुसरण करने के बजाय प्लैटिनम नियम का अनुसरण करें : दूसरों के साथ वैसा ही करें, जैसा वे आपसे अपने साथ कराना चाहते हैं।

ज़ाहिर है, समझौते तो करने होंगे। कुछ स्थितियों में काम ऐसे तरीक़े से करना होगा, जो शायद कुछ लोगों के लिए आदर्श न हो। क्या हासिल करने की ज़रूरत है, पहले से यह पता होने पर हम समस्याओं का अंदाज़ा लगा सकते हैं और अपने सहयोगियों को उनके काम स्वीकार करने के लिए तैयार कर सकते हैं।

लीडर को आदर्श प्रदर्शन से कुछ अधिक करना चाहिए

उत्पादन, प्रदर्शन और मुनाफ़ा प्रबंधक के रूप में हमारी नौकरी के महत्त्वपूर्ण पहलू हैं, लेकिन क्या हमें सिर्फ़ इन्हीं पर विचार करना होता है? निश्चित रूप से, यदि किसी कंपनी को ज़िंदा रहना है, तो इसे परिणाम देने होंगे। लेकिन कर्मचारियों का विकास भी इतना ही अहम पहलू है। यदि हम कर्मचारियों की क्षमता को नज़रअंदाज़ कर देते हैं, तो परिणाम हासिल करने की हमारी टीम की योग्यता सीमित हो जाती है। इसके बजाय, हम दीर्घकालीन सफलता की क़ीमत पर और यहाँ तक कि बचाव की क़ीमत पर भी अल्पकालीन लाभों की फ़सल काटते हैं।

जब इलियट ने अपनी कंप्यूटर पुर्ज़ों की कंपनी स्थापित की, तो वह एक नए और विकासशील उद्योग में प्रवर्तक था। अपने क्षेत्र में लीडर बनने के लिए संकल्पवान इलियट ने अपने कर्मचारियों को उत्पादकता के ऊँचे स्तर क़ायम रखने के लिए उकसाया और उसने अपनी निगाह मुनाफ़े की तसवीर पर केंद्रित रखी। उसने अपने स्टाफ़ के विकास पर कोई ध्यान नहीं दिया। उसने अपने तकनीकी और प्रशासकीय स्टाफ़ के सदस्यों को विचारों का योगदान देने या उनके ख़ुद के प्रोजेक्ट शुरू करने का बहुत कम अवसर दिया। कई बरसों तक इलियट की कंपनी तार्किक रूप से मुनाफ़े में चली, लेकिन यह कभी उद्योग की लीडर नहीं बन पाई, जैसी उसने उम्मीद की थी। चूँकि उसने अपने कर्मचारियों की क्षमता और महत्त्वाकांक्षा का गला दबा दिया था, इसलिए उसके तकनीकी स्टाफ़ के कई सदस्य नौकरी छोड़कर दूसरी कंपनियों में चले गए। चूँकि वह सिर्फ़ अपने ही विचारों पर निर्भर था, इसलिए वह उन सभी नवाचारी विचारों को चूक गया, जो उसके स्टाफ़ के मन में आ सकते थे।

सार

- नेतृत्व एक कला है, जो हासिल की जा सकती है। थोड़ी सी कोशिश से हर व्यक्ति लोगों का इस तरह मार्गदर्शन करना सीख सकता है, ताकि वह उनका सम्मान, विश्वास और दिली सहयोग हासिल कर सके।
- बॉस न बनें – नेतृत्व करें।
- प्रबंधक अक्सर प्रबंधन संबंधी ग़लत धारणाओं और मिथकों से प्रभावित हो जाते हैं। बिना सोचे-समझे पुराने बॉस के पदचिह्नों पर न चलें।
- न तो सख़्त रहें, न ही आरामपसंद। सबसे प्रभावी पर्यवेक्षण शैली इन दोनों अतियों के बीच कहीं पर होती है। यह मानवीय व्यवहार के ज्ञान पर आधारित है और यह अपने अधिकार-क्षेत्र के लोगों के साथ काम करते समय इस ज्ञान के अमल करने पर आधारित है।
- अच्छे काम के लिए लोगों की प्रशंसा करें। जिस काम को मान्यता नहीं दी जाती, वह उस पौधे की तरह होता है, जिसे पानी नहीं मिलता। उत्पादकता कुम्हला जाएगी।

- प्लैटिनम नियम का अनुसरण करें : "दूसरों के साथ वैसा ही करें, जैसा वे चाहते हैं कि आप उनके साथ करें।"
- हमें हमेशा अपने लोगों का साथ देना चाहिए।

2

सफल लीडर्स की विशेषताएँ

इंसान को लीडर के रूप में पैदा होने की ज़रूरत नहीं है, ज़्यादातर लोगों को लीडर बनने के लिए प्रशिक्षित किया जा सकता है, लेकिन ऐसी विशेषताएँ हैं, जो उन्हें सचमुच महान लीडर बनने के लिए हासिल करनी होंगी। इतने बरसों में कई अध्ययन किए गए हैं कि ये विशेषताएँ क्या हैं। हालाँकि व्यक्तिगत शक्तियाँ और योग्यताएँ अलग-अलग हो सकती हैं, लेकिन शोध इंगित करता है कि उत्कृष्ट प्रबंधक संसार को समान तरीक़े से देखते हैं। नीचे वे गुण बताए जा रहे हैं, जिनका ज़्यादातर सफल लीडर्स पालन करते हैं :

1. *उनमें सशक्त मूल्य और उच्च नैतिक मानदंड होते हैं।* द टेंपलटन फ़ंड विश्व के सबसे लाभदायक मीच्युअल फ़ंडों में से एक था और हम इसके संस्थापक सर जॉन टेंपलटन के दर्शन का अनुसरण करके काफ़ी कुछ सीख सकते हैं। उनकी कारोबारी आदतें इस विश्वास पर आधारित थीं कि सबसे सफल लोग प्रायः नैतिक रूप से सबसे ज़्यादा प्रेरित होते हैं।

   वे कहते हैं कि इस बात की संभावना है कि ऐसे लोगों के पास व्यवसाय में नैतिकता के महत्त्व की सबसे तीक्ष्ण समझ होगी और उन पर यह भरोसा किया जा सकता है कि वे ग्राहकों को धोखा नहीं देंगे, बल्कि अधिकतम प्रदान करेंगे। ईमानदारी और लगन के साथ कड़ी मेहनत को जोड़ना टेंपलटन के दर्शन का सार है, "जिन लोगों ने अपने काम में खुद का निवेश करना सीख लिया है, वे सफल हैं। उनके पास जो भी

है, उसे उन्होंने अर्जित किया है। पैसे के महत्त्व को जानने से ज़्यादा वे अपना ख़ुद का मूल्य जानते हैं।"

2. *वे मिसाल पेश करके नेतृत्व करते हैं, अपने पेशेवर और व्यक्तिगत दोनों तरह के जीवन में ईमानदारी के साथ काम करते हैं।* चाहे यह ख़ुद के विचारों को कार्यान्वित करना हो या दूसरों के विचारों को, वे यह सुनिश्चित करने के लिए काम करते हैं कि जिसकी योजना बनाई गई है, वह हासिल हो जाए। नेतृत्व की योग्यताओं को सशक्त करने में सफलता और उपलब्धियों से ज़्यादा शक्तिशाली कुछ नहीं है। लीडर और उसके सहयोगियों द्वारा तय लक्ष्यों को हासिल करने के लिए कड़ी मेहनत करने से आगे बढ़ने की लीडर व समूह की सफलता की संभावना बढ़ जाएगी और लीडर तथा समूह आगे बढ़ने के लिए प्रेरित होगा।

3. *वे कंपनी और विभाग के लक्ष्यों की जानकारी रखते हैं और परिवर्तनों की जानकारी भी रखते हैं।* सर्वश्रेष्ठ लीडर अपने लिए ऊँचे पैमाने तय करते हैं और फिर अपने लक्ष्य हासिल करने के लिए कड़ी मेहनत करते हैं। हर एक की तरह हम ग़लतियाँ करेंगे और जब हम ऐसा करते हैं, तो हमें इन ग़लतियों को सीखने के अनुभवों के रूप में देखना चाहिए और उन्हें सफलता में बदलने की कोशिश करनी चाहिए। जैसा कहा गया है, "अगर आपने कभी ग़लतियाँ नहीं की हैं, तो आपने कभी निर्णय नहीं लिए हैं।"

4. *वे प्रोऐक्टिव होते हैं और परिणाम हासिल करने के लिए स्व-प्रेरित होते हैं।* वे ख़ुद के साथ कभी पूरी तरह संतुष्ट नहीं होते हैं। वे अपने क्षेत्र में न सिर्फ़ नवीनतम ज्ञान के साथ क़ायम रखते हैं, बल्कि वे बहुत से क्षेत्रों में अपने ज्ञान और समझ को बेहतर बनाते हैं। वे पेशेवर जर्नल और पत्रिकाएँ अपनी रुचि के अनुरूप पढ़ते हैं। वे काफ़ी व्यापक अध्ययन करते हैं। वे पेशेवर और व्यापार संगठनों में सक्रिय भूमिकाएँ निभाते हैं, ताकि वे न सिर्फ़ नए विकास के संपर्क में रहें, बल्कि अपने विचार दूसरे संगठनों के सहकर्मियों को भी बता सकें। वे सम्मेलनों में जाते हैं और लोगों का नेटवर्क बनाते हैं, जिनसे वे बरसों तक ज्ञान और विचार हासिल करने के लिए मुड़ सकते हैं।

5. *वे शक्तिशाली संप्रेषक और असाधारण श्रोता होते हैं।* वे अपने कर्मचारियों की बात सुनते हैं और यह पहचानते हैं कि स्त्री-पुरुष, जो हालाँकि ख़ुद नेतृत्व के पदों पर नहीं हैं, वे विचारों और सुझावों का योगदान दे सकते हैं, जो उसके ख़ुद के विचारों से ज़्यादा मूल्यवान भी हो सकते हैं। अच्छा लीडर सहयोगी परिवेश बनाता है, जिसमें सभी प्रतिभागी जानते हैं कि निर्णयों में सहभागिता का स्वागत होता है।

6. *वे दबाव में लचीले होते हैं और अपनी भावनाओं को नियंत्रण में रखते हैं।* जब असफलता से सामना होता है, तो उनका समर्पण उन्हें घुटने टेकने की अनुमति नहीं देता है। अध्याय 1 में हमने इस बात पर विचार-विमर्श किया है कि पराजय झेलने के बाद आत्मविश्वास कैसे हासिल किया जाए। अच्छे लीडर इस सलाह पर चलते हैं। वे असफलताओं या निराशाओं को यह अनुमति नहीं देते हैं कि वे कोशिश करना छोड़ दें और आगे बढ़ने के लिए अपने अनुयायियों को प्रोत्साहित करना छोड़ दें।

> *जो व्यक्ति सबसे दूर तक जाता है, आम तौर पर वह क़ाम करने और साहस दिखाने का इच्छुक होता है। सुरक्षित रखी नाव कभी भी किनारे से दूर नहीं जा पाती है।*
>
> **—डेल कारनेगी**

7. *उनमें सकारात्मक नज़रिया होता है।* सकारात्मक सोच की आदत दो कारणों से हमारी योग्यता को ज़बर्दस्त तरीक़े से बढ़ा देती है। पहला, क्योंकि यह योग्यता को खोजती है, जो पहले ताले में बंद थी, अब तक अज्ञात संसाधनों का आह्वान करती है और दूसरा, यह हमारी सफलता के सभी दुश्मनों, जैसे डर, चिंता, तनाव को नष्ट करके हमारे मन को सामंजस्य में रखती है, जो सभी हमारी कार्यकुशलता के शत्रु हैं। यह हमारे मन को सफल होने की स्थिति में रखती है। यह हमारी इंद्रियों को पैना करती है, उन्हें ज़्यादा तीक्ष्ण बनाती है, क्योंकि यह जीवन पर एक नया दृष्टिकोण प्रदान करती है और हमारा रुख़ इस तरह पलट देती है ताकि हमारा चेहरा हमारे लक्ष्य की दिशा में हो, निश्चितता की दिशा में हो, विश्वास की दिशा में हो बजाय शंका, डर और अनिश्चितता

के। हमें अपने विचारों और कार्यों में सकारात्मक पर ज़ोर देना चाहिए। यदि हम सकारात्मक चिंतक हैं, तो इस बात की बहुत संभावना है कि हमारे सहयोगी भी सकारात्मक चिंतक होंगे।

8. *वे अपनी टीम के सहयोग को बढ़ावा देते हैं।* अच्छे लीडर घमंडी या आत्मसंतुष्ट नहीं होते हैं। वे ऐसे नवाचार करने के लिए लगातार सतर्क होते हैं, जिनसे काम करने का तरीक़ा बेहतर बने, जिनसे निरंतर ग्राहक संतुष्टि सुनिश्चित हो और संगठन का मुनाफ़ा बढ़े।

9. *उनके मस्तिष्क नए विचारों के प्रति खुले होते हैं और वे सुझावों का स्वागत करते हैं।* जब परिवर्तन और सुधार कर लिए जाएँ, उसके बाद भी वे अपने लक्ष्य हासिल करने के और भी बेहतर तरीक़ों की तलाश में रहते हैं। वे यह जानने का समय निकालते हैं कि टीम के व्यक्तिगत सदस्यों को कौन सी चीज़ प्रेरित करती है और वे सफल होने में उनकी मदद करने व उन्हें प्रोत्साहित करने में आनंदित होते हैं। महान लीडर लोगों को समझते हैं - कौन सी चीज़ उन्हें उस तरह काम करने और प्रतिक्रिया करने के लिए प्रेरित करती है, जैसी वे करते हैं।

10. *वे लोगों के प्रेरक बनने का महत्त्व पहचानते हैं।* वे दूसरों की भावनाओं और प्रेरणाओं के प्रति आग्रह करके ऐसा करते हैं। वे जिनके साथ भी संपर्क में आते हैं, उन लोगों में सच्ची रुचि लेते हैं। जैसा कि डेल कारनेगी ने सटीकता से बताया था : "आप दूसरों में सच्ची रुचि लेकर दो महीने में इतने ज़्यादा दोस्त बना सकते हैं, जितने आप खुद में दूसरों की रुचि जगाने की कोशिश करके दो साल में भी नहीं बना सकते।"

11. *वे दूसरों की शक्तियों को पहचानते हैं और उन्हें अधिकतम करते हैं।* अक्सर ताकतवर पदों पर बैठने वाले लोग अपने अधीनस्थों को मजबूर कर देते हैं कि वे उनकी नौकरी की शक्तियों की कारण आदेशों का पालन करें। लेकिन ऐसे लोग सच्चे लीडर नहीं होते। हाँ, आदेशों का पालन किया जाएगा, लेकिन सिर्फ़ इतना ही होगा। सच्चे लीडर अपने सहयोगियों में आत्मविश्वास और विश्वास विकसित करते हैं। (ग़ौर करें, वे उन्हें अधीनस्थ नहीं, बल्कि सहयोगी मानते हैं।) इससे न सिर्फ़ प्रबंधक की मिसाल का अनुसरण करने की इच्छा जागती है, बल्कि

उनके ख़ुद के विचारों को शुरू करने, नवाचार करने और अमल करने की इच्छा भी जागती है, जो स्थापित लक्ष्यों की दिशा में होते हैं।

12. *वे परिणामों के लिए ख़ुद को और दूसरों को जवाबदेह ठहराते हैं।* वे ऐसे पैमाने बनाते हैं, जिन्हें उनके सहयोगी समझ लें और स्वीकार कर लें और फिर उन पैमानों पर खरा उतरने के लिए काम करते हैं। वे विचलन को सही करने के लिए तुरंत कार्य करते हैं। वे अपनी ख़ुद की सीमाओं को पहचानते हैं और ज़रूरत पड़ने पर मदद लेते हैं।

13. *वे कार्यकुशल होते हैं और अपने समय का प्रभावी प्रबंधन करते हैं।* वे सार्थक समयसारणी बनाते हैं, प्राथमिकीकरण सीखते हैं और व्यवधानों और भटकावों को न्यूनतम कर लेते हैं। वे सृजनात्मक और नवाचारी होते हैं। वे नए विचारों को आज़माने से नहीं घबराते हैं। अच्छे लीडर आत्मसंतुष्ट या घमंडी नहीं होते हैं। वे ऐसे नवाचार करने के लिए लगातार सतर्क होते हैं, जिनसे काम करने का तरीक़ा बेहतर बने, जिनसे निरंतर ग्राहक संतुष्टि सुनिश्चित हो और संगठन का मुनाफ़ा बढ़े। उनके मस्तिष्क नए विचारों के प्रति खुले होते हैं और वे सुझावों का स्वागत करते हैं। जब परिवर्तन और सुधार कर लिए जाएँ, उसके बाद भी वे अपने लक्ष्य हासिल करने के और भी बेहतर तरीक़ों की तलाश में रहते हैं।

14. *उनमें दूरदृष्टि होती है।* महान लीडर जानते हैं कि वे क्या हासिल करना चाहते हैं और अपने लक्ष्य हासिल करने के लिए उन्हें कौन से क़दम उठाने होंगे। वे अल्पकालीन उद्देश्यों को पूरा करने से आगे तक देखते हैं और बड़ी तसवीर को अपने दिमाग़ में स्पष्टता से रखते हैं। नॉत्रदम युनिवर्सिटी के पूर्व प्रेसिडेंट थियोडोर हेसबर्ग ने इसे सार रूप में कहा था : "नेतृत्व का सच्चा सार यह है कि आपके पास विज़न होना चाहिए। यह ऐसा विज़न होना चाहिए जिसे आप हर मौक़े पर स्पष्टता से व्यक्त कर सकें और शक्ति से। आप एक अनिश्चित बिगुल नहीं बजा सकते।"

15. *वे काम पूरा करने पर ध्यान केंद्रित करते हैं।* हम सभी ने प्रबंधक के पदों पर ऐसे लोग देखे हैं, जिनमें नेतृत्व के महान गुण नज़र आते हैं,

लेकिन न जाने क्यों वे कभी अच्छी तरह सफल नहीं हो पाते हैं। रास्ते में कहीं पर वे अपना मौक़ा चूक गए।

यहाँ पर एक उदाहरण है। जब ए.बी.सी. डिस्ट्रिब्यूटिंग कंपनी ने ब्रायन को रीजनल सेल्स प्रबंधक के रूप में नियुक्त किया, तो वे उसके बारे में उत्साही थे। उसके पास ऊँची अनुशंसाएँ थीं। चयन प्रक्रिया के दौरान उसने अपने मार्केट प्रबंधक को प्रभावित कर दिया था, उनके बाज़ार के बारे में अपने आद्योपांत ज्ञान से, इस बारे में उसके नवाचारी विचारों से कि व्यवसाय कैसे बढ़ाया जाए और स्वयं के सम्मोहक व्यक्तित्व से। नौकरी में पहले चंद महीनों के दौरान उसने अपने क्षेत्र के लिए एक सृजनात्मक और व्यापक मार्केटिंग प्रोग्राम बनाया। उसने सामग्री लिखने, पूर्ण विवरण में जाने और इसके लिए ग्राफ़िक बनाने में कई सप्ताह गुज़ारे। इससे उसने प्रबंधन और सेल्स फ़ोर्स के लिए कई प्रभावी प्रस्तुतियाँ बाद में बनाईं। यहीं पर यह ख़त्म हो गया। वह कभी भी सचमुच बाहर निकलने और अपने प्रोग्राम पर काम करने में योग्य नहीं था। जब मार्केटिंग प्रबंधक ने उसके पूर्व नियोक्ता से जाँच की, तो उसे पता चला कि ब्रायन एक स्टाफ़ मार्केटर था, उस तरह के काम में बहुत प्रतिभाशाली, लेकिन उसमें कभी पूरी ज़िम्मेदारी नहीं थी। उसमें नेतृत्व का प्रधान घटक का अभाव था - चीज़ों को पूरा करना।

16. *वे आसानी से डरते नहीं हैं।* जब असफलता से सामना होता है, तो वे बागडोर थाम लेते हैं और समस्या से उबरने के लिए जूझते हैं। डोमिनोज़ पिज़्ज़ा के संस्थापक टॉम मोनाहन एक अच्छा उदाहरण हैं। उन्होंने एक स्टोर वाले पिज़्ज़ा पार्लर को कई हज़ार होम डिलिवरी आउटलेट्स की चेन में बदल लिया, लगभग 30 वर्ष की अवधि में। 1989 में उन्होंने कंपनी बेच दी। ढाई साल बाद जिस कंपनी ने यह चेन ख़रीदी थी, उसकी गति रुक गई, जो मोनाहन ने हासिल की थी। कंपनी को बचाने के लिए उन्होंने कंपनी दोबारा ख़रीदी और सी.ई.ओ. के अपने पूर्व पद पर वापस लौटे। उन्होंने कंपनी में दोबारा प्राण फूँके और अमेरिका में इसके 5 हज़ार से ज़्यादा स्टोर में विस्तार किया और दूसरे देशों में 3 हज़ार से ज़्यादा स्टोर खोल लिए।

काम करने से लेकर नेतृत्व करने तक का रूपांतरण

प्रबंधन और नेतृत्व के पदों पर लोगों को तरक़्क़ी जिन कारणों से दी जाती है, उनमें से एक मुख्य कारण यह है कि वे अपने काम में जो वे करते थे, उसमें वे प्रभावी थे। जब हमें वह प्रमोशन मिलता है, तो हमारा काम यह होता है कि हम दूसरों से वे चीज़ें कराने में योग्य हों, जो उतनी ही अच्छी या उससे ज़्यादा अच्छी हों, जो हम करते थे। इसमें एक पूरी तरह से अलग योग्यता समूह की ज़रूरत होती है। हमारी योग्यताओं और हमारे समय की लीवरेजिंग करने के लिए हमारी सफलता के लिए करने से नेतृत्व करने में रूपांतरण आवश्यक हो जाता है।

लोगों और प्रक्रिया के बीच संतुलन करना

प्रबंधक के रूप में प्रभावी बनने के लिए हमें कर्मचारियों और प्रक्रिया के बीच संतुलन बनाना चाहिए। कर्मचारियों पर बहुत ज़्यादा केंद्रित बनने का मतलब यह है कि अगर कोई मुख्य कर्मचारी काम छोड़कर चला जाता है, तो हर चीज़ रुक जाती है। बहुत प्रक्रिया-केंद्रित बनने का मतलब यह है कि बेहतरीन तंत्र सही जगह पर हैं; बहरहाल, कोई भी उन्हें नहीं समझता है या उनके भीतर काम नहीं करना चाहता है। प्रक्रिया-केंद्रित तंत्र कहता है, "यह रही योजना और यहाँ हम इस तरह से चीज़ें करते हैं।" कर्मचारियों पर केंद्रित तंत्र कहता है, "आइए योजना पर और इस पर बातचीत करते हैं कि हम चीज़ें क्यों करते हैं।" सही संतुलन होने पर उत्पादकता और समर्पण दोनों ही सर्वोच्च स्तरों पर बने रहते हैं।

प्रेरणा और जवाबदेही के बीच संतुलन

प्रेरणा के बिना कुछ नहीं किया जाता है, लेकिन जैसे ही हम लोगों को जवाबदेह ठहराने की कोशिश करते हैं, वे अप्रेरित हो जाते हैं, है ना? ज़रूरी नहीं है! ऐसे औज़ार हैं, जो लोगों के लक्ष्यों, उद्देश्यों और जवाबदारियों के लिए उन्हें जवाबदेह ठहराने के साथ-साथ प्रोत्साहित व प्रेरित भी बनाए रखते हैं। यह संतुलन होने पर हमारा खुद पर और हमारी टीम के परिणामों पर और भी ज़्यादा नियंत्रण होता है।

"यदि आप लोगों को सामान्यतः पसंद नहीं करते हैं, तो इस गुण को विकसित करने का एक आसान तरीक़ा है : बस अच्छे गुणों की तलाश करें। यह तय है कि आपको ऐसे गुण मिल जाएँगे।

—डेल कारनेगी

परिणामों के लिए संप्रेषण और कोचिंग

प्रबंधक का काम लोगों को तैयार करना है और आज इसका महत्त्व पहले से कहीं अधिक है। जब हम एक ऐसा माहौल बना लेते हैं, जहाँ कर्मचारियों को परिणाम मिलते हैं, वे नई योग्यताएँ विकसित करते हैं और सफल बनते हैं, तो हम प्रबंधक और लोगों के लीडर के रूप में अपने सर्वश्रेष्ठ आह्वान को पूरा कर रहे हैं। शक्ति और संवेदनशीलता के साथ संप्रेषण करना, कोच बनना और कर्मचारियों को बेहतर बनाना हर लीडर की सर्वोच्च प्राथमिकता है।

लोगों को प्रबंधन के पद पर तरक़्क़ी देने का सबसे अहम कारण यह होता है कि उन्होंने उनकी विशेषज्ञता के क्षेत्र में उत्कृष्ट बनने के लिए आवश्यक योग्यताओं और ज्ञान का प्रदर्शन कर दिया है। लेकिन प्रबंधक के रूप में अब उनकी सफलता व्यक्तिगत उपलब्धि पर निर्भर नहीं है; यह तो सफल होने में दूसरों को प्रशिक्षित करने पर निर्भर होती है। कर्मचारी से सफलतापूर्वक प्रबंधक बनने के लिए एक नई मानसिकता और नई योग्यताओं की ज़रूरत होती है। नीचे दिया गया चार्ट कर्मचारी होने और सफल लीडर बनने के बीच के फ़र्क़ दिखाता है :

कर्मचारी	प्रबंधक या लीडर
मार्गदर्शन और दिशादर्शन की ज़रूरत होती है	रणनीति की योजना बनाता है, प्राथमिकीकरण करता है और ऊपरी प्रबंधन को समर्थन देने के लिए कार्य को सुचारू बनाता है
तंत्र को स्वीकार करता है	तंत्र प्रदान करता है और नीति तय करता है

कर्मचारी	प्रबंधक या लीडर
अल्पकालीन दृष्टिकोण होता है	दीर्घकालीन दृष्टिकोण होता है
स्वीकार करता है और अनुपालन करता है	चुनौती देता है, राज़ी करता है और प्रभावित करता है
ख़ास क्षेत्रों में योग्यताओं का प्रदर्शन करता है	व्यक्तिगत शक्तियों का लाभ उठाने के अवसर खोजता है
यह समझना चाहता है, "इसमें मेरे लिए क्या है"	जोखिम लेता है, लगातार पुनर्मूल्यांकन करता है और संघर्ष व परिवर्तन को गले लगाता है
सुना और समझा जाना चाहता है	सुनता है और समझना चाहता है
पहचानता है कि नौकरी में उत्कृष्ट बनने के लिए किसकी ज़रूरत है	सफल होने के लिए कोचिंग, समर्थन, मार्गदर्शन और संसाधन प्रदान करता है
उद्देश्य चाहता है	उत्साह, जोश और विश्वास के साथ उद्देश्य प्रदान करता है
विश्वास, संलग्नता, ज़िम्मेदारी और स्वामित्व की लालसा रखता है	राय माँगता है, फिर काम सौंपता है, शक्ति देता है और लोगों को जवाबदेह ठहराता है
आश्वासन और फ़ीडबैक की ज़रूरत होती है	प्रदर्शन के बारे में निरंतर फ़ीडबैक प्रदान करता है
प्रशंसा और मान्यता पर फलता-फूलता है	लगातार विश्वास बढ़ाता है, प्रशंसा का इज़हार करता है और कीर्ति में हिस्सा देता है
स्पष्ट करियर मार्ग चाहता है	विकास के अवसर प्रदान करता है

लक्ष्य तय करना और उन्हें हासिल करने की योजना बनाना

अपनी नेतृत्व योग्यताओं पर अमल करने में हमें जो पहला क़दम उठाना चाहिए, वह है लक्ष्य तय करना। अच्छे जहाज़ चलाने वाले की तरह प्रभावी लीडर यह तय करता है कि कौन से लक्ष्य तय किए जाने चाहिए और उन लक्ष्यों तक कैसे व कब पहुँचा जाना चाहिए।

कुछ लोग लक्ष्य के बजाय "उद्देश्य" शब्द को ज़्यादा पसंद करते हैं। लक्ष्य और उद्देश्य लगभग पर्यायवाची शब्दावली हैं, जो दीर्घकालीन परिणामों का वर्णन करती हैं, जिनकी ओर किसी संगठन या व्यक्ति के प्रयास निर्देशित होते हैं।

ऐसे लोग होते हैं, जो बिना नक़्शे के यात्रा करना पसंद करते हैं। वे धाराओं पर सवारी करना चाहते हैं और यह आशा करते हैं कि उन्हें रोमांच और दौलत मिल जाएगी - और कई बार ऐसा हो भी जाता है। लेकिन कंपनियों और दूसरे संगठनों के लीडर व प्रबंधक इतना जोखिम लेना गवारा नहीं कर सकते। चूँकि उनकी अपनी टीमों के प्रति ज़िम्मेदारियाँ होती हैं, इसलिए उन्हें यह पता होना चाहिए कि वे कहाँ जाना चाहते हैं, क्या हासिल करना चाहते हैं, रास्ते में उनका किस तरह की समस्याओं से सामना हो सकता है और वे इन समस्याओं से कैसे उबरेंगे।

जब तक हम सटीकता से यह न जानते हों कि हम क्या हासिल करना चाहते हैं, तब तक यह नापने का कोई तरीक़ा नहीं है कि हम इसे हासिल करने के कितने क़रीब हैं। निश्चित लक्ष्य हमें एक पैमाना देते हैं, जिस पर हम अपनी प्रगति नापते हैं।

अपनी टीम के मिशन को हासिल करने के लिए हम जो लक्ष्य तय करते हैं, वे उन ज़्यादा बड़े लक्ष्यों के सामंजस्य में होने चाहिए, जो हमारा संगठन हमारे लिए तय करता है। यदि हम संगठन के उद्देश्यों के साथ उन उद्देश्यों को सामंजस्य में नहीं लाते हैं, जिनकी योजना हम अपनी नौकरी, विभाग या टीम के लिए बनाते हैं, तो हम अपना समय और ऊर्जा बर्बाद कर रहे होंगे।

लक्ष्य उत्साहवर्धक कार्यक्रमों की बुनियाद हैं। अपने लक्ष्यों तक पहुँचने की कोशिश में हम प्रोत्साहित हो जाते हैं। हमारी टीम के सदस्यों के लक्ष्य

जानने में और उन तक पहुँचने में उनकी मदद करने में हम उन्हें प्रोत्साहित करने में मदद करते हैं।

ज़्यादातर संगठनों में सकल बड़ी तसवीर के लक्ष्य शीर्ष प्रबंधन द्वारा तय किए जाते हैं और विभागों तथा टीमों तक नीचे पहुँचाए जाते हैं, जो उनके मार्गदर्शन से अपने ख़ुद के लक्ष्य तय करती हैं।

लक्ष्य निर्धारण प्रक्रिया

लक्ष्य तय करने की प्रक्रिया में समय, ऊर्जा और प्रयास लगता है। लक्ष्य कोई ऐसी चीज़ नहीं है, जो हम अपने कॉफ़ी ब्रेक में एक नैपकिन पर लिख लें। हम सचमुच जो भी हासिल करना चाहते हैं, हमें उसकी योजना बनानी चाहिए, टाइम टेबल बनाना चाहिए, यह तय करना चाहिए कि काम के किस पहलू के लिए कौन ज़िम्मेदार होगा और फिर अनुमान लगाना चाहिए। एक संकल्प की योजना बनाना चाहिए। उन बाधाओं की सूची बनानी चाहिए जो हमारे लक्ष्यों की उपलब्धि को जोखिम में डाल सकती हैं।

लक्ष्य स्पष्ट होने चाहिए। जिन लोगों को उन्हें पूरा करना है, उन्हें उन लक्ष्यों को पूरी तरह समझ लेना चाहिए। प्रबंधकों को – चाहे वे शीर्ष स्तर के हों या प्रबंधन पदक्रम में किसी दूसरे स्तर पर हों – को न सिर्फ़ कंपनी के लक्ष्यों के बारे में जागरूक होना चाहिए, बल्कि उनके प्रति पूरी तरह समर्पित होना चाहिए।

लक्ष्य तय करने के लाभ

1. लक्ष्य तय करने से काम करने वाले व्यक्तियों को प्रेरित करने में मदद मिलती है। यदि लोग जानते हैं कि किसी चीज़ की ज़रूरत क्यों है, तो इस बात की ज़्यादा संभावना है कि वे उसे अच्छी तरह से करना सीखेंगे और इस तरह लक्ष्य को हासिल कर लेंगे। ऐसा तब नहीं होगा, जब उन्हें बिना कारण बताए किसी काम को करने को कहा जाएगा। लोग अच्छा काम करने में गर्व का अनुभव करते हैं। वे जिस काम को कर रहे हैं, जब तक वे उसके उद्देश्यों को न जानते हों, तब तक वे सचमुच नहीं जान सकते कि वे संतोषजनक कार्य कर रहे हैं या नहीं।

मिसाल के तौर पर एक इंजीनियरिंग विद्यार्थी नील एक सहयोगी शिक्षा प्रोग्राम में था, जिसमें वह तीन महीने उद्योग में काम करता था और तीन महीने तक क्लास में जाता था। उसकी नौकरी एक बड़ी प्लास्टिक कंपनी की शोध प्रयोगशाला में थी, जहाँ उसे एक सामान्य परीक्षण काम सौंपा गया था। काम बार-बार दोहराने वाला और नीरस था और इसमें नील की रुचि जल्दी ही ख़त्म हो गई और उसका प्रदर्शन गिर गया। प्रयोगशाला प्रबंधक काम पर प्रभाव को देखते हुए उसे अलग ले गया और सावधानी से समझाया कि इस जाँच का कितना महत्त्व है, परिणामों का क्या उपयोग है और सटीकता से यह काम एक बेहतरीन प्रॉडक्ट उत्पन्न करने के कंपनी के लक्ष्य को पूरा करने में किस तरह योगदान देता है। एक बार जब नील को अपने द्वारा किए जा रहे प्रयासों का महत्त्व समझ में आ गया, तो उसका प्रदर्शन बेहतर हो गया और वह जल्दी ही शीर्ष स्तरीय परिणाम उत्पन्न करने लगा।

2. लक्ष्य स्थापित करने से नियोजन में निरंतरता आती है। जब कई लोग किसी संगठन के लिए योजनाएँ बनाने में संलग्न हों, तो लक्ष्यों की पूरी समझ से ऐसी योजनाएँ बनाना ज़्यादा आसान हो जाएगा, जो सकल उद्देश्यों की दिशा में हों। नियोजन प्रक्रिया में शामिल हर व्यक्ति बड़े लक्ष्यों पर एक निगाह रखता है और अपनी योजना के पहलू को पूरी तसवीर में सही जगह पर जमा देता है।
3. लक्ष्य तय करना समन्वय और नियंत्रण के लिए ठोस आधार प्रदान करता है। इन लक्ष्यों के आधार पर प्रदर्शन पैमाने तय किए जा सकते हैं और ये बदले में दिशानिर्देश पट्टिकाएँ बन जाते हैं, जिन पर वास्तविक प्रदर्शन को मापा जाता है।

लचीलापन

कई बार हम किसी लक्ष्य तक पहुँच ही नहीं सकते। परिस्थितियाँ बदल सकती हैं। जो कभी व्यावहारिक नज़र आ रहा था, हो सकता है कि अब वह व्यावहारिक न हो। कुंठित बनने के बजाय हमें लचीला बनना चाहिए।

बदलती परिस्थितियों के साथ लक्ष्य बदलना

हम सभी निश्चित परिस्थितियों के आधार पर लक्ष्य तय करते हैं, जिनकी उम्मीद हम किसी प्रोजेक्ट के जीवन के दौरान करते हैं। लेकिन परिस्थितियाँ बदल जाती हैं और इसलिए हो सकता है कि मूल लक्ष्यों में हेरफेर करना पड़े। इस उद्देश्य को भाँपने के लिए कई कंपनियाँ एक लक्ष्य-निर्धारण कार्यक्रम का इस्तेमाल करती हैं, जिसमें तीन स्तर शामिल होते हैं :

- विकल्प 1 : एक मुख्य या मानक लक्ष्य। जो हम हासिल करने की योजना रखते हैं, यदि हर चीज़ अच्छी तरह हो।
- विकल्प 2 : थोड़ा नीचे का लक्ष्य। यदि परिस्थितियाँ बदल जाती हैं और यह स्पष्ट हो जाता है कि हमारा मुख्य लक्ष्य हासिल नहीं किया जा सकता, तो अपने लक्ष्य को दोबारा परिभाषित करने में शुरुआत से शुरू करने के बजाय हम इस विकल्प पर पहुँच सकते हैं।
- विकल्प 3 : ज़्यादा ऊँचे स्तर का लक्ष्य। हमने मूल रूप से जितना सोचा था, यदि हम उससे ज़्यादा प्रगति कर रहे हैं, तो हम लक्ष्य से आगे रहने के घमंड करने के बजाय इस विकल्प को चुन सकते हैं और ज़्यादा हासिल कर सकते हैं।

मिसाल के तौर पर, पी.सी.एक्स. नाम की कंपनी को लें, जो मेट्रोपोलिटन फ़िलाडेल्फ़िया इलाक़े में है। यह कंप्यूटरों की सर्विसिंग और मरम्मत करती है। एक साल में इसका बिक्री लक्ष्य दस नए खाते खोलना था। जब एक राष्ट्रीय प्रतिस्पर्धी ने उसी इलाक़े में एक सर्विस आउटलेट खोला, तो ग्राहकों की संख्या घटने से रोकने के लिए कंपनी की सारी ऊर्जा इसके वर्तमान खातों को बचाने में लग गई। नए ग्राहकों को आकर्षित करने और विकसित करने के लक्ष्य को तब कम करना पड़ा।

दूसरी ओर, अगर पी.सी.एक्स. का एक अच्छा साल जा रहा होता, तो इसके लक्ष्यों को तीव्र किया जा सकता था। अगर पी.सी.एक्स. ने साल के पहले आधे हिस्से में आठ नए ग्राहक हासिल कर लिए होते, तो यह अपने आप अपने लक्ष्य ज़्यादा ऊँचे स्तर तक ऊपर उठा सकती थी।

टीम को लक्ष्य-निर्धारण प्रक्रिया में ख़रीदने के बिंदु तक लाना

हाल में एक लक्ष्य-निर्धारण सेमिनार में एक प्रतिभागी ने शिकायत की : "मुझे बड़ी तसवीर की अवधारणा को ख़रीदने के लिए लोगों को तैयार करने में मुश्किल आती है। वे अपने व्यक्तिगत कामों में इतने डूबे रहते हैं कि वे अपनी ख़ुद की समस्याओं से परे नहीं देख सकते।" हम इस प्रकार की स्थिति से ऐसे उबर सकते हैं :

- विभाग या हमारी प्रोजेक्ट टीम के प्रत्येक व्यक्ति को नियोजन प्रक्रिया की शुरुआती अवस्थाओं में शामिल कर लें।
- सकल योजना के मुख्य बिंदुओं पर विचार-विमर्श करें।
- हर व्यक्ति से यह वर्णन करने को कहें कि वह बड़ी तसवीर वाली योजना में कैसे सही जगह पर कार्य करेगा।
- हर व्यक्ति को प्रोजेक्ट की हर अवस्था पर टिप्पणी करने का मौक़ा दें।

दीर्घकालीन लक्ष्य को छोटे-छोटे टुकड़ों में बाँटना, जिनसे लोग संबद्ध हो सकें, इससे उन्हें यह देखने में मदद मिल सकती है कि किस तरह किसी प्रोजेक्ट में उनकी भूमिका दूसरे हिस्सों के साथ मिलकर फ़िट होती है। फिर वे यह भी देख सकते हैं कि लंबे समय के लिए सकल टीम या प्रोजेक्ट के लक्ष्यों को कैसे तय किया जाए।

टीम के हर सदस्य के लक्ष्यों के साथ पूरी तरह परिचित बनें। यदि उनके लक्ष्य कंपनी, विभाग या प्रोजेक्ट समूह के लक्ष्यों के सामंजस्य में नहीं हैं, तो उन्हें दर्शाएँ कि टीम के लक्ष्यों को पूरा करने में उनकी योग्यताओं का इस्तेमाल करने से उनकी ख़ुद की अपेक्षाओं को पूरा करने के उनके अवसर बढ़ जाएँगे।

नियोजन प्रक्रिया

पूरी टीम को हर प्रोजेक्ट या असाइनमेंट के लिए टीम की योजनाएँ बनाने में शामिल किया जाना चाहिए। सुपरवाइज़र या टीम लीडर होने के नाते हमें

समन्वय करना चाहिए और प्रक्रिया का नेतृत्व करना चाहिए। नियोजन के ख़ास पहलू उन सहयोगियों को सौंप दें, जो उनके बारे में सबसे ज़्यादा ज्ञानी हैं, प्रक्रिया का समन्वय करें, और ऐसे निर्णय लें, जिनका पूरे प्रोजेक्ट पर महत्त्वपूर्ण प्रभाव पड़ता हो।

नियोजन संगठन के लक्ष्यों के साथ बँधा होना चाहिए। जब तक कि कोई इन लक्ष्यों का समर्थन नहीं करता है, नियोजन बेतरतीब होगा। एक बार जब लक्ष्यों को स्पष्टता से परिभाषित कर लिया जाता है, तो योजना बनाने वालों को उन समस्याओं का पता लगाना चाहिए, जिन्हें वह योजना सँभालने वाली है। इसे करने के लिए क़दमों का अनुसरण करना चाहिए :

समस्या को स्पष्ट करें। यह सुनिश्चित करें कि योजना बनाने वाला हर व्यक्ति समस्या को एक ही तरह से समझे। मिसाल के तौर पर, यदि किसी सकल योजना का उद्देश्य बिक्री बढ़ाना है और एक प्रतिभागी स्थिति का कारण यह समझता है कि बेहतर बिक्री तकनीकों में समस्या है, जबकि दूसरा इसे भाव तय करने की समस्या के रूप में देखता है, तो किसी समाधान पर नहीं पहुँचा जा सकता। स्थिति सभी योजना बनाने वालों द्वारा स्पष्टता से समझ ली गई है, यह सुनिश्चित करने के लिए ये सवाल पूछें :

क्या किया जाना चाहिए? क्या यह अकार्यकुशलता को सही करना है? आपातकालीन स्थितियों के लिए तैयारी करना? किसी पद्धति को बदलना? या कोई निश्चित मामला?

यह क्यों किया जाना चाहिए? यदि यह नहीं किया जाता है, तो क्या होगा? क्या यह कार्य वर्तमान समस्याओं को सुलझाने या भविष्य की तैयारी करने के लिए अनिवार्य है? यह कार्य कंपनी के लक्ष्यों को किस तरह प्रभावित करेगा?

इसे कब किया जाना चाहिए? क्या कोई तात्कालिक आपातकालीन स्थिति है? अगर नहीं, तो इसे हासिल करने के लिए कौन सी समयसारणी स्थापित की जानी चाहिए?

यह कहाँ होगा? क्या योजना और इसके अमल के लिए सुविधाएँ उपलब्ध हैं?

योजना बनाने का काम किसे सौंपा जाएगा? क्या यह किसी ख़ास नियोजन समूह को सौंपा जाएगा, या फिर स्टाफ़ के सदस्यों को जो वर्तमान कार्यसंचालन में संलग्न हैं और जो इस पर अमल करने के लिए ज़िम्मेदार होंगे?

यह कैसे किया जाएगा? किस तरीक़े से योजना बनाई जाएगी और बाद में अमल में लाई जाएगी?

सफल व्यक्ति अपनी ग़लतियों से लाभ ले लेगा और एक अलग तरीक़े से एक बार फिर कोशिश करेगा।

—डेल कारनेगी

एस.ओ.पी. : कंपनी की बाइबल

नियोजन का एक ख़ास प्रकार होता है, जिसका अक्सर इस्तेमाल किया जाता है। यह होता है मानक कार्यप्रणाली अर्थात् स्टैन्डर्ड ऑपरेटिंग प्रोसीजर्स (एस.ओ.पी.) की स्थापना, जिसे कई बार स्टैन्डर्ड प्रोसीजर्स (एस.पी.) कहा जाता है, जो संगठन की योजनाओं और नीतियों को विस्तार से बताती हैं। हालाँकि प्रगतिशील संगठन आम तौर पर अपने एस.ओ.पी. को ऐसे मसलों तक सीमित रखते हैं, जैसे कर्मचारी संबंधी नीतियाँ, सुरक्षा मानदंड आदि, लेकिन कई कंपनियाँ या तो अपनी *"बाइबल"* में विशिष्ट नौकरी पद्धतियों और कार्यप्रणालियों को शामिल कर लेती हैं या उन्हें साथ की "निर्देश पुस्तिका" में प्रकाशित करती हैं। सामान्य गतिविधियों के लिए नीतियाँ और कार्यप्रणालियाँ प्रदान करने से हर बार जब भी वे सामने आती हैं, तो नए सिरे से उनकी हर बार योजना बनाने की ज़रूरत ख़त्म हो जाती है। चूँकि एस.ओ.पी. ऐसे पैमाने तय करती हैं, जिनका पालन हर एक को करना चाहिए, इसलिए निर्देश पुस्तिकाओं के साथ काम कर रहे सभी कर्मचारी किसी भी समय उनका अवलोकन कर सकते हैं, जिससे ख़ास स्थितियों से निबटने में एकरूपता सुनिश्चित होती है।

यदि आपको एस.ओ.पी. विकसित करनी हों, तो उन्हें सरल रखें। एस.ओ.पी. अक्सर जटिल बन जाती हैं, क्योंकि प्रबंधकों ने हरसंभव

आपातकालीन स्थिति को शामिल करने की इच्छा होती है। यह नहीं किया जा सकता। प्रबंधकों को अक्सर अज्ञात घटकों पर आधारित निर्णय लेने होते हैं। एस.ओ.पी. में सामान्य मसलों को विस्तार से शामिल करना चाहिए, लेकिन प्रबंधकों के लिए (या ग़ैर-प्रबंधक कर्मचारियों के लिए, जहाँ उचित हो) त्वरित निर्णय लेने की जगह छोड़नी चाहिए, जब भी परिस्थितियों की माँग हो।

एस.ओ.पी. लचीली भी होनी चाहिए। एस.ओ.पी. को इतना कठोर न बनाएँ कि जब परिस्थितियाँ बदलें, तो उन्हें न बदला जा सके। नई प्रौद्योगिकियों, प्रतिस्पर्धा, सरकारी नीतियों या अधिक कार्यकुशल पद्धतियों के आने की वजह से योजनाएँ दकियानूसी बन सकती हैं। एस.ओ.पी. में समय-समय पर समीक्षा और समायोजन की नीति बना दें।

यह ध्यान रखें कि सारी योजनाएँ एस.ओ.पी. नहीं होती हैं। योजनाओं को ख़ास उद्देश्य से विकसित किया जाता है, कई बार तो केवल एक बार ही इस्तेमाल के लिए और कई बार ऐसे प्रोजेक्टों के लिए जिनमें कई महीने और कई साल भी लग सकते हैं।

मानक कार्यप्रणाली नियोजन का सिर्फ़ एक रूप है। जैसा ज़िक्र किया गया है, यह सबसे अच्छा रहता है कि एस.ओ.पी. में केवल व्यापक नीतिगत मसलों को ही शामिल किया जाना चाहिए, ताकि जब नए प्रोजेक्ट बनाए जाएँ, तो उनके लिए विशिष्ट योजनाएँ तैयार की जाएँ।

सफल एस.ओ.पी. के लिए मार्गदर्शिका :

- स्पष्टता से व्यक्त करें कि हर प्रतिभागी से किन कार्यों की अपेक्षा की जाती है।
- विशेष रूप से बताएँ कि कहाँ पर विचलन की अनुमति हो सकती है और कब उसकी अनुमति नहीं होती है।
- एस.ओ.पी. को अंतिम रूप देने से पहले इसकी जाँच करें।

जवाबदेही सुनिश्चित करने की बाधाएँ

चाहे हमारी योजनाएँ कितनी भी अच्छी तरह क्यों न बनाई गई हों, सहयोगियों या दूसरे प्रबंधकों की तरफ़ से चुनौती आने की संभावना है।

हमारे परिणाम और हमारी टीम के परिणाम इस बात पर निर्भर करते हैं कि इन स्थितियों से कैसे पेश आया जाता है। निष्पक्षता, निरंतरता और शक्ति की आवश्यकता सही जगहों पर, सही समय पर और सही तरीक़े से होती है। इसके बिना हर एक का मनोबल कम हो सकता है, जिससे उत्पादकता, ग्राहक निष्ठा और कर्मचारी निष्ठा पर प्रभाव पड़ सकता है - जो सभी आज के उच्च प्रतिस्पर्धी कार्यशक्ति में अनिवार्य हैं। इससे निबटने के लिए यहाँ पर कुछ सुझाव दिए जा रहे हैं :

1. यह सुनिश्चित करें कि सारे लक्ष्य और उद्देश्य स्पष्ट हैं और हर शामिल व्यक्ति को बता दिए गए हैं और यह भी कि वे न सिर्फ़ उन्हें समझते हैं, बल्कि उन्हें स्वीकार भी करते हैं।
2. प्रदर्शन के उद्देश्य स्पष्टता से बता दिए जाने चाहिए। यह कैसे किया जा सकता है, इस बारे में अध्याय 5 में विचार-विमर्श किया गया है।
3. लक्ष्य और मानदंडों को तब तक बदला नहीं जाना चाहिए, जब तक कि गंभीर समस्याएँ प्रोजेक्ट के ढाँचे को न बदल दें।
4. सुनिश्चित करें कि सभी सहभागी लक्ष्यों और मानदंडों से सहमत हों और जुड़ाव महसूस करें।
5. उपलब्धियों को मापने, उनकी निगरानी करने और संप्रेषित करने के मील के पत्थरों और तरीक़ों को तय किया जाता है।
6. सहयोगियों को प्रोत्साहित करें कि वे परिणाम हासिल करने की बाधाओं को बाहर निकालने के लिए सही सवाल पूछें।
7. समय सारणी बनाएँ और उसका पालन करें।
8. कोचिंग प्रदान करें और फ़ीडबैक तकनीकें प्रदान करें।
9. प्रोजेक्ट में सम्मिलित व्यक्तियों में प्रेरणा की कमी और थकान के बारे में जागरूक बनें और इससे उबरने के लिए क़दम उठाएँ।
10. लक्ष्यों की उपलब्धि के लिए प्रासंगिक पुरस्कार तंत्र स्थापित करें।

सार

प्रभावी लीडर्स इन सिद्धांतों का अनुसरण करते हैं :

- टीम के सदस्य निरंकुश नेतृत्व के बजाय सहभागी नेतृत्व पर बेहतर प्रतिक्रिया करते हैं।
- सहयोगियों को उनके गुणों, योग्यताओं और मानसिक शक्ति के इस्तेमाल का हर अवसर दिया जाना चाहिए।
- अच्छा लीडर एक सहयोगी परिवेश स्थापित करता है, जिसमें सभी प्रतिभागी जानते हैं कि निर्णयों में उनकी सहभागिता का स्वागत होता है। सहयोगियों को उनके गुणों, योग्यताओं और मानसिक शक्ति के इस्तेमाल का हर अवसर दिया जाना चाहिए।
- अच्छे लीडर ख़ुद को समन्वयक मानते हैं। उनका काम यह है कि वे अपने सहयोगियों का काम पूरा करना उनके लिए आसान बना दें।
- प्रभावी लीडर पहल करने के लिए तैयार होते हैं, प्रतिक्रिया करने के बजाय कार्य करने के लिए तैयार होते हैं।
- सर्वश्रेष्ठ लीडर अपने लिए ऊँचे पैमाने तय करते हैं और फिर अपने लक्ष्य हासिल करने के लिए कड़ी मेहनत करते हैं।
- वे काम पूरा करने पर ध्यान केंद्रित करते हैं और आसानी से नहीं रुकते हैं।

ख़ुद को और दूसरों को जवाबदेह ठहराने के सिद्धांत

अपनी टीम के लीडर के रूप में हम इसकी सफलता या असफलता के लिए मुख्यतः जवाबदेह हैं। सफलता को सुनिश्चित करने के लिए यह हमारा दायित्व है कि हम यह देखें कि हमारे सहयोगी यह जान लें कि वे भी जवाबदेह हैं। इसमें मदद करने के लिए कुछ दिशानिर्देश ये हैं :

- अल्पकालीन, मध्यकालीन और दीर्घकालीन लक्ष्य बनाएँ।
- प्रदर्शन उद्देश्यों को कंपनी की रणनीति के साथ दिशाबद्ध कर लें।
- प्रोजेक्ट के ढाँचे में होने वाले परिवर्तनों के बारे में जागरूक बनें और

अगर योजनाएँ या प्रोजेक्ट बदलते हैं, तो लक्ष्यों, कार्यप्रणालियों और समय सीमाओं को बदल लें।

- स्थापित लक्ष्यों और मानकों पर सहमति और रज़ामंदी हासिल करें। स्थापित लक्ष्यों, उद्देश्यों, जाँच बिंदुओं, मील के पत्थरों को सभी शामिल लोगों के सामने लगातार प्रसारित करें।
- सही प्रश्न पूछें, चुनौतियों का डटकर सामना करें और लक्ष्य तक पहुँचने के अवरोधों को हटाने के लिए राय माँगें।
- गतिविधियों का प्राथमिकीकरण करें, केंद्रित या एकाग्र बने रहें और प्रदर्शन लक्ष्यों के अनुसार समय का प्रबंधन करें।
- एक मार्गदर्शक तंत्र बनाएँ और प्रभावी कोचिंग देने तथा सृजनात्मक फ़ीडबैक देने के तरीक़े सीखें।
- सच्ची और सतत मान्यता देकर उत्साह, समर्पण और अभिप्रेरण को क़ायम रखें।
- लक्ष्यों को हासिल करने के लिए एक प्रासंगिक पुरस्कार तंत्र तैयार करें।

3

स्टाफ़ को प्रेरित करना

जब हमारे कर्मचारी काम पर आते हैं, तो क्या हमने कभी खुद से पूछा है, "क्या वे यहाँ आकर खुश हैं? या फिर वे इसके बजाय किसी दूसरे के लिए काम करना चाहेंगे?" हम उन्हें जो वेतन देते हैं, क्या वह या फिर हमारी कंपनी जो लाभ देती है, वे उन्हें काम पर आने के लिए प्रेरित करते हैं? ये महत्त्वपूर्ण हैं, लेकिन आज ज़्यादातर कंपनियाँ संतोषजनक वेतन देती हैं और तुलनात्मक लाभ पैकेज प्रदान करती हैं। यह इससे अधिक होना चाहिए। मनोवैज्ञानिक हमें बताते हैं कि अपनी नौकरी के साथ किसी व्यक्ति के संबंध में पाँच बुनियादी प्रेरक घटक होते हैं।

इंसान के रूप में मान्यता

हम लोगों में से प्रत्येक हमसे और समूह के दूसरे लोगों से अलग होता है। हर इंसान यह महसूस करना चाहता है कि हम इन भिन्नताओं को मान्यता दें और उसके साथ किसी ख़ास व्यक्ति जैसा बर्ताव करें, न कि किसी सामान्य, औसत पैमाने के हिसाब से। सुपरवाइज़रों को कर्मचारियों की बात सुननी चाहिए और अवलोकन करना चाहिए, जिनका वे पर्यवेक्षण करते हैं और उनके बीच भिन्नता करना सीखना चाहिए। उनकी शक्तियाँ और सीमाएँ, उनकी पसंद और नापसंद सीखें, यह भी सीखें कि वे कैसे क्रिया और प्रतिक्रिया करते हैं और हम उनमें से प्रत्येक के साथ जिस तरह व्यवहार करते हैं, उसे उनके व्यक्तित्व के अनुसार ढाल लें।

इन भिन्नताओं पर ध्यान देकर हम सीखते हैं कि हर व्यक्ति की अपनी नौकरी के बारे में एक या अधिक ख़ास चिंताएँ होती हैं। हम पाते हैं कि जो बेहद सुरक्षा-चेतन हैं और असफल होने तथा शायद अपनी नौकरी को ख़तरे में डालने के डर से कोई जोखिम नहीं लेंगे। हम यह भी देखते हैं कि बैटी बहुत महत्त्वाकांक्षी है और जितनी तेज़ी से ऊपर पहुँचना चाहती है, पहुँच सकती है। हमारे दूसरे कर्मचारियों में सैम और लिल को सतत आश्वस्ति की ज़रूरत होती है, जबकि केरन हमेशा नई नीतियों को आज़मा रही है। इन व्यक्तिगत भिन्नताओं को ध्यान में रखते हुए हम उनमें से प्रत्येक के साथ ज़्यादा प्रभावी ढंग से काम कर पाएँगे और वह हासिल करने में उनकी मदद कर पाएँगे, जो वे अपने प्रबंधक के रूप में हमसे सबसे ज़्यादा चाहते हैं।

काम पर गर्व

ज़्यादातर लोग जो सुपरवाइज़र या प्रबंधक के पद पर पहुँचे हैं, उन्हें अपने काम पर गर्व होता है। उन्होंने आम तौर पर प्रमोशन को अर्जित किया है और अपने काम में महत्त्वपूर्ण उपलब्धियाँ हासिल की हैं। इन स्त्री-पुरुषों को कंपनी का महत्त्वपूर्ण हिस्सा माना जाता है। यदि हम अपने सभी कर्मचारियों में गर्व का यही अहसास भर दें, तो यह ऊँचे मनोबल और समर्पण की ओर ले जाएगा।

यह हासिल करने के लिए हर नए कर्मचारी को इस बात का पूरा दिशादर्शन दिया जाना चाहिए कि विभाग क्या करता है और इसके काम किस तरह से कंपनी की सकल गतिविधियों से संबंधित हैं। उसे यह भी बताना चाहिए कि किस तरह किए जाने वाले उस निश्चित काम से विभाग और कंपनी को अपना मिशन पूरा करने में मदद मिलती है।

जहाँ भी उचित हो, प्रशंसा और सराहना की जानी चाहिए। डेल कारनेगी ने हम सभी को प्रोत्साहित किया था कि हम "अपने अनुमोदन में दिलदार बनें और अपनी प्रशंसा में उदार बनें।" जब लोग जानते हैं कि उनके काम की सराहना होती है, तो गर्व का अहसास विकसित होता है और यह क़ायम रखा जाता है।

जुड़ाव का अहसास

कई संगठन उस साझे गर्व व निष्ठा की डींगें हाँकते हैं, जो वे उत्पन्न करते हैं। टीम भावना सफल सामूहिक गतिविधि के लिए अनिवार्य है। लोगों को यह महसूस करना पसंद होता है कि वे ख़ुद से ज़्यादा बड़ी किसी चीज़ का हिस्सा हैं : टीम, सामाजिक समूह, सैन्य इकाई या कंपनी। ये भावनाएँ व्यक्ति की नौकरी में गर्व से सीधे प्रवाहित होती हैं, लेकिन यह सिर्फ़ शुरुआत है। जब लोग अपने समूह के साथ अपनी पहचान जोड़ लेते हैं, तो वे ज़्यादा ख़ुश, ज़्यादा सहयोगी और उत्पादक बन जाते हैं - ख़ास तौर पर एक सफल और प्रभावी समूह।

लोग नौकरी पूरी करने के बाद इस बारे में डींगें हाँकते हैं कि उन्होंने यू.एस. मैरीन कोर में सेवा की है। लोग दूसरों को गर्व से बताते हैं कि वे आई.बी.एम., ए.टी.ऐंड टी., सोनी, टोयोटा या दूसरी प्रतिष्ठित कंपनियों में नौकरी करते हैं।

हम अपने लोगों में जुड़ाव की यह भावना कैसे बना सकते हैं? अच्छे प्रबंधक अपने कर्मचारियों के सामने उद्देश्यों को स्पष्टता से रखकर और यह तय करने में अपने लोगों को सहभागी बनाकर टीम भावना बनाते हैं कि वे उन उद्देश्यों को कैसे पूरा करेंगे। जो निर्णय कर्मचारियों के काम को प्रभावित करते हैं, उनमें उन्हें शामिल करने से वे महसूस करते हैं कि वे विभाग के लिए महत्त्वपूर्ण हैं और यह उनके समर्पण को ठोस बनाता है। यदि वे काम के बारे में उत्साही होते हैं, तो वे अपना सर्वश्रेष्ठ करने के लिए प्रेरित होंगे।

> *ज्वालामुखी जैसा उत्साह, जिसके पीछे सहज बोध और लगन का समर्थन हो, वह गुण है, जो सबसे ज़्यादा सफलता प्रदान करता है।*
>
> **—डेल कारनेगी**

निष्पक्ष बर्ताव

नीतियाँ और कार्यप्रणालियाँ स्थापित की जानी चाहिए, स्पष्टता से कर्मचारियों को संप्रेषित की जानी चाहिए और निरंतर अंदाज़ में करनी चाहिए। सिंडी और सैंडी दोनों को शिथिलता की समस्याएँ हैं। बॉस सिंडी को पसंद करती

है, लेकिन वह सैंडी को पसंद नहीं करती है। बॉस सैंडी के ख़िलाफ़ शिथिलता के लिए अनुशासनात्मक कार्यवाही करती है, लेकिन सिंडी को हल्की सी झिड़की देकर छोड़ देती है। न सिर्फ़ सैंडी विचलित हो जाएगी, बल्कि विभाग के दूसरे कर्मचारी भी इसे पक्षपातपूर्ण मानेंगे। जो लोग समान अपराध करते हैं, उन्हें समान परिणाम मिलने चाहिए।

जब लोगों का आत्म-हित ख़तरे में होता है, तो लोग तार्किक दृष्टि से नहीं, भावनात्मक दृष्टि से प्रतिक्रिया करते हैं। निष्पक्ष व्यवहार की यह इच्छा सभी लोगों की भावनात्मक संरचना में गहराई से बुनी हुई है। पक्षपात सबसे ज़्यादा मनोबल कम करता है। यह दूसरों में सुरक्षा की भावना को नष्ट कर देता है, जो महसूस करते हैं कि उनकी ख़ुद की कोशिशों और महत्त्व को मान्यता नहीं दी जा रही है।

विचारों को व्यक्त करने का अवसर

बिली अपने बॉस को कभी नहीं भूला। "मैंने एक बेहतरीन विचार सोचा, जिससे मेरे विभाग में उत्पादन बढ़ सकता था। बहुत रोमांचित होकर मैं बॉस के पास इस बारे में उन्हें बताने गया। उन्होंने मेरी बात सुनी तक नहीं। उन्होंने कहा, 'तुम्हें काम करने के पैसे मिलते हैं, सोचने के नहीं। इसलिए अपनी मशीन के पास लौट जाओ।' मैंने कभी उस नौकरी में रहते हुए किसी और विचार का कभी सुझाव नहीं दिया।"

जो लोग किसी काम को करते हैं, उन्हें उस काम के बारे में काफ़ी जानकारी होती है और वे अक्सर अच्छे सुझाव दे सकते हैं। हम सभी लोग उससे ज़्यादा सृजनात्मक होते हैं, जितना हम ख़ुद को मानते हैं। हमें यह आदत बना लेनी चाहिए कि हम अपने कर्मचारियों को सुझाव देने के लिए प्रोत्साहित करें और उनमें से प्रत्येक को गंभीरता से लें। यदि सुझाव को स्वीकार नहीं किया जाए, तो स्पष्ट करें कि क्यों, लेकिन इसे कभी नज़रअंदाज़ न करें।

कर्मचारियों को अपने प्रबंधक के साथ अपनी व्यक्तिगत प्रगति पर बातचीत करने के लिए स्वतंत्र महसूस करना चाहिए। कुछ सुपरवाइज़र अनजाने में ही अपने तथा कर्मचारियों के बीच एक अवरोध खड़ा कर देते हैं, जिससे सहयोगी उनके पास आने में आरामदेह महसूस नहीं करते हैं।

हो सकता है कि हमें इस बात का अहसास न हो, लेकिन अगर हमारे कर्मचारी अपनी समस्याएँ लेकर हमारे पास न के बराबर आते हैं, तो इसका यह मतलब नहीं है कि उनके पास समस्याएँ नहीं हैं। इस बात की ज़्यादा संभावना है कि कर्मचारी हमारे साथ समस्याओं पर बातचीत करने के लिए स्वतंत्र महसूस नहीं करते हैं।

कर्मचारियों को कौन सी चीज़ चलाती है

आइए उन कुछ घटकों पर एक और नज़र डालते हैं, जो कर्मचारी अपनी नौकरी में चाहते हैं।

मान्यता और प्रशंसा

जैसा ऊपर उल्लेख किया गया है, मान्यता एक मुख्य घटक है। इसकी पुष्टि द सोसायटी फ़ॉर ह्यूमन रिसोर्स मैनेजमेंट की रिपोर्ट में की गई, जो चार सौ कंपनियों के गैलप पोल पर आधारित थी। इसमें पुष्टि की कि अपने बॉस के साथ किसी कर्मचारी का संबंध वेतन या नौकरी की सुविधाओं से ज़्यादा ज़िम्मेदार था, उस नौकरी को करते रहने के लिए। निष्पक्ष और प्रेरक नेतृत्व, जिसमें कोचिंग और मार्गदर्शन शामिल हो, कर्मचारियों को कंपनी में बनाए रखता है। एक अन्य गैलप पोल ने उजागर किया कि कर्मचारी संतुष्टि और उत्पादकता का एक मुख्य सूचक कर्मचारी का यह विश्वास है कि बॉस कर्मचारी की परवाह करता है और उस पर भरोसा किया जा सकता है।

कुछ लोग पैसे के बजाय दूसरे प्रकार के प्रोत्साहनों से ज़्यादा प्रेरित होते हैं। एम्प्लॉयी रिटेंशन हेडक्वार्टर्स द्वारा किए गए अध्ययन में यह पता चला कि प्रशंसा और संलग्नता पैसे से ज़्यादा महत्त्वपूर्ण हैं, जो कर्मचारियों को खुश रखती हैं। उन्हें शब्दों में और उनके बग़ैर यह विश्वास दिलाने की ज़रूरत है कि प्रबंधन उनकी स्थिति का सम्मान करता है और वे अपने संगठन की सफलता के लिए महत्त्वपूर्ण हैं। वे मील के पत्थरों और विजयों का जश्न मनाने में आनंदित होते हैं, सार्वजनिक रूप से और निजी रूप से, शाब्दिक रूप से और लिखित रूप से, तुरंत और ईमानदारी से।

प्रेरक और संतुष्टिदायक काम

अक्टूबर 2003 में ए.एस.टी.डी. *(अमेरिकन सोसायटी फ़ॉर ट्रेनिंग ऐंड*

डेवलपमेंट) के न्यूज़लेटर में यह बताया गया कि आज ज़्यादातर कर्मचारियों के लिए प्रेरक और मूल्यवान कार्य उनका वेतन और तरक़्क़ी से ज़्यादा महत्त्वपूर्ण है। किसी नौकरी के प्रति उत्साह और रोमांच पर क़ीमत का ठप्पा लगाना मुश्किल होता है। जो प्रबंधक अपने कर्मचारियों की संलग्नता को बढ़ाते हैं और उन्हें परियोजनाओं में जल्दी ही शामिल कर लेते हैं, वे ज़्यादा सृजनात्मक विचार हासिल करते हैं और परिणाम में ज़्यादा कर्मचारी निवेश तथा गर्व उत्पन्न करते हैं। जो कर्मचारी बहुत सारे मुद्दों पर निर्णय लेने में सक्रियता से सहभागी होते हैं, वे एक ऐसा परिवेश बनाते हैं, जिसे वे पसंद करते हैं और ऐसा परिवेश जिसमें वे बने रहना चाहते हैं।

एक स्पष्ट करियर मार्ग और विकास के अवसर

विकास के अवसर प्रदान करके, व्यक्तिगत भी और पेशेवर भी, कर्मचारियों के कहीं दूसरी जगह पर नौकरी की तलाश करने की कम आशंका रहती है।

नई योग्यता के विकास और करियर के विकास के संदर्भ में प्रशिक्षण के अवसर प्रदान करना इस बात का संकेत है कि प्रबंधक कर्मचारियों में निवेश करने का इच्छुक है। यह कर्मचारियों को कंपनी में क़ायम रखने के लिए अति महत्त्वपूर्ण है। सदस्यता शुल्क का भुगतान करके पेशेवर संगठनों में कर्मचारियों को सम्मिलित करने के लिए प्रोत्साहित करके, कर्मचारियों को समय का अवकाश देकर और एडमिशन फ़ीस देकर, जिनकी ज़रूरत लंच और सम्मेलन में शामिल होने के लिए होती है, इससे कर्मचारी प्रेरित होते हैं। जिन कंपनियों में कर्मचारियों के रुके रहने की दर ज़्यादा होती है, उनमें भीतर से नियुक्त करने की छवि होती है। दोनों पक्षों द्वारा सहमत करियर मार्ग कर्मचारियों का समर्पण हासिल करेगा और यह सुनिश्चित करेगा कि वे संगठनात्मक लक्ष्यों और दिशा को स्वीकार कर लें।

मैनेजर जो संतुलित जीवन का सम्मान करते हैं

जो संगठन संतुलित जीवन की कही बात का अनुकरण करते हैं, उनमें कर्मचारी ज़्यादा रुकते हैं, बजाय उनके जो यह विश्वास करते हैं कि कर्मचारियों को काम को ही खाना चाहिए, काम की ही साँस लेना चाहिए, और काम को ही सोना चाहिए। कर्मचारियों के पारिवारिक और निजी जीवन के महत्त्व को स्वीकार करना और उसका सम्मान करने से अक्रियाशीलता

की रोकथाम होती है और वफ़ादारी बढ़ती है। सोसायटी फ़ॉर ह्यूमन रिसोर्स मैनेजमेंट के अनुसार नियोक्ताओं को कामकाज-जीवन मुद्दों की गुणवत्ता के बारे में जागरूक बनने की ज़रूरत है। उन्हें लचीले समय की पेशकश करने का इच्छुक रहना चाहिए और दोहरे करियर, बच्चों की देखभाल और माता-पिता की देखभाल की चुनौतियों के बारे में संवेदनशील होना चाहिए।

प्रतिस्पर्धी भुगतान और लाभ

पैसा महत्त्वपूर्ण है, लेकिन यह उससे कम महत्त्वपूर्ण है, जितना हम सोचते हैं। कर्मचारी न्यायोचित और प्रतिस्पर्धी भुगतान पाने की उम्मीद करते हैं। वे स्वास्थ्य बीमा और रिटायरमेंट योजना के सामान्य लाभ के हक़दार महसूस करना चाहते हैं। एक सर्वे में 92 प्रतिशत कर्मचारियों ने इंगित किया कि 10 हज़ार डॉलर की वार्षिक वेतनवृद्धि भी उन्हें कंपनी बदलने के लिए प्रेरित नहीं करेगी, यदि वे व्यक्तिगत व पेशेवर विकास कोचिंग पा रहे हों।

> *केवल एक ही रास्ता है... किसी से कोई चीज़ कराने का। वह है सामने वाले व्यक्ति में इसे करने की इच्छा जगाना।*
>
> **—डेल कारनेगी**

सर्वश्रेष्ठ प्रदर्शन के लिए प्रेरणा देना

प्रबंधक या लीडर के रूप में हमारा पहला काम अपने प्रत्येक सहयोगी की योग्यताओं को विकसित करना है, ताकि वे सर्वश्रेष्ठ क्षमता के अनुरूप प्रदर्शन कर सकें। शुरू करने का सर्वश्रेष्ठ तरीक़ा हर व्यक्ति के बारे में इंसान के रूप में जानना है।

हम यह सोच सकते हैं कि हमें दरअसल अपने सहयोगियों के बारे में सिर्फ़ इतना ही जानना है कि वे अपना काम कितनी अच्छी तरह करते हैं। ग़लत! हमारी टीम के सदस्यों को जानने के लिए सिर्फ़ उनकी नौकरी की योग्यता के बारे में जानना ही काफ़ी नहीं है, इसमें इससे अधिक जानने की ज़रूरत होती है - यह एक महत्त्वपूर्ण हिस्सा है, लेकिन यह उनके सकल व्यक्तित्व का सिर्फ़ एक हिस्सा है। यह जानें कि हमारे सहयोगियों के लिए

क्या महत्त्वपूर्ण है - उनके महत्त्वाकांक्षाएँ और लक्ष्य, उनके परिवार, उनकी ख़ास चिंताएँ - दूसरे शब्दों में, उन्हें कौन सी चीज़ चलाती है।

संचालन का तरीक़ा

हममें से प्रत्येक का हमारा खुद का ख़ास तरीक़ा होता है, जिससे हम काम करते हैं और जिससे हम जीते हैं। यह हमारी "एम.ओ." (कार्यप्रणाली) होती है। हमारे स्टाफ़ का हर सदस्य किस तरह काम करता है, उसका अध्ययन करें, और हमें उसके एम.ओ. का पता चल जाएगा। मिसाल के तौर पर, हम यह ग़ौर कर सकते हैं कि एक व्यक्ति किसी विषय पर टिप्पणी करने से पहले उस पर हमेशा सोच-विचार करता है और हो सकता है कि दूसरा हर चीज़ को दोबारा पढ़े, तभी नया काम शुरू करे, हालाँकि उसने वह काम पहले भी कई बार किया है। इन कामकाजी शैलियों के बारे में जागरूक बनने से हमें लोगों को समझने में मदद मिलती है और यह हमें ज़्यादा सक्षमता से उनके साथ काम करने में समर्थ बनाता है।

देखकर और सुनकर हम अपने सहकर्मियों के बारे में बहुत कुछ सीख सकते हैं। जब वे हमसे बात करें, तो सुनें। वे जो कहते हैं, उसे सुनें और उसे भी सुनें, जो वे नहीं कहते हैं। जब वे दूसरों से बात करते हैं, तो सुनें। छुपकर बातें सुनना शायद विनम्रता नहीं है, लेकिन हम बहुत कुछ सीख सकते हैं। यह देखें कि हमारे सहयोगी कैसे उनका काम करते हैं और वे कैसे क्रिया व प्रतिक्रिया करते हैं। उनकी पसंद और नापसंद, उनकी विचित्रताएँ और अजीब बातों को पहचानने में ज़्यादा समय नहीं लगता है। सुनकर हम उन चीज़ों के बारे में जान सकते हैं, जो उनमें से प्रत्येक के लिए महत्त्वपूर्ण हैं और उनके "हॉट बटन" को भी जो उन्हें चला सकते हैं या रोक सकते हैं।

हमारे हर कर्मचारी से अधिकतम प्राप्त करने के लिए हमें उन्हें इंसान के रूप में समझना चाहिए और उनके साथ व्यक्ति के रूप में काम करना चाहिए, ताकि वे उन दायित्वों को उससे भी बेहतर तरीक़े से पूरा कर सकें, जितना वे अभी करते हैं। जैसा ऊपर उल्लेख किया गया है, हमें यह पहचानना चाहिए कि सभी इंसान एक जैसे नहीं होते हैं और हमें एक ही तरीक़े से वही चीज़ सबसे कराने की कोशिश करने के बजाय उनकी व्यक्तिगत संरचना के अनुसार उनमें से प्रत्येक से पेश आना चाहिए। आइए

"लोग" शब्द को लें और हर अक्षर को विस्तार करके इस बारे में संकेत हासिल करें कि हम अपने लोगों के ज़रिये बेहतर प्रदर्शन के अपने लक्ष्य को कैसे हासिल कर सकते हैं।

व्यक्तित्व

हर व्यक्ति का अपना ख़ुद का विशेष व्यक्तित्व होता है। प्रबंधक को यह जानने का समय निकालना चाहिए कि उनमें से प्रत्येक किस तरह क्रिया और प्रतिक्रिया करता है, कौन सी चीज़ उन्हें प्रोत्साहित या हतोत्साहित करती है, उनके लिए सचमुच चिंता या परवाह की बात क्या है। कई सुपरवाइज़र यह भारी ग़लती कर बैठते हैं कि वे सभी कर्मचारियों के साथ समान व्यवहार करने की चेष्टा करते हैं। कुछ लोगों को दूसरों से बहुत ज़्यादा ध्यान की ज़रूरत होती है, जबकि कुछ लोग आपके ध्यान को जासूसी या हीन समझने का संकेत मान सकते हैं। ऐसे लोग होते हैं, जिन्हें लगातार सुदृढ़ीकरण की ज़रूरत होती है, जबकि बाक़ी लोगों को पीठ पर कभी-कभार प्रशंसा भरी धौल की ही ज़रूरत होती है।

असाधारण विशेषताएँ

उन गुणों की तलाश करें, जिनसे हर व्यक्ति दूसरों से अलग हटकर खड़ा होता है। लॉरी बहुत सृजनात्मक है। अपने ख़ाली समय में वह ड्रॉइंग करती है, मूर्ति बनाती है और कविता लिखती है। इससे नौकरी में कैसे मदद मिल सकती है? उसकी सृजनात्मकता के प्रति आग्रह करके हम लॉरी को मुश्किल प्रोजेक्ट सँभालने या विचारों व सुझावों का योगदान देने की ओर ले जा सकते हैं, जिससे नौकरी की समस्याओं को सुलझाने में मदद मिल सकती है। ग़ैरी एक पूर्णतावादी है। उसका काम धीमा है, लेकिन यह हमेशा सही होता है। जहाँ गुणवत्ता सबसे प्रधान हो, वहाँ उसे काम सौंपकर हम उसका सबसे प्रभावकारी ढंग से उपयोग करेंगे।

अवसर

क्लॉडेट का काम बुनियादी तौर पर नीरस है। लेकिन उसके बॉस को यह नज़र आया कि वह सीखने के लिए आतुर है और अपने नीरस काम के

लिए अपना पूरा प्रयास करने के लिए तैयार है, बशर्ते वह यह देख सके कि यह कैसे ज़्यादा चुनौतीपूर्ण कार्य की ओर ले जा सकता है। क्लॉडेट को विभाग में दूसरे कामों के बारे में सीखने का अवसर देकर वह उनके लिए उन्हें प्रशिक्षित और तैयार करने में समर्थ थी, इस तरह उसे सीखने और विकास करने के लिए प्रोत्साहित कर रही थी।

अवसर सिर्फ़ नौकरी में संभावित तरक़्क़ी तक ही सीमित नहीं हैं। ऐसे लोग हैं, जो सुपरवाइज़र या प्रबंधक की नौकरी की ज़िम्मेदारी नहीं चाहते, लेकिन अपने ज्ञान का विस्तार करने के अवसर तलाश करते हैं या ऐसे काम को करने का, जिसमें उनकी ज़्यादा रुचि हो सकती है। डेविड स्वयं को "सामाजिक व्यक्ति" मानता था। उसके दूसरे लोगों के साथ अच्छे संबंध हैं, लेकिन अकाउंटेंट के अपने काम में वह अपना ज़्यादातर समय अकेले काम करके बिताता है। डेविड को विभाग में दूसरों के साथ कंपनी की विभिन्न कार्यप्रणालियों का प्रशिक्षण लेने का अवसर देने और विभाग बैठकें समय-समय पर आयोजित करने से, नौकरी के प्रति उसका उत्साह बढ़ गया और उसका सकल प्रदर्शन भी बेहतर हो गया।

सहभागिता

जो लोग किसी काम को करते हैं, उन्हें इस बारे में बहुत ज़्यादा जानकारी होती है कि कोई काम कैसे किया जाना चाहिए, जितना हमें अहसास हो सकता है, उससे ज़्यादा। जब किसी नई कार्यप्रणाली को विकसित करना हो या किसी नए प्रोजेक्ट की योजना बनानी हो, तो इसे कैसे किया जाना चाहिए, यह तय करने में उन लोगों को सहभागी बनाएँ, जो उस काम को करेंगे। विभाग के प्रबंधक के रूप में कैथी को विश्वास था कि वह पूरी तरह से जानती थी कि नए प्रोजेक्ट की योजना कैसे बनाई जानी चाहिए। आख़िर, इस काम में उसके पास बरसों का अनुभव था। बहरहाल, योजना बनाकर अपने कर्मचारियों को यह बताने के बजाय कि इसे कैसे किया जाए, वह उन्हें नियोजन प्रक्रिया की शुरुआती अवस्थाओं में ही अंदर ले आई। न सिर्फ़ उन्होंने कुछ उत्कृष्ट विचार बताए, जिन पर कैथी ने विचार नहीं किया था, बल्कि योजना बनाने में शामिल होने के कारण वे इसकी सफलता सुनिश्चित करने के लिए कड़ी मेहनत करने का दायित्व महसूस करने लगे।

नेतृत्व

अच्छे लीडर अपने लोगों के लिए लक्ष्य तय नहीं करते हैं और उन्हें यह नहीं बताते हैं कि उन तक कैसे पहुँचा जाए। अच्छे लीडर अपने लोगों के साथ काम करके उन्हें प्रोत्साहित करते हैं कि वे अपने ख़ुद के लक्ष्य बनाएँ और उन्हें ऐसे उपाय बताते हैं, जिनकी ज़रूरत उन्हें वहाँ पहुँचने के लिए होती है।

फ़्रेड एक बुद्धिमान इंसान और अच्छा कर्मचारी था, लेकिन उसके बॉस पॉल को महसूस हुआ कि उसके पास उससे ज़्यादा क्षमता है, जितने का वह इस्तेमाल कर रहा था। फ़्रेड को किसी प्रोजेक्ट में पहल करने में डर लगता था और वह लगातार निर्देश लेने के लिए पॉल के पास आता रहता था। इस आदत से उबरने में फ़्रेड की मदद करने के लिए पॉल फ़्रेड को छोटे-छोटे प्रोजेक्ट देने लगे और उसे उनकी पूर्णता के लिए ज़िम्मेदार बना दिया। इन कामों की जटिलता को धीरे-धीरे बढ़ाकर पॉल ने फ़्रेड में आत्मविश्वास विकसित करने में मदद की, जिसकी ज़रूरत उसे असाधारण प्रदर्शन सचमुच करने के लिए थी।

अपेक्षाएँ

लोगों को यह बता दें कि हम उनसे उच्च प्रदर्शन की अपेक्षा रखते हैं। औसत काम से संतुष्ट न रहें। बहुत सारे प्रबंधक आनंदित होते हैं, यदि उनके कर्मचारी न्यूनतम मानदंडों को पूरा कर लें। यदि कारोबार समृद्ध हो रहा है, तो यह चलता है, लेकिन जब कंपनियों को क़ायम रहने के लिए जूझना पड़े, तो हमें सिर्फ़ मानदंड पूरा करने से ज़्यादा की ज़रूरत होती है। हमें अपने कर्मचारियों को बेहतर और बेहतर बनते रहने के लिए प्रोत्साहित करना चाहिए।

लक्ष्य हासिल करने के बदले में पुरस्कारों से अक्सर मदद मिलती है। द मैरी के कॉस्मेटिक्स की संस्थापक मैरी के ऐश बताती हैं कि अपनी कंपनी की महान सफलता का श्रेय वे अपनी इस आदत को देती हैं कि वे अपने लोगों से कहती थीं कि वे ख़ुद के लिए ज़्यादा और ज़्यादा अपेक्षाएँ तय करें – और जब वे लक्ष्य पूरे हो जाते थे, तो किसी तरह की मान्यता से उन्हें पुरस्कृत करती थीं।

जब लोगों से उनके बॉस, उनके परिवार और सबसे बढ़कर खुद की उम्मीदें होती हैं कि वे अपना प्रदर्शन बेहतर करते रहें, तो कोई भी चीज़ उन्हें सचमुच सफल बनने से नहीं रोक सकती।

हमारे लोगों को जानकर और उनके साथ काम करके और उनकी व्यक्तिगत शक्तियों का उपयोग करने का परिणाम यह होगा कि हमारे विभाग में सामूहिक प्रभावोत्पादकता आ जाएगी और संगठन का प्रदर्शन ज़्यादा ऊँचा हो जाएगा।

प्रेरक के रूप में पैसा

यहाँ पर तर्क में एक छोटा सा सबक़ दिया जा रहा है :

- ए : हम जितना ज़्यादा पैसा कमाते हैं, उतने ही ज़्यादा ख़ुश होते हैं।
- बी : हम जितना ज़्यादा उत्पादन करते हैं, हम उतना ही ज़्यादा पैसा कमाते हैं।

  इसलिए :

- सी : लोग ज़्यादा उत्पादन करने, ज़्यादा कमाने के लिए अतिरिक्त प्रयास करेंगे और इस तरह ज़्यादा ख़ुश हो जाएँगे।

लेकिन क्या यह सच है? कई बार तो सच है, लेकिन हमेशा नहीं। यह मानते हुए कि ए और बी दोनों सच हैं, तार्किक दृष्टि से यह निष्कर्ष निकलना चाहिए कि सी भी सच है। सही? कई बार सही, लेकिन अक्सर नहीं।

आइए देखते हैं कि पैसा वह उत्प्रेरक क्यों नहीं होता, जो यह तार्किक दृष्टि से नज़र आता है।

प्रेरक बनाम संतुष्टिदायक

फ़्रेडरिक हर्जबर्ग के नेतृत्व में व्यवहारवादी वैज्ञानिकों की एक टीम ने अध्ययन किया कि लोग अपनी नौकरी से क्या चाहते हैं, पर उन्होंने परिणामों को दो श्रेणियों में वर्गीकृत किया :

1. *संतुष्टिदायक* (क़ायम रखने वाले घटक भी कहा जाता है) : ऐसे घटक, जिनकी आवश्यकता लोगों को न्यूनतम प्रयास को तर्कसंगत साबित करने

के लिए नौकरी से होती है। इन घटकों में कामकाजी स्थितियाँ, पैसा और लाभ शामिल होते हैं। बहरहाल, जब कर्मचारी संतुष्ट हो जाते हैं, तो इसके बाद इन घटकों को और ज़्यादा देने से उन्हें और कड़ी मेहनत करने की प्रेरणा नहीं मिलती है। ज़्यादातर लोग जिन चीज़ों को प्रेरक समझते हैं, उनमें से कुछ केवल संतुष्टिदायक होती हैं।

2. *प्रेरक* : ऐसे घटक जो लोगों को अपने काम में ज़्यादा ऊर्जा, प्रयास और उत्साह डालने के लिए प्रेरित करते हैं। उनकी वजह से वे सचमुच चलने लगते हैं।

यह अवधारणा नौकरी में कैसे काम करती है, यह देखने के लिए मान लें कि हम एक बेहद छोटी फ़ैक्ट्री में काम करते हैं, जिसमें रोशनी कम है, हवा की आवाजाही अपर्याप्त है और जगह की तंगी है। ज़ाहिर है, उत्पादकता भी कम है।

चंद महीनों में ही हमारी कंपनी नए भवन में पहुँच जाती है, जहाँ उत्कृष्ट रोशनी और एयरकंडीशनिंग और बहुत सारी जगह है। उत्पादकता तेज़ी से उछल जाती है।

कंपनी का सी.ई.ओ. आह्लादित हो जाता है। वह संचालक मंडल से कहता है, "मुझे उच्च उत्पादकता का समाधान मिल गया है : यदि हम लोगों को बेहतर कामकाजी परिस्थितियाँ दे दें, तो वे ज़्यादा उत्पादन करेंगे, इसलिए मैं कामकाजी स्थितियों को और भी बेहतर बनाने जा रहा हूँ।" वह एक इंटीरियर डिज़ाइनर को नियुक्त करता है, एक नया कारपेट बिछवाता है, दीवारों पर पेंटिंग टाँग देता है और ऑफ़िस में चारों तरफ़ पौधे रखवा देता है जिससे कर्मचारी आनंदित हो जाते हैं। ऐसे परिवेश में काम करना आनंददायक है - लेकिन उत्पादकता ज़रा भी नहीं बढ़ती है।

क्यों नहीं? लोग अपनी नौकरी में संतुष्टि का एक स्तर चाहते हैं - इस मामले में, तार्किक दृष्टि से अच्छी कामकाजी परिस्थितियाँ। जब कामकाजी परिवेश को स्वीकार करने लायक़ बना दिया जाता है, तो कर्मचारी संतुष्ट हो गए और यह उनकी उत्पादकता में नज़र आया। बहरहाल, जब उनकी परिस्थितियाँ उनके संतोष के स्तर के अनुरूप हो गईं, उसके बाद उसमें हुई वृद्धि से वे प्रेरित या प्रोत्साहित नहीं हुए।

तो इसका धन से क्या संबंध है?

कामकाजी परिस्थितियों की तरह ही पैसा भी एक संतुष्टिदायक है। हम यह मान सकते हैं कि ज़्यादा पैसा देने से ज़्यादा उत्पादकता होती है। हम शायद सही भी होंगे - ज़्यादातर लोगों के लिए, लेकिन हर एक के लिए नहीं। प्रोत्साहन योजनाएँ, जिनमें लोगों को ज़्यादा उत्पादन करके ज़्यादा पैसे कमाने का अवसर दिया जाता है, कई कंपनी भुगतान योजनाओं का हिस्सा होती हैं। वे कुछ लोगों के लिए कारगर होती हैं, लेकिन सबके लिए नहीं।

बिक्री विभाग एक अच्छा उदाहरण है। सेल्सपीपल आम तौर पर कमीशन या प्रोत्साहन के आधार पर काम करते हैं, इसलिए वे इतनी अच्छी स्थिति में होते हैं कि उन्हें वेतनवृद्धि नहीं माँगनी पड़ती। यदि सेल्सपीपल ज़्यादा पैसे कमाना चाहते हैं, तो उन्हें बस इतना करना है कि वे ज़्यादा कड़ी या स्मार्ट मेहनत करें और जितना पैसा चाहते हैं, उतना कमा लें। इसलिए सभी सेल्सपीपल बहुत अमीर होते हैं। सही? ग़लत!

ऐसा कैसे है कि यह तर्क कारगर नहीं है? सेल्स प्रबंधक बहुत समय से इस समस्या के बारे में शिकायत कर रहे हैं। वे कहते हैं, “हमारे पास एक उत्कृष्ट प्रोत्साहन योजना है और हमारे सेल्स स्टाफ़ के लिए पैसा मौजूद है। उन्हें तो बस इसके लिए हाथ बढ़ाना है - लेकिन वे इतना भी नहीं करते हैं। क्यों नहीं?”

जवाब के लिए हमें मानव मनोविज्ञान में गहराई तक उतरना होगा। हम सभी चेतन या अचेतन रूप से व्यक्तिगत वेतन के स्तर तय करते हैं जिस पर हम संतुष्ट हो जाते हैं। जब तक हम उस बिंदु तक नहीं पहुँचते हैं, तब तक पैसा हमें प्रेरित कर सकता है, लेकिन उसके बाद नहीं। वेतन का यह स्तर हर व्यक्ति के लिए बहुत अलग होता है।

कुछ लोग इस स्तर को बहुत ऊँचा तय करते हैं और धन उनके लिए एक बड़ी प्रेरणा होता है, जबकि बाक़ी लोग निचले स्तरों पर संतुष्ट हो जाते हैं। इसका यह मतलब नहीं है कि वे वार्षिक वेतन वृद्धि या बोनस नहीं चाहते, लेकिन यदि अतिरिक्त धन हासिल करने के लिए विशेष प्रयास या असुविधा की ज़रूरत पड़ती है, तो हम इसे भूल सकते हैं।

मिसाल के तौर पर, मान लें कि डेरेक हमारे उत्पादन समूह में है और उसका वेतन हमसे साठ प्रतिशत है। उसकी पत्नी काम करती है, लेकिन उसके काम की प्रकृति से हम जानते हैं कि उसे ज़्यादा वेतन नहीं मिलता है। डेरेक बारह साल पुरानी कार चलाता है और अपने कपड़े सस्ती दुकानों से ख़रीदता है। उसका परिवार अवकाश मनाने अगर जाता है, तो कभी-कभार कैंपिंग यात्राओं पर ही जाता है। हम उसके लिए अफ़सोस महसूस करते हैं। लेकिन अब हम डेरेक की मदद कर सकते हैं। हमें एक ख़ास प्रोजेक्ट के लिए कुछ कर्मचारियों की ज़रूरत है, जिसे दोगुने भुगतान पर अगले छह शनिवारों में किया जाना है। जब हम डेरेक से पूछते हैं कि क्या वह उस काम को करना चाहेगा, तो वह कहता है, "नहीं।" हम यह नहीं समझ पाते कि क्यों? हमें ऐसा लगता है कि उसे ज़्यादा पैसे कमाने के लिए उत्सुक होना चाहिए, लेकिन वह पहले ही अपनी संतुष्टि के स्तर तक पहुँच चुका है। उसके लिए, ज़्यादा पैसा कमाने के अवसर से ज़्यादा महत्त्वपूर्ण यह है कि वह शनिवार की छुट्टी अपने परिवार के साथ बिताए।

इस उदाहरण का यह मतलब नहीं है कि धन ज़रा भी प्रेरित नहीं करता। पैसा कमाने का अवसर हर एक को उस बिंदु तक प्रेरित करता है, जहाँ वे संतुष्ट हो जाते हैं। डेरेक की तरह कुछ लोग निचले स्तर पर संतुष्ट हो जाते हैं। जब तक वे अपनी बुनियादी ज़रूरतों को पूरा कर सकें, दूसरी चीज़ें पैसे से उनके लिए ज़्यादा महत्त्वपूर्ण होती हैं। बाक़ी लोगों के लिए यह बिंदु ज़्यादा ऊँचा होता है और वे ज़्यादा पैसे कमाते रहने के लिए अतिरिक्त प्रयास करते हैं।

अपने सहयोगियों के बारे में ज़्यादा से ज़्यादा सीखने पर हमें उनकी रुचियों, लक्ष्यों और जीवनशैलियों के बारे में पता चलता है और यह भी कि वे आमदनी के किस स्तर पर संतुष्ट हो जाते हैं। जो लोग इस बारे में परवाह नहीं करते हैं, उन्हें प्रोत्साहन के रूप में ज़्यादा पैसे कमाने के अवसर की पेशकश करना व्यर्थ है। हमें उन्हें प्रेरित करने के कुछ दूसरे तरीक़े खोजने होते हैं।

लाभ : प्रेरक या संतुष्टिदायक?

लाभ ज़्यादातर कंपनियों में महत्त्वपूर्ण होते हैं। ये कंपनियाँ अपने कर्मचारियों को किसी प्रकार का स्वास्थ्य बीमा, जीवन बीमा, पेंशन और अन्य लाभ देती हैं। वास्तव में, लाभों का पैकेज एक घटक होता है, जिसे संभावित कर्मचारी चाहते हैं, जब वे किसी नौकरी की पेशकश का मूल्यांकन करते हैं – लेकिन यह प्रेरक नहीं होता। क्या हम किसी ऐसे व्यक्ति को जानते हैं, जिसने ज़्यादा मेहनत से काम किया, क्योंकि कंपनी ने दाँतों का बीमा करने की एक योजना लागू की थी?

लाभ संतुष्ट करते हैं। अच्छे लाभ लोगों को किसी कंपनी के लिए काम करने हेतु आकर्षित करते हैं और वे लोगों को नौकरी छोड़ने से भी रोकते हैं।

कर्मचारियों को ख़ुश रखना काफ़ी नहीं है। चुनौती उच्च प्रदर्शन के ऐसे पैमाने विकसित करना है, जो कर्मचारियों को चुनौती दें और उन्हें इन पैमानों पर खरा उतरने के लिए अतिरिक्त प्रयास करने का प्रोत्साहन दें। इनमें से कुछ प्रेरक ये हैं :

मान्यता

इंसान मान्यता के भूखे होते हैं। लोग यह जानना पसंद करते हैं कि दूसरे यह जानते हों कि वे कौन हैं, वे क्या चाहते हैं और वे किसमें विश्वास करते हैं। मान्यता तब शुरू होती है, जब हम लोगों के नाम पता करते और इस्तेमाल करते हैं। ज़ाहिर है, अपने कार्य-समूह में हम अपने सहकर्मियों के नाम जानते हैं, लेकिन अक्सर हम दूसरे समूहों के साथ काम का समन्वय करेंगे, आंतरिक और बाहरी सप्लायरों के साथ, सबकॉन्ट्रैक्टर्स के साथ और ग्राहकों के साथ। हर एक का एक नाम होता है। उन लोगों के नाम मालूम करें। उनका इस्तेमाल करें। यह हर व्यक्ति की निजता को पहचानने का पहला क़दम है।

> *याद रखें कि किसी व्यक्ति का नाम उस व्यक्ति के लिए किसी भी भाषा में सबसे मधुर ध्वनि होता है।*
>
> **—डेल कारनेगी**

मान्यता किसी नाम का इस्तेमाल करने तक ही सीमित नहीं है। एक इमारत रखरखाव कंपनी में नौकरी छोड़ते समय वॉरेन से पूछा गया कि उसे कंपनी में सबसे ज़्यादा क्या पसंद था और सबसे कम क्या पसंद था। वॉरेन ने जवाब दिया कि हालाँकि वेतन और लाभ अच्छे थे, लेकिन उसे कभी महसूस नहीं हुआ कि वह संगठन का हिस्सा था। उसने कहा, "मुझे हमेशा ऐसा महसूस हुआ, जैसे मुझे मशीन के पुर्जे से ज़्यादा कुछ नहीं माना जाता हो। मैंने नौ महीने तक विभाग में काम किया और इस दौरान मैंने कई सुझाव दिए, अतिरिक्त प्रोजेक्ट लेने की पेशकश की और मुझे सौंपे गए कुछ कामों पर सृजनात्मक नीतियाँ लागू करने की कोशिश की। मेरे बॉस ने ज़रा भी मान्यता नहीं दी, जिसका मैं योगदान दे सकता था।"

दिखाएँ कि हमें परवाह है

जिस तरह हमारा कंपनी के बाहर जीवन होता है, उसी तरह हमारे सहयोगियों का भी होता है। नौकरी हमारे जीवन का एक महत्त्वपूर्ण हिस्सा है, लेकिन जीवन के कई पहलू हैं, जिनका महत्त्व ज़्यादा हो सकता है : मिसाल के तौर पर, स्वास्थ्य, परिवार और बाहरी रुचियाँ। पूर्ण व्यक्ति के रूप में सहयोगी के रूप में सच्ची रुचि दिखाएँ।

वर्जीनिया विचिटा, कैन्सस में सेविंग्स ऐंड लोन असोसिएशन में मुख्य टैलर है। वह उन सहयोगियों का दोबारा स्वागत करने की बात याद रखती है, जो अवकाश पर गए थे या बीमारी के कारण कुछ दिनों से नहीं आए थे। वह उनसे उनकी अवकाश या उनके स्वास्थ्य की स्थिति के बारे में पूछती है और उन्हें कंपनी की ताज़ा ख़बरें देती है। वह उन्हें महसूस कराती है कि उसे उनकी कमी खली - और यह सच्चा लगता है क्योंकि उसे सचमुच उनकी कमी खली थी।

जैकब, जो दादाजी बन चुका है, को अहसास होता है कि बच्चे ज़्यादातर परिवारों के केंद्र में होते हैं। वह अपने सहकर्मियों के बच्चों की गतिविधियों में सच्ची रुचि लेता है और अपने सहयोगियों के साथ स्कूल के कार्यक्रमों में भी गया है, जिनमें उनके बच्चे शामिल हुए थे। कुछ लोग इसे अनावश्यक घुसपैठ या दख़लंदाज़ी मान सकते हैं, लेकिन जैकब की सच्ची परवाह सकारात्मक रुचि लगती है और इसने उसकी टीम के सदस्यों को एक कामकाजी परिवार के रूप में ढालने में मदद की है।

प्रशंसा

दो बार मैंने अच्छा किया और मैंने कभी नहीं सुना। एक बार मैंने बुरा किया और मैं हमेशा सुनता रहता हूँ।

—डेल कारनेगी

ऐसे सुपरवाइज़र होते हैं, जो अपने कर्मचारियों की कभी प्रशंसा नहीं करते हैं। वे यह तर्क देते हैं कि कर्मचारियों से अच्छा काम करने की अपेक्षा की जाती है और जिसकी उनसे करने की अपेक्षा की जाए, उसके लिए प्रशंसा करने की ज़रूरत नहीं है। एक चिड़चिड़े सुपरवाइज़र ने डींग हाँकते हुए बताया : "मैं कभी कर्मचारियों की प्रशंसा नहीं करता। अगर मैं उन्हें अकेला छोड़ देता हूँ, तो वे जानते हैं कि वे ठीक-ठाक हैं। अगर मुझे उनसे बात करनी होती है, तो वे मुश्किल में हैं।"

इंसान प्रशंसा के भूखे होते हैं। हम सभी यह जानना चाहते हैं कि दूसरे लोग हमारी उपलब्धियों और सफलताओं को पहचानें।

यह ख़ास तौर पर महत्त्वपूर्ण है, जब प्रशंसा हमारा सुपरवाइज़र या दूसरे लोग करें, जिनका हम सम्मान करते हैं।

प्रशंसा सच्ची होनी चाहिए

कैरोल एक मीटिंग में जाने के लिए कमरे से निकलने वाली थी। वह ठहरी, जब वह दरवाज़े तक पहुँची, मुड़ी और बोली, "गैंग, मैं आप लोगों को बताना चाहती हूँ कि आप एक बेहतरीन काम कर रहे हैं।" फिर वह मुस्कराई और कमरे से बाहर चली गई। मीटिंग में उसने अपने सहकर्मियों को बताया कि अपनी विदाई टिप्पणी से उसने विभाग के मनोबल को किस तरह बढ़ा दिया था। उसके विभाग में उसके सहयोगी इस पर काफ़ी अलग तरह से सोच रहे थे। एक आदमी ने ज़ोर से टिप्पणी करते हुए दूसरों से कहा, "उसने हमें अभी-अभी हमारी मासिक सकारात्मक प्रशंसा की ख़ुराक दे दी है।"

जो कैरोल को मनोबल बढ़ाने वाला लग रहा था, वह उसके अधीनस्थ कर्मचारियों को झूठा लग रहा था। प्रशंसा सच्ची होनी चाहिए और हम सच्चाई में धोखा नहीं दे सकते।

प्रशंसा को सचमुच सच्चा बनाने का एक तरीक़ा यह है कि हम प्रशंसा में ही प्रशंसा के कारण को शामिल कर लें। "बेहतरीन काम किया, जो" यह कहने के बजाय यह कहना ज़्यादा प्रभावी है, "जो, जिस तरह तुमने उस ग्राहक शिकायत को सँभाला, वह पेशेवर होने का एक अच्छा उदाहरण है, जिसे हम इस विभाग में देखना पसंद करते हैं।"

प्रशंसा के साथ आलोचना को मिलाना

जब किसी कर्मचारी की आलोचना की जानी होती है, तो कई सुपरवाइज़र आलोचना को प्रशंसा के बीच सैंडविच कर देते हैं। माना जाता है कि इससे आलोचना ज़्यादा सुस्वादु हो जाती है। अक्सर इससे वह द्वेष कम हो जाता है, जो अक्सर निंदा के साथ जुड़ा होता है। बहरहाल, यदि प्रशंसा जब भी की जाती है, उसके साथ किसी तरह की नकारात्मक टिप्पणी जुड़ी हो, तो प्रशंसा अर्थहीन हो जाती है। जब सुपरवाइज़र प्रशंसा शुरू करता है, तो कर्मचारी सोचने लगता है, "ठीक है, वह मेरी बुराई कब शुरू करेगा?"

आम तौर पर बातचीत इस तरह होती है : "सैम, तुम हमारे यहाँ के सबसे तेज़ कर्मचारियों में से एक हो और मैं इसकी प्रशंसा करता हूँ, लेकिन तुम बहुत ज़्यादा ग़लतियाँ करते हो..." जिस क्षण सैम "लेकिन" शब्द सुनता है, उसका दिमाग़ प्रशंसा को बाहर रोक देता है। वह जानता है कि अगले शब्द आलोचना से भरे होंगे।

बैरी "लेकिन" की जगह पर "और" शब्द रखकर इससे उबरता है। "सैम, तुम हमारे यहाँ के सबसे तेज़ कर्मचारियों में से एक हो। मैं इस बात की प्रशंसा करता हूँ और तुम इससे भी ज़्यादा प्रभावी बन सकते हो, अगर तुम काम की गुणवत्ता को बेहतर बना लो। चलो देखते हैं कि इसमें मदद करने के लिए हम मिलकर क्या कर सकते हैं?"

"और" में "लेकिन" का नकारात्मक भाव नहीं होता है। कर्मचारी अब भी प्रशंसा की धूप सेंकता है और बेहतरी के सुझावों के लिए खुला होता है।

प्रशंसा करने का डर

कुछ प्रबंधक टिप्पणी करते हैं, "यदि मैं दूसरों से अच्छा प्रदर्शन करने वाले कर्मचारियों की ज़्यादा बार प्रशंसा करता हूँ, तो क्या इसे पक्षपात नहीं माना जाएगा?"

ज़रूरी नहीं है। जब कोई स्पष्ट रूप से मान्यता का हक़दार होता है और मान्यता हर उस व्यक्ति को दी जाती है, जो उसका हक़दार है, तो यह पक्षपात नहीं है। जिन लोगों की प्रशंसा नहीं की जाती है, उन्हें यह अहसास करना चाहिए कि उन्होंने इसे अर्जित नहीं किया है।

एक और चिंता : "जब किसी व्यक्ति का प्रदर्शन महत्त्वपूर्ण रूप से सुधरता है, तो क्या उसे अतिरिक्त प्रशंसा देना बेहतर है, बजाय उस व्यक्ति के जिसने शुरू से ही अच्छा काम किया है?"

अत्यधिक प्रशंसा से उन लोगों में द्वेष उत्पन्न हो सकता है, जो हमेशा से वांछनीय तरीक़े से प्रदर्शन कर रहे हैं। इसके अलावा, अत्यधिक मान्यता यह विचार भी संप्रेषित कर सकती है कि हम असाधारण उपलब्धि को सामान्य दिनचर्या बनने की उम्मीद करते हैं। हमें अपनी प्रशंसा को उस तरीक़े से बनाना चाहिए, जो उस विशिष्ट सहयोगी की आवश्यकताओं के हिसाब से हो।

जब वह व्यक्ति उस मानदंड पर पहुँचता है, जिसकी अपेक्षा की जाती है, तो इस उपलब्धि के लिए उसकी प्रशंसा करें और यह संकेत करें कि यह वह है, जो दूसरे अच्छे कर्मचारी कर रहे हैं और हम इसकी प्रशंसा करते हैं। इसे सहकर्मियों के सामने करें, ताकि सभी को यह पता चल जाए कि यह प्रशंसा इस स्तर पर पहुँचने पर आधारित है और असाधारण काम के लिए प्रशंसा नहीं है। स्वाभाविक रूप से, जो व्यक्ति अब भी बेहतर प्रदर्शन करते हैं, उन्हें विशेष मान्यता मिलनी चाहिए।

प्रबंधक पूछते हैं, "क्या लगातार औसत काम करने के लिए लोगों की प्रशंसा करना चाहिए?" हर व्यक्ति को प्रशंसा की ज़रूरत होती है, लेकिन दिनचर्या के प्रदर्शन के लिए ख़ास मान्यता देना ख़ुद को पराजित करने वाला काम है। इससे उस व्यक्ति को बेहतर बनने का कोई प्रोत्साहन नहीं मिलता है।

कभी-कभार सुपरवाइज़र उनकी अच्छी उपस्थिति पर या किसी विशेष उपलब्धि के लिए उन्हें बधाई दे सकता है। इसे नियमित रूप से नहीं करना चाहिए, वरना इसका मूल्य कम हो जाता है।

प्रशंसा कभी भी दिनचर्या के हिसाब से नहीं दी जानी चाहिए। "आज 14 तारीख़ है। आज मेरे लिए कैथी की प्रशंसा करने का दिन है।" बल्कि प्रशंसा को उस समय दें, जब यह परिस्थितियों की माँग हो।

प्रशंसा को संप्रेषित करना

तुरंत करें : प्रशंसा करने का सबसे अच्छा समय वह समय है, जब प्रशंसनीय घटना होती है। जब एलिस ने अपनी रिपोर्ट अपने बॉस के सामने पेश की, तो उन्होंने तुरंत डेडलाइन से पहले इसे पूरा करने पर उसे बधाई दी। जब उन्होंने वह रिपोर्ट पढ़ ली, तो इसकी सामग्री के लिए उन्होंने इसकी दोबारा प्रशंसा की।

विशिष्ट बनें : जैसा पहले बताया जा चुका है, प्रशंसा के भीतर ही यह शामिल कर लें कि आप उस व्यक्ति की प्रशंसा किसलिए कर रहे हैं।

संगठन के लिए इसके मूल्य का वर्णन करें : "उस डेडलाइन से पहले काम करने से हम उस प्रोजेक्ट को पूरा करने में सक्षम बने और हमारे ग्राहक की समस्या सुलझाकर उसे संतुष्ट कर दिया।"

उन्हें अच्छा काम जारी रखने के लिए प्रोत्साहित करें : "हमने इस काम में बेहतरीन प्रगति की है और मैं जानता हूँ कि हमारे लक्ष्य हासिल करने में हमारी मदद करने के लिए हम अपनी उत्कृष्ट योग्यताओं का इस्तेमाल करते रहेंगे।"

उन्हें रखने के लिए कुछ दें

लोगों को यह बताना कि उन्होंने जो किया है, उसके लिए हम उनकी प्रशंसा करते हैं, यह एक बेहतरीन विचार है, लेकिन इसे लिखना और भी ज़्यादा कारगर होता है। मौखिक प्रशंसा का आभामंडल मुरझा जाता है, पत्र या छोटी चिट्ठी भी क़ायम रहती है। हमें ज़्यादा पैसे ख़र्च करने की ज़रूरत नहीं होती है। इसमें ज़्यादा समय नहीं लगता है।

थैंक यू कार्ड लिखें

विल्मिंगटन, डेलावेअर में ए.ऐंड जी. मर्कैन्डाइज़िंग कंपनी में टीम लीडरों को "थैंक यू" कार्ड के पैकेट दिए गए, जिन पर सामने की तरफ़ सुंदर लिखावट में थैंक यू शब्द लिखे थे और कार्ड के अंदर ख़ाली जगह थी। जब कोई ख़ास महत्त्व का कोई काम करता था, तो उस व्यक्ति का प्रबंधक उस ख़ास उपलब्धि का वर्णन करते हुए एक कार्ड पर नोट लिखता है और इसे हासिल करने के लिए कर्मचारी को बधाई देता है। पाने वाले कर्मचारी कार्डों को सँजोकर रखते हैं और मित्रों तथा परिवार वालों को दिखाते हैं।

प्लाक और प्रमाणपत्र

हम कर्मचारियों को चाहे किसी भी प्रकार का पुरस्कार दें - बड़ा या छोटा (मिसाल के तौर पर नक़द, वस्तु, किसी शो या मैच के टिकट या रिज़ॉर्ट की यात्रा) - एक प्रमाणपत्र या प्लाक शामिल करने के लिए कुछ डॉलर ख़र्च करना अच्छा रहता है। कर्मचारी इन स्मृति चिह्नों को अपने क्यूबिकल या ऑफ़िस में, अपने काम करने की बेंच के ऊपर या अपने घर में लटकाना पसंद करते हैं। नक़द पैसा ख़र्च हो जाता है, वस्तु घिस जाती है, यात्रा एक पुरानी स्मृति बनकर रह जाती है, लेकिन प्रमाणपत्र या प्लाक मान्यता का एक स्थायी यादगार बन जाता है।

हाशिये के कर्मचारियों को प्रोत्साहित करना

हमारे हाशिये के कर्मचारी कौन हैं? ये वे लोग हैं, जो हमारे प्रदर्शन के न्यूनतम पैमानों को पूरा करते हैं, लेकिन शायद ही कभी उनसे आगे बढ़ते हैं। वे इतने बुरे नहीं होते कि उन्हें नौकरी से निकाला जा सके, लेकिन वे दरअसल अपना ख़ुद का वज़न भी नहीं उठाते हैं। ऐसे लोगों को प्रेरित करना लीडर्स के लिए एक बड़ी चुनौती है। वे कुछ कारण क्या हैं, जिनकी वजह से हमारे संगठनों में हमारे पास मार्जिनल कर्मचारी होते हैं?

ख़राब चयन

डाटा एंट्री क्लर्क डेबी हाशिये वाली कर्मचारी है। चूँकि डाटा एंट्री क्लर्क कम मिलते हैं, इसलिए उसकी बॉस बारबरा ने डेबी को नियुक्त कर लिया, हालाँकि वह नौकरी की आवश्यकताओं को भलीभाँति पूरा नहीं करती थी।

हालाँकि वह अब भी अपेक्षित प्रदर्शन मानदंड से नीचे थी, जब उसने अपने प्रोबेशन की अवधि पूरी की, फिर भी बारबरा ने उसे रखे रहने का निर्णय लिया। उसका तर्क था, "कम से कम कोई तो उस कंप्यूटर को चला रहा है और मैं उसके साथ काम करती रहूँगी और उसे उत्पादक बनाऊँगी।"

छह महीने बाद, अतिरिक्त प्रशिक्षण और कोचिंग के बावजूद डेबी अब भी उत्पादन के पैमानों को बमुश्किल पूरा कर पा रही है। उसमें सचमुच उत्पादक बनने की आंतरिक क्षमता नहीं है।

ख़राब चयन मार्जिनल उत्पादन के बड़े कारणों में से एक है। नौकरी के यथार्थवादी ब्यौरे स्थापित करना और समझौता न करना तब ज़रूरी है जब लोगों को नौकरी पर रखें - भले ही पद भरने के लिए हताशा हो - इससे ऐसे लोगों को चुनने की संभावना बढ़ जाएगी, जो अपने काम में सफल होंगे।

बहरहाल, चाहे हमारी चयन प्रक्रियाएँ कितनी भी अच्छी हों, ग़लतियाँ हो सकती हैं और नौकरी पर रखा गया व्यक्ति पर्याप्त मानदंडों पर खरा न उतरे। इसीलिए प्रोबेशन की अवधि इतनी महत्त्वपूर्ण होती है। इस अवधि के दौरान सुपरवाइज़र को यह सुनिश्चित करना चाहिए कि नया कर्मचारी यह जान ले कि उससे क्या करने की अपेक्षा की जाती है और किन मानदंडों को पूरा किया जाना चाहिए। प्रशिक्षण, कोचिंग और विशेष ध्यान देकर इन पैमानों को पूरा करने में उस व्यक्ति की मदद का हर प्रयास किया जाना चाहिए।

धैर्यवान बनें। कई बार कम उत्पादन का कारण अक्षमता नहीं, बल्कि समझ का अभाव होता है कि क्या किया जाना है। नए लोगों के लिए प्रशिक्षण योजना तैयार करते समय विशिष्ट पैमाने और समयसारणी तय करें। यह सुनिश्चित करें कि प्रशिक्षु को उनकी जानकारी हो। यदि मानदंड निश्चित समय तक पूरे नहीं होते हैं, तो हमें प्रशिक्षु के साथ काम करके उन समस्याओं से उबरना चाहिए, जो इसका कारण हो सकती हैं।

प्रशिक्षु को बचाने के हर प्रयास करने चाहिए, लेकिन यदि हर प्रयास असफल हो जाए, तो उस व्यक्ति को बहाल न रखें, जो न्यूनतम पैमानों को भी बमुश्किल पूरा करता हो। एक बार जब प्रोबेशन पूर्ण हो जाता है, तो किसी हाशिये के कर्मचारी को नौकरी से निकालना बहुत ज़्यादा मुश्किल हो जाता है।

अच्छे कर्मचारी, जिनका प्रदर्शन घटता है

फ़िल छह साल से कंपनी में काम कर रहा है। उसका उत्पादन हमेशा न्यूनतम पैमाने से काफ़ी ऊपर रहा है और उसकी सुपरवाइज़र लिल उसे अपने सर्वश्रेष्ठ कर्मचारियों में से एक मानती थी। कुछ महीने पहले फ़िल का उत्पादन घटने लगा। ऐसा लगा जैसे नौकरी में उसकी रुचि ख़त्म हो गई हो।

यह फ़िल जैसे लोगों के साथ क्यों होता है? कई बार यह व्यक्तिगत समस्याओं की वजह से होता है। किसी के व्यक्तिगत जीवन और कार्यालयीन जीवन को विभाजित नहीं किया जा सकता। यदि घर पर गंभीर समस्याएँ हैं, तो यह हमारे कामकाज को प्रभावित करेगा।

कई बार यह किसी वास्तविक या महसूस की हुई शिकायत की वजह से होता है। कुछ लोग अपनी शिकायतों को अपने दिल की गहराई में रखते हैं और यह बढ़ती रहती है, जब तक कि इसे बाहर निकालकर सुलझाया न जाए।

फ़िल के साथ अपनी बातचीत में लिल को पता चला कि फ़िल ने ख़ुद के लिए निश्चित लक्ष्य तय किए थे, जो नौकरी में पूरे नहीं हो पा रहे थे। हालाँकि उसके काम की प्रशंसा होती थी और समीक्षा में उसे उत्कृष्ट दर्जा मिलता था, लेकिन वह उस पद तक नहीं पहुँच पाया था, जहाँ तक पहुँचने की उसने अपने करियर की इस अवस्था में उम्मीद की थी।

सुपरवाइज़र को अपने कर्मचारियों के लक्ष्यों का पता होना चाहिए और उसे उन तक पहुँचने में उनकी मदद करने के लिए हरसंभव प्रयास करना चाहिए। कर्मचारियों को बता दें कि उन्हें लक्ष्यों तक पहुँचने के लिए क्या करना चाहिए - उच्च प्रदर्शन के स्तर को क़ायम रखना, नौकरी में अतिरिक्त प्रशिक्षण लेना या बाहरी अध्ययन के ज़रिये - और यह बताना कि इसे हासिल करने में कितना समय लग सकता है। यदि कर्मचारी के लिए इस नौकरी में अपने लक्ष्यों को पूरा करना संभव नहीं हैं, तो सुपरवाइज़र और कर्मचारी को मिलकर तय करना चाहिए कि लक्ष्यों को कैसे बदला जा सकता है, ताकि वे इस नौकरी में पूरे हो सकें।

बोरियत

कई बरसों तक ऐन अपने विभाग की सर्वश्रेष्ठ प्रदर्शन करने वालों में से एक थी, लेकिन अब ऐन बोर हो चुकी थी। वह इतने लंबे समय से वही काम कर रही थी कि अब उसे इसे करने में मज़ा नहीं आता था। वह थोड़ी फ़ुरसत निकालने के लिए हर बहाना खोजती थी। जब वह ऑफ़िस में रहती थी, तो वह अपने सहकर्मियों के साथ गपशप करती थी, अपनी छुट्टियों को बढ़ा लेती थी और न्यूनतम उत्पादन करती थी, जितने से काम चल सकता था।

उत्पादकता पर लौटने में पूर्व के उत्पादक कर्मचारियों की सुपरवाइज़र जिन तरीक़ों से मदद कर सकता है, उनमें से एक नौकरी को समृद्ध बनाना है। यह कई लोगों द्वारा किए जा रहे कार्यों को एक नौकरी में मिलाकर किया जा सकता है ताकि हर कर्मचारी ज़्यादा भिन्न कार्य करे। दूसरा तरीक़ा उस अंदाज़ का पुनर्गठन करना है, जिसमें काम किया जाता है। यह सबसे प्रभावी तरीक़े से तब हासिल होता है, जब कर्मचारी पुनर्गठन में सहभागी बनता है। जो लोग किसी काम को करते हैं, उनके मन में अक्सर ऐसे विचार आ सकते हैं, जो काम को ज़्यादा रोचक और प्रभावी बना दें। बोरियत को दूर करने की एक और नीति यह है कि कर्मचारियों को विशेष प्रोजेक्ट सौंप दिए जाएँ। गति का परिवर्तन बोरियत का एक अच्छा इलाज है।

आराम से काम करने वाला

माइकल 22 साल से कंपनी में है और वह 8 साल से अपने वर्तमान पद पर काम कर रहा है। वह अपने काम में ख़ुश है, लेकिन वह यह भी पहचानता है कि उसके काम की प्रकृति और कंपनी के संगठनात्मक तंत्र की वजह से इस बात की संभावना नहीं है कि उसे कभी प्रमोशन मिलेगा। उसका काम अच्छा है; वह जानता है कि उसे कभी नौकरी से नहीं निकाला जाएगा, जब तक कि वह कोई गंभीर ग़लती नहीं कर दे, इसलिए जाने या अनजाने रूप से, उसने निर्णय लिया है कि नौकरी में पूरी तरह खुद को खपाने की कोई तुक नहीं है। वह रिटायरमेंट तक बस, आराम से काम करता रहेगा।

ज़्यादातर कंपनियों में ऐसे "आराम से काम करने वाले" होते हैं। वे अच्छे कर्मचारी होते हैं और उत्पादकता में योगदान दे सकते हैं, लेकिन उन्हें

महसूस होता है कि उन्होंने अपनी भूमिका निभा दी है। हम ऐसे लोगों को दोबारा कैसे प्रेरित कर सकते हैं?

एसोसिएटेड प्रॉडक्ट्स नए प्रॉडक्ट के परीक्षण के लिए "आराम से काम करने वालों" का इस्तेमाल करती है। जब वे किसी नई श्रृंखला को उतारने के लिए तैयार होते हैं, तो वे मुख्य शहरों में इसका बाज़ार परीक्षण करते हैं। किसी टेस्ट मार्केटिंग कंपनी का इस्तेमाल करने के बजाय वे इसे अपने कुछ "अनुभवी" लोगों को सौंप देते हैं। एक नई और महत्त्वपूर्ण भूमिका में शामिल होने से उन्हें लगता है कि उनका सम्मान किया जाता है और इससे उन्हें कुछ नया व भिन्न करने का अवसर मिलता है। यह उद्दीपन या प्रेरणा तब भी जारी रहती है, जब वे अपने नियमित कामकाज में लौटते हैं।

दूसरी कंपनियों ने इन अनुभवी और दीर्घकालीन कर्मचारियों का इस्तेमाल नए लोगों के प्रशिक्षकों और मार्गदर्शकों के रूप में किया है। उन्हें इस तरह की ज़िम्मेदारी देने से वे नौकरी में और कंपनी के प्रति ज़्यादा समर्पित बनते हैं और वे उन्हें हाशिये के कर्मचारी से कंपनी की टीम के उत्पादक सदस्य में बदले जा सकते हैं।

"मेरे कर्मचारी अपनी नौकरियों के बारे में बहुत कम परवाह करते हैं। यदि मैं उन्हें धकेलता न रहूँ, तो कुछ भी हासिल नहीं हो पाएगा," अल ने आह भरते हुए कहा।

कार्ल ने प्रतिक्रिया की, "मेरे पास यह समस्या बिलकुल भी नहीं है। मेरे सहयोगी हमेशा वह करने के लिए इच्छुक रहते हैं, जो भी प्रयास काम पूरा करने के लिए ज़रूरी होता है।"

कर्मचारियों के इन बिलकुल विपरीत नज़रियों का क्या कारण है, जो इनमें से प्रत्येक प्रबंधक के पास है? कार्ल के समूह के कर्मचारी अल के समूह से इतने ज़्यादा भिन्न क्यों हैं? यह सुपरवाइज़र की प्रबंधन शैली हो सकती है या यह काम स्वयं हो सकता है।

व्यवहारवादी वैज्ञानिक आम तौर पर सहमत हैं कि हालाँकि कर्मचारियों की प्रेरणा मान्यता, प्रशंसा, चुनौती और ज़ाहिर है, उचित व्यवहार जैसे घटकों से बढ़ सकती है, लेकिन सबसे प्रभावी प्रेरणा देने वाला काम स्वयं होता है।

यदि अल के कर्मचारी अपने काम को नीरस और चुनौतीरहित मानते हैं, तो अल चाहे जितना अच्छा सुपरवाइज़र हो, उसे उन्हें प्रेरित करने में मुश्किल आएगी। दूसरी तरफ़, यदि कार्ल के कर्मचारी अपने काम का इतना ज़्यादा आनंद लेते हैं कि वे हर सुबह वहाँ आने के लिए बेकरार रहते हैं और हर शाम को वहाँ से जाने से नफ़रत करते हैं, तो बहुत कम चीज़ें हैं, जो कार्ल को उन्हें प्रेरित रखने के लिए करने की ज़रूरत है।

काम को समृद्ध करें

दुर्भाग्य से, आज उद्योग में नौकरियों का भारी प्रतिशत सिर्फ़ बँधा-बँधाया काम है। उनके बारे में रोमांच उत्पन्न करना यदि असंभव नहीं, तो मुश्किल ज़रूर है। इससे उबरने का एक तरीक़ा काम को समृद्ध करना है।

जब जेनिफ़र को लाएबिलिटी इंश्योरेंस कंपनी के दावा तैयारी विभाग का प्रमुख बनने के लिए नियुक्ति दी गई, तो उसे एक ऐसा विभाग विरासत में मिला, जिसका मनोबल कम था, जो इन चीज़ों में झलकता था : विभाग से नौकरी छोड़कर जाने वालों की ऊँची संख्या, अनुपस्थिति और असंतुष्ट कर्मचारी। दावा तैयारी कार्यप्रणाली "असेंबली लाइन" थी। हर क्लर्क दावा फ़ॉर्म के एक खंड की जाँच करता था, इसे अगले क्लर्क की ओर बढ़ा देता था, जो दूसरे खंड की जाँच करता था और यही सिलसिला चलता रहता था। यदि व्याख्या में किसी दोष या प्रश्न का पता चलता था, तो इसे विशेषज्ञ द्वारा सँभाले जाने के लिए अलग रख दिया जाता था। कार्यसंचालन के दृष्टिकोण से यह बेहद कार्यकुशल था। लेकिन इससे काम बोझिल और चुनौतीरहित बन जाता था। जेनिफ़र ने इस प्रणाली को दोबारा व्यवस्थित किया। उसने "असेंबली लाइन" को हटाकर काम को समृद्ध बनाया। हर क्लर्क पूरे फ़ॉर्म की जाँच करता था, ग़लतियाँ सही करता था, और व्याख्या चाहता था। इसके लिए अतिरिक्त प्रशिक्षण की आवश्यकता पड़ी और इससे शुरुआत में काम धीमा हुआ, लेकिन इसका फ़ायदा यह हुआ कि इससे कर्मचारियों की एक बेहद प्रेरित टीम विकसित हुई, जिनकी अपनी नौकरी में सच्ची रुचि थी। कर्मचारियों का नौकरी छोड़कर जाना, अनुपस्थित रहना और असंतुष्टि महत्त्वपूर्ण रूप से कम हो गई और एक बार जब तंत्र पूरी तरह स्थापित हो गया, तो गति और सटीकता भी बढ़ गई।

स्टाफ़ को शामिल करें

जो काम किया जाना है, वह प्रबंधन और श्रम दोनों का साझा प्रयास है, यह नज़रिया विकसित करके - न कि "अधिकारी" "छोटे कर्मचारियों" को किसी काम को करने का आदेश दे रहे हैं - इससे काम ज़्यादा रोचक बन जाएगा और उस काम में शामिल लोग उसे पूरा करने के लिए बहुत ज़्यादा प्रेरित हो जाएँगे।

जब अपेक्षित उत्पादकता की मात्रा या संख्या सुनिश्चित की जा सकती है, तो कई कंपनियाँ अपने कर्मचारियों के लिए उत्पादन लक्ष्य तय कर देती हैं। यह बिक्री और कई अन्य उत्पादक व कार्यालयीन पदों के बारे में ख़ास तौर पर सच है। डेनिस अपनी कंपनी के वर्ड प्रोसेसिंग खंड की मुखिया थी। उसने अपने ज़्यादातर मास-मेलिंग प्रोजेक्टों के लिए स्पष्ट लक्ष्य तय किया है और वह बता सकती है कि उसके कर्मचारी कितना अच्छा काम कर रहे हैं, इसका आधार यह होता है कि वे अपने लक्ष्य को पूरा करने के कितने क़रीब हैं। डेनिस ने यह ग़ौर किया कि उसके सबसे अच्छे कर्मचारी भी शायद ही कभी लक्ष्य से ज़्यादा उत्पादन करते थे। जब उसने अपेक्षित पत्रों की संख्या बढ़ाने की कोशिश की, तो इससे द्वेष उत्पन्न हुआ और यहाँ तक कि खुलेआम विरोध भी हुआ।

जब एक नए प्रोजेक्ट की योजना बनाई जा रही थी, तो उस प्रोजेक्ट के लिए एक लक्ष्य तय करने के बजाय डेनिस ने उन कर्मचारियों से कहा, जो इस पर काम करने वाले थे, कि वे प्रोजेक्ट का अध्ययन करें और उत्पादन के लक्ष्यों का सुझाव दें। उसे हैरानी हुई, जब उन्होंने इतने ऊँचे लक्ष्य का सुझाव दिया, जो वह खुद नहीं कर पाती।

प्रबंधकों और कर्मचारियों को मिलकर लक्ष्य तय करना चाहिए या ऐसे लक्ष्य होने चाहिए, जो हासिल करने योग्य हों और दोनों को स्वीकार्य हों। जब कोई व्यक्ति लक्ष्य तय करने में सहभागी होता है, तो वह उस लक्ष्य को पूरा करने के प्रति समर्पित महसूस करेगा और इच्छुकता से काम करके यह सुनिश्चित करेगा कि यह पूरा हो जाए।

अपनी पुस्तक *हाउ टु विन फ्रेंड्स ऐंड इन्फ़्लुएन्स पीपल* में डेल कारनेगी ने इसे भाँप लिया था, जो बाद में व्यवहारवादी वैज्ञानिकों ने लोकप्रिय किया। उन्होंने लिखा था, "कोई भी यह महसूस करना पसंद नहीं करता

कि उसे कोई चीज़ बेची जा रही है या किसी चीज़ को करने को कहा जा रहा है। हम यह महसूस करना ज़्यादा पसंद करते हैं कि हम अपनी खुद की इच्छा से ख़रीद रहे हैं या अपने खुद के विचारों पर काम कर रहे हैं। हमें अपनी इच्छाओं, अपनी ज़रूरतों और अपने विचारों के बारे में परामर्श लिया जाना पसंद होता है।"

सार

लोग अपनी नौकरियों से जो चाहते हैं, उसे देने के आठ तरीक़े

1. हर व्यक्ति को बता दें कि वह किस तरह तरक़्क़ी कर रहा है।
2. कोचिंग और मार्गदर्शन द्वारा बेहतर बनने में उनकी मदद करें।
3. "हमारे अनुमोदन में दिलदार बनें और अपनी प्रशंसा में उदार बनें।"
4. लोगों को पहले से उन परिवर्तनों के बारे में बता दें, जो उन्हें प्रभावित करेंगे और यदि संभव हो, तो यह भी बता दें कि परिवर्तन क्यों किया जा रहा है।
5. हर व्यक्ति की योग्यता का सर्वश्रेष्ठ लाभ लें।
6. उस योग्यता की तलाश करें, जिसका इस्तेमाल नहीं किया जा रहा है। उस व्यक्ति को वह योग्यता विकसित करने और उसका इस्तेमाल करने में मदद करें।
7. तरक़्क़ी के किसी व्यक्ति के अवसर को कभी अवरुद्ध न करें।
8. लोग अपना काम किस तरह करते हैं, उसे नियंत्रित करने की ज़्यादा स्वतंत्रता उन्हें दें। बेहतर पद्धतियों और नीतियों का सुझाव देने के लिए उन्हें प्रोत्साहित करें।

प्रभावी प्रशंसा के लिए पाँच सलाहें

हालाँकि प्रशंसा लोगों को प्रेरित करने के लिए महत्त्वपूर्ण होती है, लेकिन यह हमेशा काम नहीं करती। कुछ सुपरवाइज़र हर छोटी-छोटी गतिविधि की प्रशंसा करते हैं, जिससे सच्ची उपलब्धियों के लिए प्रशंसा का मूल्य कम हो जाता है। बाक़ी इस तरह से प्रशंसा करते हैं कि यह नक़ली लगती है। प्रशंसा

को अधिक अर्थपूर्ण बनाने के लिए इन सुझावों पर अमल करें :

1. इसकी अति न करें। प्रशंसा मीठी होती है। कैंडी भी मीठी होती है, लेकिन हम जितनी ज़्यादा खाते हैं, मिठाई का हर टुकड़ा कम मीठा लगता जाता है - और हमारे पेट में भी दर्द हो सकता है। बहुत ज़्यादा प्रशंसा से वह लाभ कम होता है, जो हर प्रशंसा के टुकड़े से प्राप्त होता है। यदि इसकी अति की जाती है, तो इसका पूरा मूल्य ख़त्म हो जाता है।

2. सच्चे बनें। हम सच्चाई की नक़ल नहीं कर सकते। हमें सचमुच विश्वास होना चाहिए कि हम अपने सहयोगी की प्रशंसा जिस चीज़ के लिए कर रहे हैं, वह सचमुच प्रशंसनीय है। यदि हम इस पर ख़ुद विश्वास नहीं करते हैं, तो हमारा सहयोगी भी नहीं करेगा।

3. प्रशंसा के कारण को स्पष्टता से बताएँ। "बेहतरीन काम!" कहने के बजाय यह कहना ज़्यादा बेहतर है, "तुमने अमुक मुद्दे पर जो रिपोर्ट लिखी थी, उससे मुझे उस मुद्दे की जटिलताओं को ज़्यादा स्पष्टता से समझने में मदद मिली।"

4. अपने सहयोगियों की सलाह लें। किसी स्थिति को कैसे सँभाला जाए, इस बारे में सलाह माँगे जाने से ज़्यादा प्रशंसापूर्ण कुछ नहीं होता। यह नीति पलटवार कर सकती है, यदि हम सलाह पर अमल न करें। यदि हमें सलाह को अस्वीकार करना हो, तो सामने वाले से उसके सुझाव के बारे में तब तक सवाल पूछें, जब तक कि वह इसकी सीमाएँ न देख ले और इस बारे में दोबारा न सोच ले।

5. प्रशंसा सार्वजनिक करें। जिस तरह झिड़की हमेशा अकेले में दी जानी चाहिए, उसी तरह प्रशंसा यथासंभव सार्वजनिक रूप से की जानी चाहिए। जिस मामले के लिए प्रशंसा की जाती है, कई बार वह गोपनीय मुद्दा हो सकता है, लेकिन अक्सर यह ज़्यादा उचित होता है कि प्रशंसा का पूरी टीम में प्रचार हो जाए। यदि टीम के बाक़ी सदस्य किसी सहकर्मी की प्रशंसा के बारे में जागरूक हैं, तो वे भी वैसी ही मान्यता की ख़ातिर काम करने के लिए प्रेरित हो जाते हैं। कुछ मामलों में, महत्त्वपूर्ण उपलब्धियों के लिए प्रशंसा को और भी व्यापकता से

सार्वजनिक किया जा सकता है, जैसे जब इसे बैठकों या कंपनी के कार्यक्रमों में किया जाए।

एक सर्वश्रेष्ठ प्रेरक

व्यवहारवादी वैज्ञानिकों की आम राय है कि हालाँकि मान्यता, प्रशंसा, चुनौती और ज़ाहिर है, निष्पक्ष व्यवहार आदि घटकों से कर्मचारियों की प्रेरणा बढ़ जाती है, लेकिन सबसे ज़्यादा प्रभावी प्रेरणा उनके काम से मिलती है। काम दोहराव भरा, नीरस और चुनौतीरहित बन सकता है। इससे उबरने के कुछ तरीक़े ये हैं कि कामों को दोबारा इस तरह तय किया जाए, ताकि उनसे विविधता, चुनौती और समर्पण मिले।

नए कामों की योजना बनाते समय कर्मचारियों को शामिल करें। उत्पादन और बिक्री कोटा प्रक्रियाओं व प्रदर्शन के मानदंडों के बारे में उनकी राय लें। जब कर्मचारियों को महसूस होता है कि उस काम को उन्होंने "खुद ने" तय किया है, तो इस बात की ज़्यादा संभावना है कि वे उस लक्ष्य को हासिल करने के लिए जी-जान से कोशिश करेंगे।

4

संगठन में स्टाफ़ नियुक्त करना

ज़्यादातर प्रबंधक किसी कर्मचारी को नियुक्त करने की प्रक्रिया को एक कष्टकारी काम मानते हैं। उन्हें लगता है कि विभाग में किसी ख़ाली पद को भरने में लगाया गया समय उन्हें उनके वास्तविक कामकाज से दूर कर देता है। नियुक्ति की प्रक्रिया में उनका समय व ऊर्जा ख़र्च होती है। इसके अलावा, इसमें भावनात्मक थकान भी होती है। इस प्रक्रिया में वे अपने नियमित कर्तव्यों से दूर हो जाते हैं, उन्हें सामान्य से ज़्यादा घंटे काम करना पड़ता है और सबसे बुरी बात, उन्हें यह डर सताता है कि कहीं वे ग़लत चुनाव न कर लें और कुछ महीनों बाद उन्हें इस पूरी प्रक्रिया से दोबारा गुज़रना पड़े।

बड़ी कंपनियों और कई छोटी कंपनियों में भी नए कर्मचारियों को चुनने और नियुक्त करने का काम मानव संसाधन विभाग करता है। इसके बावजूद इस प्रक्रिया में सुपरवाइज़रों और टीम लीडर्स को शामिल होना पड़ता है। लगभग हमेशा वे संभावित कर्मचारियों का साक्षात्कार लेते हैं, क्योंकि उस कर्मचारी को उनके अधीन ही काम करना है और उसकी सफलता या असफलता के लिए वही ज़िम्मेदार होंगे।

हो सकता है कि कुछ कंपनियों में कोई एच.आर. विभाग न हो, या यदि हो भी तो होम ऑफ़िस में हो, इसलिए ब्रांच प्रबंधकों को स्वयं कर्मचारियों को नियुक्त करना पड़ता है।

हालाँकि ये प्रबंधक आम तौर पर अपनी ख़ुद की विशेषज्ञता के काम में सुयोग्य होते हैं, लेकिन दुर्भाग्य से उनके पास सफल नियुक्तिकरण के लिए आवश्यक प्रशिक्षण और अनुभव नहीं होता है। फलस्वरूप असंख्य ग़लतियाँ हो जाती हैं - समय और प्रयास बर्बाद होता है, और सबसे बुरी बात, कई बार ऐसे कर्मचारियों को नियुक्त कर दिया जाता है, जिनकी असफलता तय है।

सुपरवाइज़र या प्रबंधक के रूप में हम अपनी नौकरी के इस पहलू को हल्के में नहीं ले सकते। हम जिन स्त्री-पुरुषों को नियुक्त करते हैं, वे या तो हमारी सफलता में योगदान देंगे या फिर हमें अपने लक्ष्यों तक पहुँचने से रोकेंगे।

नौकरी की यथार्थवादी शर्तें तैयार करना

अगर हम नौकरी की यथार्थवादी शर्तें तैयार करें, तो हम उन कर्मचारियों को चुनने में ज़्यादा प्रभावी बन सकते हैं, जिनके साथ हमें काम करना होगा और जिन पर हमें काम पूरा कराने के लिए निर्भर रहना होगा।

उस पद का सावधानी से विश्लेषण करें और पता लगाएँ कि उस पद के लिए नए कर्मचारी की पृष्ठभूमि कैसी होनी चाहिए। शर्तों की सूची बनाते समय हर बिंदु पर हमें ख़ुद से पूछना चाहिए, : "क्या उस पद पर इसकी सचमुच ज़रूरत है?"

जेफ़ ग्राहक सेवा प्रतिनिधि के पद पर एक कर्मचारी चाहता था। उसने इस पद के लिए कॉलेज की उपाधि को आवश्यक शर्त बना दिया। क्या यह यथार्थवादी है? निश्चित रूप से इस पद पर कॉलेज स्नातक को नियुक्त करने के लाभ हैं, लेकिन क्या इस नौकरी में सचमुच कॉलेज में हासिल योग्यताओं की ज़रूरत है? क्या कम औपचारिक शिक्षा वाला व्यक्ति भी इस पद पर उतनी ही अच्छी तरह काम नहीं कर सकता?

जब जेफ़ से पूछा गया कि वह इस नौकरी के लिए कॉलेज स्नातक को ही क्यों चाहता था, तो उसने जवाब दिया, "क्यों नहीं? बहुत सारे कॉलेज स्नातक नौकरियों की तलाश में भटक रहे हैं, इसलिए मैं इस स्थिति का फ़ायदा उठा सकता हूँ और सर्वश्रेष्ठ कर्मचारी हासिल कर सकता हूँ।" क्या इसमें समझदारी नज़र आती है? जितनी शिक्षा की सचमुच ज़रूरत

है, उससे ज़्यादा शिक्षा (या किसी अन्य तरह की योग्यता) की अपेक्षा से फ़ायदा कम, नुक़सान ज़्यादा होता है। निश्चित रूप से हमें ज़्यादा स्मार्ट या ज़्यादा सृजनात्मक कर्मचारी मिल सकते हैं, लेकिन चूँकि इन लोगों को वह काम चुनौतीपूर्ण नहीं लगेगा, इसलिए शायद वे कम शिक्षित लोगों जितने अच्छे परिणाम नहीं दे पाएँगे। जो लोग नौकरी से ऊब जाते हैं, वही लोग शिकायतें करते रहते हैं, ज़्यादा अनुपस्थित रहते हैं और थोड़े समय बाद ही काम छोड़कर चले जाते हैं। इससे भी ज़्यादा महत्त्वपूर्ण बात, पृष्ठभूमि के ग़लत पहलू पर ज़ोर डालने का यह नतीजा भी हो सकता है कि हम नौकरी के लिए सर्वश्रेष्ठ संभव उम्मीदवार को आमंत्रित ही न करें।

लिन को अपने स्टाफ़ में एक नया अकाउंटिंग क्लर्क नियुक्त करना था। उसने एच.आर. विभाग को बताया कि इस पद के लिए उसे ऐसा कर्मचारी चाहिए, जिसके पास बुककीपिंग या अकाउंटिंग के क्षेत्र में कम से कम दस साल का अनुभव हो। क्या यह यथार्थवादी है? जब उससे पूछा गया, दस साल क्यों? तो लिन ने प्रतिक्रिया की, "आवेदक के पास जितना ज़्यादा अनुभव होगा, उसे उतनी ही ज़्यादा जानकारी होगी - इसलिए वह हमारे लिए ज़्यादा उपयोगी होगा।" क्या अनुभव के वर्षों और विशेषज्ञता में सीधा संबंध होता है? ज़रूरी नहीं है। हम सभी ऐसे लोगों को जानते हैं, जो दस साल से किसी पद पर हैं, लेकिन उनके पास सिर्फ़ एक साल का अनुभव ही है, जिसे दस सालों तक दोहराया गया है। हम ऐसे लोगों को भी जानते हैं, जो बहुत कम समय में ही बेहतरीन योग्यता हासिल कर लेते हैं।

यह पहचानें कि अनुभव ही विशेषज्ञता का सच्चा पैमाना नहीं है।

लिन ने अपनी शर्तों के बारे में दोबारा विचार किया। दस साल का अनुभव माँगने के बजाय उसने उन योग्यताओं की सूची बनाई, जो उस पद पर नियुक्त होने वाले नए कर्मचारी में होनी चाहिए थी और उसे उनमें से प्रत्येक में समर्थ होना चाहिए था। साक्षात्कार में इनमें से प्रत्येक योग्यता के बारे में आवेदकों से विशिष्ट सवाल पूछकर वह यह तय कर सकती है कि प्रत्येक क्षेत्र में आवेदक कितना जानता है और उसने अब तक सचमुच कितना काम किया है, जो उस पद के लिए महत्त्वपूर्ण है।

क्या इसका मतलब यह है कि अनुभव के वर्षों का कोई महत्त्व नहीं है? नहीं। कई बार किसी नौकरी के लिए आवश्यक योग्यताएँ कर्मचारी काम कर-करके ही सीखता है। लेकिन अक्सर काम के अनुभव के बजाय अगर हम इस बात पर ज़ोर देंगे कि उसने अब तक क्या हासिल किया है, तो हम नियुक्त करने के बेहतर निर्णय लेंगे।

नौकरी की शर्तों में एक शर्त यह रखी जाती है कि अनुभव "हमारे उद्योग" में होना चाहिए। यह सच भी है, क्योंकि अक्सर योग्यताएँ और नौकरी का ज्ञान उसी उद्योग में काम करने वाली कंपनियों में ही हासिल किया जा सकता है, लेकिन कई नौकरियों में दूसरे उद्योगों की पृष्ठभूमि उतनी ही मूल्यवान, शायद बेहतर भी हो सकती है, क्योंकि नया कर्मचारी परंपरा से बँधा नहीं होता और वह नौकरी में सृजनात्मक व नवाचारी अवधारणाएँ लेकर आता है।

अगर हम नए कर्मचारी के चुनाव को केवल उसी उद्योग तक सीमित रखते हैं, तो चुनाव के हमारे विकल्प सीमित हो जाते हैं। इससे न सिर्फ़ हम अच्छे कर्मचारियों से वंचित रह सकते हैं, बल्कि पद लंबे समय तक ख़ाली भी रह सकता है। एसोसिएटेड हेल्थ एड्स की एच.आर. प्रबंधक बहुत कुंठित थी। छह महीने पहले मार्केटिंग वाइस प्रेसिडेंट का प्रशासकीय सहायक नौकरी छोड़कर चला गया था, लेकिन उसका पद अब भी ख़ाली था। समस्या क्या थी? वाइस प्रेसिडेंट इस बात पर ज़ोर दे रहे थे कि उनके सहयोगी के पास हेल्थ एड्स क्षेत्र में अनुभव होना चाहिए। ऐसे अनुभव वाला एक भी आवेदक नहीं मिल रहा था। जब उसने पूछा कि यह अनुभव आवश्यक क्यों था, तो वी.पी. ने उसे बताया कि प्रशासकीय सहायक को उनके कारोबार की भाषा का ज्ञान होना चाहिए। महत्त्वपूर्ण सवाल यह है कि कारोबार की भाषा न जानने वाले को यह "भाषा" सीखने में कितना समय लगेगा? शायद दो-तीन महीने। लेकिन कंपनी उस पद को छह महीने से ख़ाली रखे हुए थी, जो अधिकतम नब्बे दिन में भर सकता था, यदि इस "अति महत्त्वपूर्ण" आवश्यकता या शर्त की कमी को न रखा जाता।

पद की शर्तें तय करने के आम जालों में न फँसने के लिए उस पद के कामों का सावधानी से विश्लेषण करें। पूछें, "आवेदक में ऐसा क्या होना चाहिए, जो मैं या तो नहीं कर सकता या उन्हें करने के लिए प्रशिक्षित

करने का समय ख़र्च नहीं करना चाहता?" ये उस पद की अनिवार्य शर्तें होनी चाहिए।

यदि किसी पद के लिए आवेदकों की बहुत ज़्यादा संख्या हो, तो हमें यह भी तय करना चाहिए कि किन योग्यताओं को वरीयता दी जाएगी। इनका इस्तेमाल उन आवेदकों के बीच से चुनाव करने के लिए किया जा सकता है, जिनके पास सभी अनिवार्य घटक हैं। लेकिन वरीयता घटक स्थापित करते समय भी यह सुनिश्चित करें कि वे यथार्थवादी हों और उनकी वजह से अच्छे लोग उस नौकरी में आने से वंचित न रह जाएँ। मिसाल के तौर पर, यदि किसी पद के लिए स्नातक उपाधि महत्त्वपूर्ण नहीं है, तो उसे वरीयता घटक बनाना समझदारीपूर्ण नहीं है।

अमूर्त घटक पद की हर शर्त का एक अत्यंत महत्त्वपूर्ण हिस्सा होते हैं और अक्सर सही व्यक्ति को नियुक्त करते वक़्त ये मूर्त आवश्यकताओं से ज़्यादा महत्त्वपूर्ण होते हैं। निश्चित रूप से हम सभी ज़्यादा बुद्धि, सृजनात्मकता, ईमानदारी, निष्ठा, सकारात्मक नज़रिये, उत्साह आदि गुणों से संपन्न कर्मचारियों को नियुक्त करना पसंद करेंगे। लेकिन किसी पद के लिए आवश्यक अमूर्त गुणों की सूची बनाते वक़्त यह सुनिश्चित करें कि उन्हें उस पद के मान से उचित परिप्रेक्ष्य में रखा जाए। यदि उस पद पर संप्रेषण योग्यताओं की ज़रूरत हो, तो यह स्पष्ट करें कि किस तरह की संप्रेषण योग्यताओं की आवश्यकता है : आमने-सामने का मौखिक संवाद? समूहों के सामने बोलने की योग्यता? टेलीफ़ोन पर संवाद? पत्र और मेमो लिखना? विज्ञापन की कॉपी या ब्रोशर बनाना? पॉवर पॉइंट या कंप्यूटर आधारित अन्य संवाद तकनीकें?

यदि नौकरी की माँग "विवरण पर ध्यान" देना है, तो स्पष्ट करें कि यह विवरण का काम किस तरह का है। यदि उस पद पर दबाव में काम करने की ज़रूरत है, तो सूचित करें कि किस तरह के दबाव हैं : दैनिक डेडलाइन पूरी करना? कभी-कभार की डेडलाइन? अप्रिय कामकाजी परिस्थितियाँ? मुश्किल बॉस? आवश्यक अमूर्त गुणों का विश्लेषण और वर्णन भी उतना ही महत्त्वपूर्ण है, जितना कि शिक्षा, अनुभव और योग्यताओं का विश्लेषण या वर्णन।

पद की यथार्थवादी शर्तें तय करने का नतीजा यह होगा कि हम ऐसे आवेदकों को ही नियुक्त करेंगे, जो उन शर्तों को पूरा करते हों। इससे हम अपने विभाग में सुयोग्य लोगों की टीम बना लेते हैं, जिसकी ज़रूरत हमें अपने लक्ष्यों और उद्देश्यों तक पहुँचने के लिए होती है।

उम्मीदवारों को छाँटना

पद की शर्तें तय करने के बाद हमें उम्मीदवारों की खोज शुरू कर देनी चाहिए। संगठन में वर्तमान में काम कर रहे कर्मचारी अक्सर दूसरे लोगों को जानते हैं, जो ख़ाली पदों के लिए योग्य हो सकते हैं।

नए पद पर किसी वर्तमान कर्मचारी को तरक़्क़ी देना या तबादला करना अच्छी बात है तथा इसे प्रोत्साहित करना चाहिए। आंतरिक उम्मीदवार ज्ञात घटक होते हैं। कंपनी ने उन्हें और उनके कामकाज को देखा है। कंपनी उनकी शक्तियाँ और कमज़ोरियाँ, उनके व्यक्तित्व की विचित्रताएँ, उनकी कामकाजी आदतें, उनकी उपस्थिति और समयबद्धता की आदतें जानती है। कंपनी उनके बारे में वे सारी बातें जानती है, जो महीनों तथा सालों के अवलोकन से पता चलती हैं। यह कर्मचारियों के मनोबल और अभिप्रेरण के लिए भी अच्छा होता है। लेकिन समस्या यह है कि यह किसी पद के दावेदारों को वर्तमान कर्मचारियों तक ही सीमित कर देता है। इस उच्च प्रतिस्पर्धी संसार में किसी कंपनी को ख़ाली पदों के लिए सर्वश्रेष्ठ उम्मीदवार खोजने की कोशिश करनी चाहिए - और ज़रूरी नहीं है कि वह कर्मचारी पहले से कंपनी में काम कर रहा हो।

एक समय था, जब कंपनियाँ इस बात की डींगें हाँकती थीं कि चेयरमैन के रिटायर होने पर उन्होंने एक जूनियर क्लर्क को नौकरी पर रख लिया, क्योंकि हर कर्मचारी सीढ़ी पर एक पायदान ऊपर पहुँच गया था। यह संभव है कि किसी बड़े संगठन में कई बेहद योग्य व्यक्ति हों, जो ख़ाली नए पद भर सकते हों और ज़ाहिर है, उनके नाम पर गंभीरता से विचार करना चाहिए। बहरहाल, बाहरी उम्मीदवारों की खोज से कंपनी में ऐसी योग्यता और विशेषज्ञता आ सकती है, जिसकी वर्तमान में कमी है। इससे ऐसे नए विचार भी आ सकते हैं, जो संगठन के भीतर पले-बढ़े कर्मचारियों की पहुँच से बाहर हों।

चार्ली के विभाग में एक पद ख़ाली था और उसने बहुत से स्रोतों का इस्तेमाल किया। उसे तीस से ज़्यादा आवेदन मिले। सभी अच्छे दिख रहे थे। उसे इंटरव्यू के लिए किसे बुलाना चाहिए? स्क्रीनिंग के समय नीचे दिए बिंदुओं की तलाश करें :

1. *क्या आवेदक बुनियादी शर्तों को पूरा करता है?*

   ऐसे उम्मीदवारों को बुलाकर समय बरबाद न करें, जो उस पद की मुख्य आवश्यकताओं को पूरा नहीं करते हैं।

2. *छोड़ी गई जानकारी की तलाश करें।*

   कई रेज़्यूमे या आवेदनों में नियुक्ति की तिथियाँ नहीं दी जाती हैं। यह बेरोज़गारी की अवधियों को छिपाने के लिए किया जा सकता है या यह प्रभाव छोड़ने के लिए भी कि उस व्यक्ति के पास वास्तविकता से ज़्यादा या बेहतर अनुभव है। इससे उबरने का एक तरीक़ा यह है कि सारे आवेदकों से कंपनी का आवेदन पत्र पूरा भराएँ। यह उम्मीदवारों को डाक से भेजा जा सकता है। इसके बाद ही तय करें कि किसका साक्षात्कार लेना है। यदि पद भरने की जल्दी हो, तो हम योग्य दिखने वाले आवेदकों को फ़ोन या ईमेल कर सकते हैं।

3. *विसंगतियों की तलाश करें।*

   कोई आवेदक किसी क्षेत्र में मज़बूत पृष्ठभूमि का दावा कर सकता है, हालाँकि जिन कंपनियों में उसने काम किया है, वे उस क्षेत्र में कार्यरत नहीं होती हैं। मिसाल के तौर पर, जैक के आवेदन में उपभोक्ता पैकेज़्ड वस्तुओं की मार्केटिंग की पृष्ठभूमि को रेखांकित किया गया था, लेकिन उसके दस वर्ष के अनुभव में से केवल दो वर्ष का अनुभव ही - और वह भी कई साल पहले - उपभोक्ता केंद्रित कंपनियों में था।

4. *प्रगति की तलाश करें।*

   बरसों की संख्या के लिहाज़ से क्या उम्मीदवार ने तरक़्क़ी और आमदनी के संदर्भ में प्रगति की है?

पद की शर्तों के मान से उम्मीदवारों की पृष्ठभूमि की तुलना करें और अगले पड़ाव यानी नौकरी के साक्षात्कार के लिए सर्वश्रेष्ठ उम्मीदवारों को चुनें।

सामने वाले व्यक्ति से बात करते वक़्त ग़ौर से सुनें। बोरियत भरा नज़रिया न रखें या अपने हाव-भाव में "मैं यह जानता था" की अभिव्यक्ति को न आने दें।

—डेल कारनेगी

किसी इंटरव्यू से अधिकतम लाभ प्राप्त करना

यहाँ अर्थपूर्ण साक्षात्कार आयोजित करने के बारे में कुछ सुझाव दिए जा रहे हैं। एक दोस्ताना अभिवादन करें और आवेदक की पृष्ठभूमि के ग़ैर-विवादास्पद पहलुओं पर टिप्पणियाँ करके उसे आरामदेह महसूस कराएँ। इसके बाद कुछ सिरे वाले सवालों से साक्षात्कार शुरू करें :

"एक्स वाय ज़ेड कंपनी में अपने अनुभव के बारे में बताएँ।"

"बिक्री विश्लेषण में आपका क्या अनुभव है?"

"अपने सबसे नवीन प्रोजेक्ट का वर्णन करें।"

मिलने वाली प्रतिक्रिया के आधार पर उस क्षेत्र में उम्मीदवार की पृष्ठभूमि के मुख्य पहलुओं पर ध्यान केंद्रित करें और विस्तार से विशिष्ट प्रश्न पूछें कि उसने क्या काम किया था और उसने कैसे परिणाम हासिल किए थे।

मैरी से उसके सबसे नवीन प्रोजेक्ट पर खुले सिरे वाला एक सवाल पूछा गया। इसकी प्रतिक्रिया में उसने कहा कि उसने एक नए प्रॉडक्ट की संभावना के बारे में बाज़ार अध्ययन किया था। उसने सचमुच क्या किया था, इसके विस्तृत विवरण और पुष्टि के लिए विशिष्ट सवाल ये हो सकते हैं :

"आपने आवश्यक आँकड़े कैसे हासिल किए?"

"शामिल लोगों से सहयोग पाने में आपको किन समस्याओं का सामना करना पड़ा?"

"आपने उन्हें कैसे सुलझाया?"

"परिणाम क्या रहा?"

"अपने विश्लेषण में उठाए क़दमों के बारे में बताएँ?"

"प्रोजेक्ट का सबसे मुश्किल पहलू कौन सा था?"

उसके कथनों को चुपचाप मान लेने के बजाय प्रोजेक्ट के विशिष्ट पहलुओं के बारे में पूछना बेहतर होता है। इससे हमें उसके वास्तविक अनुभव के बारे में स्पष्टता से पता चल जाएगा। अन्यथा हमें बस सामान्य जानकारी ही मिलेगी, जिसे अक्सर नौकरी के इंटरव्यू में आवेदक बताते हैं। विशिष्ट पूछताछ से हमें आवेदक की सच्ची उपलब्धियों को पहचानने में मदद मिलती है।

व्यक्तिगत विशेषताओं का मूल्यांकन करें

हम किसी व्यक्ति की सिर्फ़ नौकरी संबंधी योग्यताओं को ही काम पर नहीं रखते हैं। हम उसकी व्यक्तिगत विशेषताओं को भी काम पर रखते हैं, जो वह व्यक्ति ऑफ़िस में लाता है। अच्छे चेहरे, आकर्षण, मधुरभाषी और ख़ुशनुमा व्यवहार वाला व्यक्ति हम पर इतना अच्छा प्रभाव छोड़ता है कि हम उसके इस मुखौटे से बहुत प्रभावित हो सकते हैं। किसी आवेदक के सच्चे व्यक्तित्व का पता लगाने के लिए हमें सतह के नीचे देखना चाहिए।

अक्सर "स्थितिवादी प्रश्नों" का इस्तेमाल करके आवेदक के व्यक्तित्व के सच्चे गुणों को पता लगाया जा सकता है। स्थितिवादी प्रश्न वह होता है, जिसमें उम्मीदवार से यह बताने को कहा जाता है कि उसने अतीत में नाज़ुक समस्याओं को किस तरह से सँभाला था या काल्पनिक स्थितियों को किस तरह सँभाला जा सकता है। मिसाल के तौर पर, "एक ग्राहक फ़ोन करता है और वह आगबबूला है। सामान की जिस डिलिवरी का वादा किया गया था, वह अब तक नहीं हुई है और इस ग्राहक की उत्पादन समयसारणी ख़तरे में है। आप इसे कैसे सँभालेंगे (या कैसे सँभालेंगी?)"

इस प्रतिक्रिया से हम उम्मीदवार की ईमानदारी का पता लगा सकते हैं (क्या वह डिलिवरी के बारे में झूठ बोलेगी?), वाक्-कौशल (क्या उम्मीदवार कूटनीतिज्ञ है?), नज़रिया (क्या वह कंपनी के प्रति वफ़ादार है?) आदि।

चूँकि आम तौर पर नियुक्ति का निर्णय लेने में साक्षात्कार सबसे अहम होता है, इसलिए यह महत्त्वपूर्ण है कि इससे साक्षात्कार लेने वाले को वह जानकारी मिल जाए, जिसकी ज़रूरत उसे यह निर्णय लेने के लिए है। यहाँ पर दस जाल हैं, जिनमें कई साक्षात्कार लेने वाले फँस जाते हैं। इन जालों की वजह से वे उतना नहीं जान पाते हैं, जितना उन्हें उन लोगों के बारे में जानना चाहिए, जिन्हें नौकरी देने की वे सोच रहे हैं।

1. *साक्षात्कार की योजना न बनाना।* जब बिल गुडी गमड्रॉप कैंडी कंपनी के मुख्य अकाउंटेंट को इंटरव्यू देकर लौटा, तो उसे यक़ीन था कि साक्षात्कार लेने वाले को साक्षात्कार से बहुत कम जानकारी मिली थी या कोई जानकारी नहीं मिली थी। बिल ने बताया कि मुख्य अकाउंटेंट एक विषय से दूसरे विषय पर कूदता रहा। ज़रा सी देर शिक्षा पर बात की, फिर कामकाजी अनुभव के कुछ चरणों पर बात की, फिर से स्कूली शिक्षा पर कूद गया, वहाँ से नज़रियों पर पहुँचा, फिर नौकरी के लक्ष्यों पर कूदा और आख़िरकार कामकाजी पृष्ठभूमि पर दोबारा सवाल करने लगा। बहुत सारे साक्षात्कार अनौपचारिक बातचीत से ज़्यादा नहीं होते हैं। साक्षात्कार को ज़्यादा प्रभावी बनाने के लिए साक्षात्कार लेने वाले को एक निश्चित योजना पर चलना चाहिए, ताकि वह सुनियोजित तरीक़े से सभी महत्त्वपूर्ण बिंदुओं पर जानकारी हासिल कर सके। इससे कोई फ़र्क़ नहीं पड़ता कि हम शिक्षा से शुरू करते हैं या पहली नौकरी से, आख़िरी नौकरी से या लक्ष्यों से। बस सारी अहम जानकारी हासिल करने की एक योजना होनी चाहिए और उस योजना पर चलना चाहिए। लेकिन हमें योजना के भीतर लचीला होना चाहिए; हमें रुचि के क्षेत्रों की जाँच को सिर्फ़ इसलिए अनदेखा नहीं करना चाहिए, क्योंकि वे हमारी साक्षात्कार योजना में शामिल नहीं हैं।

2. *ग़लत पद के लिए साक्षात्कार लेना।* कुछ इंटरव्यू लेने वाले पद की शर्तों पर पर्याप्त ध्यान नहीं देते हैं। बारबरा ने नौकरी के विश्लेषक के पद के लिए आवेदन दिया। साक्षात्कार लेने वाले ने एच.आर. प्रशासन के हर पहलू पर सभी तरह के सवाल पूछे, सिवाय नौकरी के विश्लेषण के। साक्षात्कार से पहले पद की शर्तों का अध्ययन करें। विवरणों और आपसी संबंध से परिचित बनें। ऐसे सवाल तैयार करें, जिनसे आवेदक

की पृष्ठभूमि के वे पहलू उजागर करें, जो उन शर्तों के ज्ञान (या इसके अभाव) को सूचित करते हों।

3. *आवेदक को साक्षात्कार पर हावी होने देना।* कभी-कभार व्यवहारकुशल आवेदक स्थिति पर इतना हावी हो सकता है कि वह सिर्फ़ हमें वही बताए, जो उसके सबसे ज़्यादा पक्ष में है और नकारात्मक पहलुओं पर कम ज़ोर दे। अच्छे साक्षात्कार लेने वाले को बागडोर अपने हाथ में रखना चाहिए। अगर हमारे सामने कोई ऐसा आवेदक है, जो हमें एक भी शब्द बोलने की अनुमति न देता हो, जो हमारे प्रश्नों को अपनी इच्छा के अनुरूप तोड़ता-मरोड़ता हो, जो अपनी पृष्ठभूमि को मज़बूत करने के लिए अप्रासंगिक जानकारी बताता हो, तो इसे बंद कर दें। हम कह सकते हैं, यह बहुत रोचक है, लेकिन मैं आपको याद दिलाना चाहूँगा कि आप... (विशिष्ट क्षेत्र को इंगित करें) के बारे में विशिष्ट विवरण बताएँ।" किसी आवेदक की हावी होने की कोशिश को विफल करने का सबसे अच्छा तरीक़ा इस बात पर ज़ोर देना है कि वह हमारे संतुष्ट होने तक हमारे प्रश्नों का जवाब दे।

4. *ईश्वर की भूमिका निभाना।* आवेदकों को साक्षात्कार लेने वालों से बहुत सी शिकायतें रहती हैं। एक आम शिकायत यह है कि वे उनके सामने अपनी श्रेष्ठता दिखाते हैं, जिससे आवेदक असहज महसूस करने लगते हैं। चूँकि साक्षात्कार लेने वाले में आवेदक को नियुक्त करने की शक्ति होती है या कम से कम उसके पास आवेदक को भावी विचार के लिए आगे बढ़ाने की शक्ति होती है, इसलिए उसमें "ईश्वर की भूमिका निभाने" और दंभ के साथ इस शक्ति का स्वाद लेने की भी प्रवृत्ति होती है। थोड़ी सी विनम्रता बेहतर तालमेल और ज़्यादा प्रभावी साक्षात्कार में फ़ायदा करेगी और हमारे तथा हमारी कंपनी के मित्र बना लेगी।

महत्त्व का आभामंडल न ओढ़ें। कभी भी सामने वाले व्यक्ति को यह महसूस न होने दें कि वह किसी मायने में आपसे हीन है।

—डेल कारनेगी

5. *सही प्रतिक्रिया का संकेत करना।* कुछ साक्षात्कार लेने वाले पद भरने के लिए इतने उतावले होते हैं कि वे अपने प्रश्नों का सही जवाब देने में आवेदक की मदद कर देते हैं। वे अपेक्षित उत्तर का संकेत दे देते हैं। जैसे, "इस पद के लिए लोगों को सँभालने की योग्यता होनी चाहिए। आपमें यह योग्यता है या नहीं?" कोई भी व्यक्ति इस सवाल का जवाब कभी "नहीं" में नहीं देगा।

6. *आवेदक का दम घोंटना।* जब हेनरी से साक्षात्कार लिया गया, तो उसे अपनी योग्यताओं के बारे में बताने का एक भी मौक़ा नहीं मिला। साक्षात्कार लेने वाले ने पहले उसे कंपनी के बारे में बताया, फिर उसे हेनरी के पद के बारे में बताया, फिर अपने ख़ुद के काम के बारे में बताया। जब उसने आख़िरकार एक सवाल पूछा, तो हेनरी का जवाब पूरा होने से पहले ही उसने हेनरी की बात बीच में काट दी। साक्षात्कार दोतरफ़ा बातचीत है। यदि सिर्फ़ एक पक्ष ही हावी रहे - चाहे वह आवेदक हो या साक्षात्कार लेने वाला - तो इसका उद्देश्य पूरा नहीं होगा।

   सूज़न ने एक तरह से अपने आवेदक का दम घोंट दिया। उसने आवेदक की कही हर बात लिख ली। बीच-बीच में कुछ बिंदु लिखना तो ठीक है, लेकिन एक-एक शब्द लिखने से आवेदक का दम घुटता है और इससे साक्षात्कार लेने वाला भी कही गई बात को पूरी तरह नहीं सुन पाता।

7. *सरकारी वकील की भूमिका निभाना।* मार्टिन को लोगों का साक्षात्कार लेने से प्रेम था। किसी विसंगति को "पकड़ने" से उसे बेहद ख़ुशी मिलती थी। वह सवाल को कई तरीक़े से दोहराता था, ताकि जवाबों में एकरूपता की तसल्ली हो सके। यदि उसे "ग़लती" मिल जाती थी, तो वह शिकार पर कूद पड़ता था। वह उन सभी "जालसाज़ों" के क़िस्से सुनाता था, जिनका उसने पर्दाफ़ाश किया था। प्रायः वे विसंगतियाँ महत्त्वहीन थीं, इसलिए अपनी इस आदत की वजह से उसने न सिर्फ़ अच्छे संभावित कर्मचारियों को खो दिया, बल्कि साक्षात्कार देने वाले सभी आवेदकों पर ख़राब छाप भी छोड़ी।

8. *मनोवैज्ञानिक की भूमिका निभाना।* हमने कॉलेज में बुनियादी मनोविज्ञान का विषय पढ़ा था, सिर्फ़ इसी के दम पर हम मनोवैज्ञानिक बनने के योग्य नहीं हो जाते। कुछ साक्षात्कार लेने वाले अपने वास्तविक

मनोवैज्ञानिक ज्ञान से बहुत ज़्यादा ज्ञान का दम भरते हैं। आवेदक की हर बात में वे छिपे हुए अर्थों की तलाश करते हैं। वे कामकाजी अनुभवों, पारिवारिक संबंधों, नज़रियों और आवेदकों की सामान्य टिप्पणियों में भी फ़्रॉयड के उद्देश्य भर देते हैं। वे इन निर्णयों को लेने के लिए दरअसल योग्य या पात्र नहीं हैं, इस सच्चाई को वे देख ही नहीं पाते हैं। वे अपने "मनोवैज्ञानिक मूल्यांकन" में इतने तल्लीन हो जाते हैं कि वे यह तय नहीं कर पाते हैं कि आवेदक उस काम को कर सकता है या नहीं।

9. *आवेदक के "प्रेम में पड़ना।"* कई बार साक्षात्कार लेने वाला किसी आवेदक की प्रस्तुति के किसी एक पहलू से इतना ज़्यादा प्रभावित हो जाता है कि वह पहलू मूल्यांकन पर हावी हो जाता है। यह उस व्यक्ति का हुलिया हो सकता है, करिश्माई व्यक्तित्व हो सकता है या कंपनी के लिए आवश्यक कोई विशेष योग्यता हो सकती है। वह गुण प्रभावी भले ही हो, लेकिन आवेदक की पृष्ठभूमि संबंधी कई महत्त्वपूर्ण घटक इसे नकार भी सकते हैं। अच्छा साक्षात्कार लेने वाला इस बात को पहचान लेगा कि आवेदक का आकर्षण या योग्यता अच्छी बात है, लेकिन इसे सही परिप्रेक्ष्य में रखना चाहिए। साक्षात्कार की अच्छी योजना बनाने से मदद मिलेगी, क्योंकि इससे पद पर सफलता के लिए आवश्यक हर घटक का सावधानीपूर्ण मूल्यांकन सुनिश्चित हो जाएगा।

10. *विवरणों की जाँच करने में असफलता।* जॉर्ज से इस बारे में बहुत से सवाल पूछे गए कि क्या काम के विभिन्न क्षेत्रों में उसके पास अनुभव है। उसने हर प्रश्न का जवाब हाँ में दिया, लेकिन उसे यह देखकर हैरानी हुई कि साक्षात्कार लेने वाले ने उसके जवाब को मान लिया और यह पता लगाने के लिए कोई तहक़ीक़ात नहीं की कि हर क्षेत्र में उसके पास कितनी गहराई थी। जॉर्ज सरासर झूठी जानकारी देकर या अपने ज्ञान को बढ़ा-चढ़ाकर आसानी से अपनी पृष्ठभूमि के बारे में ग़लत बता सकता था। अच्छा साक्षात्कार लेने के लिए उम्मीदवार के ज्ञान की पूरी पड़ताल ज़रूरी है। पद की शर्तों का अध्ययन करें और उन्हें पूरा करने के लिए जो भी अपेक्षित है, उसके आधार पर सवाल तैयार करें।

यदि हम किसी साक्षात्कार की सावधानीपूर्वक योजना बनाएँ और ख़तरों की जानकारी रखकर उनसे बचें, तो हम अपने साक्षात्कारों को ज़्यादा अर्थपूर्ण तथा नियुक्ति के निर्णयों को ज़्यादा प्रभावी बना सकते हैं।

बात करते वक़्त सामने वाले की बात कभी न काटें। उस व्यक्ति को अपनी बात पूरी करने दें। यदि आप बात काट रहे हैं, तो आप यह संकेत दे रहे हैं कि वह जो कह रहा है, वह सुनने लायक़ नहीं है।

—डेल कारनेगी

पुष्टि करें

जिन आवेदकों में हमारी रुचि है, यथासंभव उनके पूर्व अधिकारियों से संपर्क करके इस बात की पुष्टि करें कि उन्होंने हमें जो बताया है, वह सही है। अर्थपूर्ण जानकारी पाने के लिए मानव संसाधन विभाग के बजाय आवेदक के सुपरवाइज़र से बात करने की कोशिश करें। सुपरवाइज़र के पास उम्मीदवार का दिन प्रति दिन का अवलोकन होता है, जबकि अधिकांश कंपनियों में एच.आर. विभाग के पास सिर्फ़ वही जानकारी होती है, जो फ़ाइल में लिखी होती है।

ज़्यादातर कंपनियाँ अपने पूर्व कर्मचारियों की जानकारी दूसरों को नहीं देना चाहती हैं, लेकिन फिर भी यह कोशिश करने लायक़ है। जानकारी देने के प्रतिरोध से उबरने का एक तरीक़ा इस बात पर ज़ोर देना है कि हम जानकारी नहीं माँग रहे हैं, हम तो सिर्फ़ उसकी पुष्टि करना चाहते हैं। फ़ोन करने से पहले आवेदक के आवेदन, उसके रेज़्यूमे और इंटरव्यू के हमारे नोट्स से कुछ सवाल तैयार करें। पृष्ठभूमि के महत्त्वपूर्ण और उपयोगी पहलुओं को ही चुनें, ताकि हमें सीमित समय में अधिकतम जानकारी मिल सके।

सर्वश्रेष्ठ कर्मचारियों का चयन करना

हमने सौ आवेदन पढ़े हैं, जिनमें से दर्जनों आवेदकों का साक्षात्कार लिया है और इसके बाद हमने तीन-चार लोगों की संक्षिप्त सूची बना ली है,

जिनके पास उस पद के लिए उत्कृष्ट अनुभव और पृष्ठभूमि है, जिसे हम भरना चाहते हैं। हमें किसे नियुक्त करना चाहिए? जब भी कोई पद ख़ाली होता है, तो प्रबंधकों के सामने अक्सर यह दुविधा आती है। हमें व्यक्तिगत विशेषताओं के आधार पर यह महत्त्वपूर्ण निर्णय लेना चाहिए, यानी वे विशेषताएँ जिनकी वजह से एक व्यक्ति बाक़ी सबसे अलग दिखता है। जिन लोगों में "नियुक्तिकरण आकर्षण" होता है, उनसे हमारे प्रभावित होने की ज़्यादा संभावना होती है, जबकि हम इस अमूर्त गुण की कमी वाले आवेदकों से ज़्यादा प्रभावित नहीं होते हैं।

अनुभव ने दिखाया है कि जब तक ये विशेषताएँ सतही या नाटक न हों, तब तक वे नौकरी में सफलता का सूचक हैं। ये ऐसे मानवीय गुण हैं, जो किसी को हमारे साथ, सहकर्मियों के साथ और संगठन के भीतर व बाहर के दूसरे लोगों के साथ मिल-जुलकर काम करने में सक्षम बनाते हैं।

बाहरी व्यक्तित्व

लोगों के साथ ज़्यादातर संपर्कों में हम उनके हुलिये पर त्वरित प्रतिक्रिया करते हैं। जिस व्यक्ति का शारीरिक हुलिया, पोशाक और उपस्थिति सुखद, साफ़-सुथरी और आकर्षक होती है, वह ज़्यादातर पारस्परिक संबंधों में सही स्थिति में शुरुआत करता है। इसका यह मतलब नहीं है कि हमें पुस्तक का मूल्यांकन पूरी तरह से उसके कवर के आधार पर करना चाहिए या हमें सिर्फ़ आकर्षक पुरुषों व सुंदर महिलाओं को ही तवज्जो देना चाहिए। स्वच्छता, सुखद चेहरा और पोशाक व अलंकरण में सुरुचि महत्त्वपूर्ण है, लेकिन सावधान रहें कि आप हुलिये को ज़रूरत से ज़्यादा महत्त्वपूर्ण न मानें।

बारबरा बेहद आकर्षक युवती है। पिछले पाँच वर्षों में वह बिक्री प्रतिनिधि के पद पर चार जगह नौकरी कर चुकी है... और चारों में ही असफल हो चुकी है। सेल्स प्रबंधक बारबरा के आकर्षक चेहरे से इतने प्रभावित हुए कि यह मान बैठे कि वह संभावित ग्राहकों को तुरंत प्रभावित कर लेगी और सफल सेल्सपर्सन बन जाएगी। बहरहाल, बारबरा के पास देने के लिए और कुछ नहीं था। वह अपने हुलिये की बदौलत सफल होने की इतनी आदी हो चुकी थी कि उसने कभी कड़ी मेहनत करना नहीं सीखा था।

इसका यह अर्थ न समझें कि हुलिये पर विचार करना ज़रूरी नहीं है। कई आकर्षक लोगों में अच्छा काम करने की योग्यता, प्रेरणा और क्षमता भी होती है। चूँकि हममें से कई लोग हुलिये पर ज़रूरत से ज़्यादा ध्यान देने की प्रवृत्ति रखते हैं, इसलिए हमें निर्णय लेने से पहले किसी ख़ास आकर्षक व्यक्ति की पृष्ठभूमि के सभी पहलुओं को ज़्यादा गहराई से देख लेना चाहिए।

हम अपने जैसे लोगों को ज़्यादा पसंद करते हैं

पाम के सभी सहयोगी उसके विश्वविद्यालय के पूर्व विद्यार्थी हैं। आयोवा की बेथ शिकागो में काम करती थी, लेकिन उसके स्टाफ़ के तीन सदस्य भी आयोवा के ही थे। जब पाम और बेथ से पूछा गया कि उन्होंने इन लोगों को क्यों चुना, तो उन्होंने नौकरी की योग्यताओं, व्यक्तित्व के गुण और बुद्धिमत्ता की बात की, लेकिन इनमें से किसी भी प्रबंधक के दिमाग़ में यह नहीं आया कि पृष्ठभूमि की समानता भी एक वजह हो सकती थी। हममें अचेतन रूप से उन लोगों को ज़्यादा पसंद करने की प्रवृत्ति होती है, जिनकी पृष्ठभूमि हमारी ख़ुद की पृष्ठभूमि के क़रीब हो। समान परिवेश या अनुभव वाले लोगों के साथ व्यवहार करते समय सहजता की भावना होती है। यह लाभकारी हो सकता है, क्योंकि इससे कामकाजी संबंध ज़्यादा तेज़ी से और ज़्यादा आसानी से जोड़े जा सकते हैं। बहरहाल, इस वजह से हम किसी कम योग्य उम्मीदवार को भी चुन सकते हैं। जब किसी कामकाजी समूह में सभी लोगों की एक जैसी पृष्ठभूमियाँ होती हैं, तो वे कमोबेश एक जैसा सोचते हैं, इसलिए नकारात्मक पहलू यह है कि नए विचारों से संपर्क कम हो पाता है।

आत्मविश्वास

जब फ़्रैंक का साक्षात्कार लिया गया, तो उसमें आत्मविश्वास झलक रहा था। वह अपनी असफलताओं के बारे में बातें करने से नहीं घबराया। ज़्यादातर लोग अपनी उपलब्धियों की डींगें हाँककर साक्षात्कार लेने वाले को प्रभावित करने की कोशिश करते हैं, लेकिन उनके विपरीत फ़्रैंक अपनी सफलताओं को लेकर यथार्थवादी था। उसने यह छाप छोड़ी कि वह अपनी क्षमताओं के बारे में पूरी तरह सुरक्षित महसूस करता था। यह इस बात का संकेत है कि

फ्रैंक नौकरी में भी यही आत्मविश्वास प्रदर्शित करेगा, जिससे वह नई स्थिति के साथ आसानी से अनुकूलन कर लेगा।

अभिव्यक्ति का प्रवाह

लॉरा अपनी पृष्ठभूमि पर आसानी से और धाराप्रवाह बात कर सकती थी। वह झिझकती नहीं थी, न ही शब्दों की तलाश में अटकती थी। जब साक्षात्कार लेने वाले ने विवरणों की जाँच की, तो उसके पास आँकड़े, उदाहरण और विशिष्ट उपयोग तैयार थे। इससे न सिर्फ़ उसकी विशेषज्ञता का पता चला, बल्कि संप्रेषण योग्यता का भी पता चला - जो कई नौकरियों में एक अनिवार्य तत्व है।

बहरहाल, कुछ लोग चिकनी-चुपड़ी बातें करने में माहिर होते हैं। वे अपनी नौकरी के बारे में बेहतरीन बातें कर सकते हैं, हालाँकि उनके पास इसका सिर्फ़ छुटपुट अनुभव या ज्ञान होता है। वे उस क्षेत्र की शब्दावली सीख लेते हैं और उसका खुलकर इस्तेमाल करते हैं। कोई आवेदक शब्द-वीर है या कर्मवीर, यह पता लगाने के लिए कुछ गहरे सवाल पूछें, साथ ही उसके काम के विशिष्ट उदाहरणों की पड़ताल भी करें। चिकनी-चुपड़ी बातें करने वाले जालसाज़ अच्छे जवाब नहीं सोच पाएँगे।

मुस्तैदी

डाएन इंटरव्यू में दमक रही थी। हमारे प्रश्नों व टिप्पणियों पर वह अपने चेहरे के उत्साहपूर्ण भावों और मुद्राओं के साथ प्रतिक्रिया कर रही थी। हम उसकी ऊर्जा को महसूस कर सकते थे। मुस्तैद और दमकते आवेदक आम तौर पर प्रगतिशील व रोमांचक लोग होते हैं, जो अपनी नौकरी में जी-जान लगा देते हैं।

परिपक्वता

परिपक्वता को किसी इंसान की उम्र से नहीं नापा जा सकता। युवा लोग बहुत परिपक्व हो सकते हैं, जबकि ज़्यादा उम्र वाले लोग बचकाने हो सकते हैं। सचमुच परिपक्व आवेदक शत्रुतापूर्ण या रक्षात्मक नहीं होते। वे प्रश्नों को कँटीले तार नहीं समझते हैं, जिन्हें विपक्षी वकील ने उन्हें पकड़ने के लिए

बिछाया है। वे आत्म-करुणा प्रदर्शित नहीं करते हैं। उनके पास अतीत की असफलताओं या अक्षमताओं के बहाने नहीं होते हैं। वे अपनी कमज़ोरियों पर बातचीत करने के लिए भी उतने ही उत्सुक होते हैं, जितने कि अपनी शक्तियों पर।

हास्यबोध

इवान चिड़चिड़ा था। साक्षात्कार के दौरान वह सहज नहीं था और एक बार भी नहीं मुस्कराया। जब हमने एक हास्यपूर्ण टिप्पणी करके साक्षात्कार का माहौल हल्का करने की कोशिश की, तब भी उसने प्रतिक्रिया नहीं की। इसकी वजह घबराहट हो सकती है, लेकिन ज़्यादा संभावना इस बात की है कि इवान उन बहुत गंभीर लोगों में से एक है, जो परिस्थितियों के हल्के पहलू को कभी नहीं देख पाते हैं। उनका निरीक्षण करना मुश्किल होता है और टीम के भीतर उनके साथ काम करना असंभव होता है। हास्यबोध वाले व्यक्ति के साथ काम करना ज़्यादा आसान और काफ़ी मज़ेदार होता है। लेकिन ध्यान रखें, कुछ आवेदक बहुत छिछोरे होते हैं, जो अनुचित मज़ाक़ करते हैं या स्थिति के अनुरूप काम नहीं करते हैं; वे अपरिपक्व हो सकते हैं।

बुद्धिमत्ता

हालाँकि बुद्धिमत्ता के कुछ पहलू परीक्षणों से मापे जा सकते हैं, लेकिन हम इंटरव्यू में भी किसी व्यक्ति की बुद्धिमत्ता के बारे में काफ़ी कुछ पता लगा सकते हैं। यदि नौकरी में स्थितियों पर तीव्र प्रतिक्रिया की आवश्यकता हो (जैसे बिक्री में), तो तेज़ी से और समझदारी से प्रश्नों पर प्रतिक्रिया करने वाले आवेदक में उस तरह की बुद्धिमत्ता होती है, जिसकी ज़रूरत उस नौकरी के लिए है। बहरहाल, यदि कोई व्यक्ति ऐसी नौकरी के लिए आवेदन दे रहा है, जहाँ जवाब देने से पहले सवाल पर विचार करना महत्त्वपूर्ण है (मिसाल के तौर पर शोध इंजीनियर), वहाँ धीमी लेकिन अच्छी तरह सुविचारित प्रतिक्रिया उस पद के लिए आवश्यक बुद्धिमत्ता का सूचक हो सकती है।

"आभामंडल प्रभाव पर निगाह रखें"

रॉब कंप्यूटर के क्षेत्र में जादूगर है। उसे किसी भी तरह की समस्या दे दो, जिसे कंप्यूटर द्वारा सुलझाया जा सकता है और वह उसे सुलझाने के लिए

एक प्रोग्राम तैयार कर देगा। कंपनी के अधिकारी उसकी इस क्षमता से इतने ज़्यादा प्रभावित थे कि उन्होंने रॉब का प्रमोशन प्रबंधक के पद पर कर दिया। अब उसे ऐसे निर्णय लेने की ज़रूरत थी, जिनमें कंप्यूटर उसकी कोई मदद नहीं कर सकता था। उन्होंने मान लिया कि चूँकि वह एक क्षेत्र में बहुत अच्छा था, इसलिए सभी क्षेत्रों में बहुत अच्छा होगा।

इसका विपरीत "नकारात्मक प्रभाव" है। सामने वाले व्यक्ति में एक नकारात्मक गुण होता है, जो उस व्यक्ति के हमारे आकलन पर इतना हावी हो जाता है कि हम उसकी अच्छी बातें नहीं देख पाते हैं।

आभामंडल या नकारात्मक प्रभावों के पूर्वाग्रह या मूल्यांकन की दूसरी संकीर्ण नीतियों से बचने के लिए हमें अलग-अलग गुणों के बजाय पूरे इंसान को देखना चाहिए।

सफलता के रिकॉर्ड देखें

"जो अतीत है, वह प्रस्तावना है।" चाहे भीतर से प्रमोशन देना हो या बाहर से किसी नए कर्मचारी को नियुक्त करना हो, किसी नई नौकरी के लिए लोगों का चुनाव करने में सबसे महत्त्वपूर्ण घटक उनका पिछला रिकॉर्ड है। सफल लोगों में अपनी सफलता का सिलसिला जारी रखने की प्रवृत्ति होती है। औसत रिकॉर्ड वाले कर्मचारियों में अपने औसत प्रदर्शन को दोहराने की प्रवृत्ति होती है। उस कर्मचारी ने पिछली नौकरियों या कामकाज में क्या हासिल किया है, इसका मूल्यांकन करने पर हमें यह स्पष्ट तसवीर मिल सकती है कि वह नए पद पर क्या कर सकता है। सफलता के साँचे का पता लगाने और उनका मूल्यांकन करने के लिए आवेदकों से पूछें कि पिछली नौकरियों में उनके मुख्य योगदान क्या थे। जब ली ने बिक्री की नौकरी के लिए आवेदन दिया, तो उसके पास इसका कोई विशिष्ट अनुभव नहीं था। बहरहाल, पिछली प्रशासनिक नौकरी में उसकी सफलता का रिकॉर्ड दिखा रहा था कि वह बहुत से क्षेत्रों में जटिल समस्याओं का सामना कर सकता है और उन्हें सुलझा सकता है। सेल्स प्रबंधक ने पहचान लिया कि यह बिक्री के क्षेत्र में काफ़ी बड़ा लाभ था, इसलिए उन्होंने उस नौकरी के लिए ज़्यादा अनुभवी सेल्सपीपल के बजाय ली को चुना। ली की सफलता का सिलसिला इस नए पद पर भी जारी रहा और कुछ ही महीनों में वह स्टाफ़ के सर्वश्रेष्ठ

सेल्सपीपल में से एक बनने की राह पर काफ़ी आगे पहुँच गया था।

कोई व्यक्ति नौकरी को किस तरह से लेता है, उससे भी उम्मीदवार के बारे में बहुत कुछ पता चल जाता है। बैटी अपनी कंपनी की ऑफ़िस प्रबंधक थी। उसकी मुख्य उपलब्धि यह थी कि काम सुचारू रूप से चलता रहे, कोई मामला न भड़के और हर काम समय पर तथा सटीकता से पूरा हो जाए। यह अच्छी नीति है, बशर्ते हमें "रखरखाव" करने वाले प्रबंधक की ज़रूरत हो, जो यथास्थिति को क़ायम रख सके। बहरहाल, अगर हमें नवाचार या सृजनात्मकता की तलाश है, तो किसी ऐसे व्यक्ति को खोजना बेहतर रहेगा, जिसने उत्पादकता को बेहतर करने वाले नए तंत्र लागू किए हों या जिसने किसी विभाग को ज़्यादा कार्यकुशल बनाने के लिए विभाग को दोबारा व्यवस्थित किया हो।

जिन उपलब्धियों पर आवेदक को गर्व है, उनसे भी काम की प्रकृति के बारे में उसकी सोच उजागर होती है। ग़ैरी मानव संसाधन एक्ज़ीक्यूटिव पद का दावेदार था। जब उससे उसकी उपलब्धियों के बारे में पूछा गया, तो उसने गर्व से वर्णन किया कि उसने अपनी कंपनी के लिए एक बॉलिंग लीग बनाई थी और सॉफ़्टबॉल टूर्नामेंट आयोजित किया था। उस पद की दूसरी दावेदार एलीन ने बताया कि उसने एक सुझाव योजना शुरू की थी, जिसके फलस्वरूप कई लागत बचाने वाले नवाचार हुए। इन जवाबों के आधार पर बेहतर उम्मीदवार किसे माना जाए?

उत्साह

यह बहुत महत्त्वपूर्ण अमूर्त गुण है और "नियुक्तिकरण आकर्षण" का मुख्य तत्व है। इसका वर्णन करना मुश्किल है, लेकिन हम इसे देखते ही समझ जाते हैं। उत्साही व्यक्ति समानुभूतिपूर्ण प्रतिक्रिया करता है और जिन मुद्दों पर बातचीत हो रही है, उनके बारे में असली परवाह दिखाता है। वह पारस्परिक संबंधों के बारे में खुलकर बात करता है। वह साक्षात्कार में आरामदेह रहता है और हमें भी आरामदेह महसूस कराता है। इस तरह के व्यक्तित्व वाला व्यक्ति किसी भी परिवेश में आरामदेह रहता है और इस बात की ज़्यादा संभावना है कि वह तेज़ी से तथा स्वाभाविक रूप से विभाग में घुल-मिल जाएगा। ऐसे लोगों को पसंद किया जाता है और उनके साथ जीना तथा काम करना आसान होता है।

फ़ीडबैक के प्रति संवेदनशीलता

जो आवेदक हमारे मौखिक प्रश्नों और टिप्पणियों के साथ-साथ हमारी बॉडी लैंग्वेज के प्रश्नों को भी समझ लेता है, वह भी नौकरी में शायद यही करेगा। यह गुण ऑफ़िस में अमूल्य होता है। इस तरह के लोगों को प्रशिक्षित करना आसान होता है। वे आसानी से निर्देश व आलोचना को स्वीकार करते हैं, उन पर अमल करते हैं और अपने समकक्षों के साथ अच्छी तरह काम करते हैं।

सहजता

जो व्यक्ति सहज और तनावरहित है, वह अच्छी तरह संतुलित इंसान होता है। बहरहाल, इस आधार पर किसी घबराए हुए आवेदक को नकार न दें। घबराए हुए कर्मचारी की घबराहट के कारणों का पता लगाने के लिए योग्यता, धैर्य और संकल्प की ज़रूरत होती है। हो सकता है कि उसकी घबराहट उसके सच्चे स्वरूप को छिपा रही हो।

आवेदक को जानकारी देना

आवेदक को कंपनी और पद संबंधी जानकारी देना साक्षात्कार का एक अहम हिस्सा है। अच्छे कर्मचारी पाने के लिए की गई सारी मेहनत और ख़र्च पर पानी फिर जाता है, यदि हमारे द्वारा चुने गए आवेदक हमारी पेशकश को स्वीकार न करें। साक्षात्कार में पद की सकारात्मक तसवीर रखने से उनकी स्वीकृति की दर काफ़ी ऊँची रहने की संभावना होती है।

पद के बारे में कब और क्या बताएँ

कुछ साक्षात्कार लेने वाले शुरुआत में ही पद के कर्तव्यों का वर्णन कर देते हैं। कुछ तो साक्षात्कार के पहले ही आवेदकों को उस पद के कार्य विवरणों की जानकारी दे देते हैं। यह एक गंभीर ग़लती है। यदि आवेदक किसी पद के कामों के बारे में बहुत जल्दी, बहुत ज़्यादा जान जाता है, तो इस बात की संभावना है कि वह उनके आधार पर ही आपके सारे सवालों के जवाब तैयार कर लेगा।

मिसाल के तौर पर, हम किसी संभावित आवेदक को यह बता देते हैं कि उसे डिपार्टमेंट स्टोर चेन्स को सामान बेचना होगा। भले ही आवेदक को इस क्षेत्र में बहुत कम अनुभव हो, लेकिन जब हम पूछते हैं, "आपने किस क्षेत्र में बिक्री की है?" – तो कल्पना कीजिए कि किस क्षेत्र पर ज़ोर दिया जाएगा।

कर्तव्यों और ज़िम्मेदारियों के बारे में जानकारी देने का सबसे अच्छा तरीक़ा यह है कि आवेदक को साक्षात्कार के दौरान इसे बताएँ – लेकिन तभी, जब हम उस क्षेत्र में आवेदक की पृष्ठभूमि सुनिश्चित कर लें। मिसाल के तौर पर :

साक्षात्कारकर्ता : आपको किस तरह के ग्राहकों को सामान बेचने का अनुभव है?

आवेदक : ड्रग स्टोर चेन, डिस्काउंट स्टोर, डिपार्टमेंट स्टोर और मेल ऑर्डर हाउसेस।

इसके बाद इनमें से प्रत्येक क्षेत्र के बारे में विशिष्ट प्रश्न पूछकर आवेदक का अनुभव सुनिश्चित करें। यदि डिपार्टमेंट स्टोर का अनुभव संतोषजनक है, तो इसके बाद साक्षात्कारकर्ता यह कह सकता है, "मुझे ख़ुशी है कि आपको डिपार्टमेंट स्टोर चेन के साथ बिक्री का इतना अनुभव है, क्योंकि वे हमारी ग्राहक सूची का 40 फ़ीसदी हिस्सा हैं। यदि आपको नियुक्ति मिल जाती है, तो आपको इन चेन्स के साथ क़रीबी काम करना होगा।"

यदि इस क्षेत्र में अनुभव कमज़ोर हो, तो साक्षात्कारकर्ता यह कह सकता है, "चूँकि डिपार्टमेंट स्टोर चेन्स के साथ हम काफ़ी कारोबार करते हैं, इसलिए अगर आपको इस पद पर नियुक्ति मिल जाती है, तो हमें आपको इस क्षेत्र में अतिरिक्त प्रशिक्षण देना होगा।"

ज़्यादातर साक्षात्कारकर्ता साक्षात्कार में किसी बिंदु पर (आम तौर पर अंत में) आवेदक को नौकरी और कंपनी के बारे में सवाल पूछने का मौक़ा देते हैं। आवेदक जो सवाल पूछता है, वे उसके व्यक्तित्व के बारे में जानकारी दे सकते हैं और उसके मूल्यांकन में हमारी मदद कर सकते हैं।

क्या उसके सवालों की प्रकृति मूलतः व्यक्तिगत है (जैसे छुट्टियाँ, सुविधाएँ, वेतनवृद्धि आदि)? या फिर उसके सवाल नौकरी के बारे में हैं?

जो लोग सिर्फ़ निजी पहलुओं के बारे में ही परवाह दिखाते हैं, उनके नौकरी पर केंद्रित रहने तथा उच्च प्रेरित होने की कम संभावना होती है। उनके प्रश्न इस बात के संकेत भी हैं कि नौकरी में उनकी सच्ची रुचि किस क्षेत्र में है। यदि आवेदक के सवालों से हमें महसूस होता है कि कोई होनहार उम्मीदवार नौकरी को लेकर बहुत ज़्यादा उत्साही नहीं है, तो हमें यह मौक़ा मिल जाता है कि हम उस उम्मीदवार को हमारी कंपनी में आने के लाभ गिना दें।

इंटरव्यू लेते समय हम हमेशा "बिक्री" कर रहे हैं। यह महत्त्वपूर्ण है कि हम अपनी कंपनी और उस पद का वर्णन सकारात्मक और उत्साही अंदाज़ में करें। इसका यह अर्थ नहीं है कि हमें अतिशयोक्ति का सहारा लेना चाहिए या आवेदक को गुमराह करना चाहिए। इंटरव्यू में आवेदक को संभावित नौकरी के नकारात्मक घटक बता दें, लेकिन यह भी दिखा दें कि सकारात्मक पहलू ज़्यादा हैं। मिसाल के तौर पर, "इस नौकरी में हमारा जटिल तकनीकी प्रशिक्षण हासिल करने के लिए आपको शुरुआत में कुछ महीनों तक ओवरटाइम करना होगा, लेकिन हमारे तंत्र में माहिर बनने के बाद इस क्षेत्र में आपकी विशेषज्ञता बढ़ जाएगी।"

चाहे हम कंपनी में कार्यरत किसी वर्तमान कर्मचारी को प्रमोशन देने के बारे में सोच रहे हों या किसी बाहरी आवेदक को नियुक्त कर रहे हों, सही निर्णय सुनिश्चित करने के लिए यथासंभव हर क़दम उठाना अनिवार्य है। व्यक्तिगत पसंद-नापसंद, हुलिये पर बहुत ज़्यादा ज़ोर और आभामंडल या नकारात्मक प्रभाव के ख़तरों के बारे में सावधान रहें। ऐसे लोगों की तलाश करें, जो अतीत में सफल रहे हों, जिनका नौकरी के प्रति सकारात्मक नज़रिया हो, जिनमें उस पद संबंधी बुद्धि हो और जिनका व्यक्तित्व उत्साही, सहज व परिपक्व हो।

सार

- रेज़्यूमे का मूल्यांकन करने से पहले मुख्य आवश्यकताओं की सूची बना लें। जब तक कोई आवेदक इन शर्तों को पूरा न करता हो, उसका साक्षात्कार लेने की कोई तुक नहीं है।

- किसी रेज़्यूमे को पूरी तरह सच न मानें। पंक्तियों के बीच में पढ़ें। छिपे हुए नकारात्मक घटकों की तलाश करें।
- सभी आवेदकों से कंपनी का एक आवेदन प्रपत्र पूरा भरवाएँ। इसका इस्तेमाल आवेदन के विकल्प के रूप में नहीं, बल्कि पूरक के रूप में करें।
- इंटरव्यू आयोजित करने से पहले पद की शर्तों और वर्णन के साथ-साथ आवेदक के रेज़्यूमे और आवेदन पत्र की समीक्षा करें।
- एक अच्छे इंटरव्यू के लिए अच्छी योजना बनानी चाहिए, जो इतनी लचीली हो कि बाद में सवाल पूछे जा सकें।
- साक्षात्कार की शुरुआत में बिना जोखिम के सवाल पूछकर आवेदक को आरामदेह बनाएँ।
- एच.आर. विभाग के बजाय संभावित कर्मचारियों के पिछले सुपरवाइज़र से बात करके उनकी दी गई जानकारी की जाँच व पुष्टि करें।
- उम्मीदवारों की तुलना करते समय काम के अनुभव के साथ-साथ उनके पूरे व्यक्तित्व पर विचार करें। आभामंडल या नकारात्मक प्रभाव से बचें।

5

प्रदर्शन को बेहतर करना

फ़िल ने बधाइयों को शालीनता से स्वीकार किया। उसने लगातार तीसरे साल क्लब की चैंपियनशिप जीती थी। स्थानीय समाचार पत्र के एक संवाददाता ने पूछा, "फ़िल, आप निर्विवाद रूप से इस शहर के गोल्फ़ चैंपियन हैं। हम अपना प्रदर्शन कैसे बेहतर बना सकते हैं, इस बारे में आप हम लोगों को क्या सलाह दे सकते हैं?" बिना हिचक के फ़िल ने जवाब दिया, "यह सब खेल की तैयारी के तरीक़े से शुरू होता है।"

तैयारी

चाहे गोल्फ़ कोर्स पर हो या नौकरी में, अच्छे प्रदर्शन की शुरुआत तैयारी से होती है। पहली गेंद पर प्रहार किया जाए या नौकरी में पहला काम किया जाए, इसके पहले हमने कितनी तैयारी की है, वही पर्याप्त और बेहतर प्रदर्शन के बीच का फ़र्क़ तय करती है। गोल्फ़ में तैयारी का मतलब गेंद को शुरुआती जगह पर रखना ही नहीं है, बल्कि वह मेहनत भी है, जो इस खेल में महारत हासिल करने के लिए पहले की गई है।

तकनीकी क्षमता

पहला क़दम है विषय के बारे में यथासंभव अधिकतम ज्ञान हासिल करना। किसी भी खेल की तरह किसी भी नौकरी में सक्षमता बुनियादी बातें सीखने से शुरू होती है और फिर ज़्यादा जटिल पहलुओं को सीखने की ओर बढ़ती

है। अपने प्रयास के क्षेत्र में तकनीकी दृष्टि से कुशल बनना शीर्ष प्रदर्शन के लिए अनिवार्य है।

डरलीन को चिकित्सकीय निदान और उपचार की नई प्रौद्योगिकियों से बड़ा कौतुहल होता था। वह मर्सी हॉस्पिटल में नर्सों की सहायक थी, इसलिए उसे नया उपकरण देखने को तो मिला, लेकिन चलाने का अवसर नहीं मिला। मौक़ा मिलते ही डरलीन उस विभाग में पहुँच जाती थी, जहाँ उस उपकरण का इस्तेमाल किया जा रहा था। उसने तकनीशियनों से बातचीत की और उसने उस उपकरण के बारे में हर वह चीज़ पढ़ी, जो उसे मिली। अल्ट्रासाउंड मशीन के इस्तेमाल में उसकी ख़ास रुचि थी, जिसका इस्तेमाल कई आंतरिक रोगों को पहचानने में किया जाता है। फिर उसने एक प्रशिक्षण कार्यक्रम में हिस्सा लिया और पंजीकृत डायग्नोस्टिक मेडिकल सोनोग्राफ़र का प्रमाणपत्र हासिल कर लिया। इसकी बदौलत उसे सोनोग्राफ़र के रूप में पूर्णकालिक काम करने का मौक़ा मिल गया। इस प्रमाणपत्र को हासिल करने वाले ज़्यादातर लोग यह नौकरी पाकर संतुष्ट हो जाते, लेकिन डरलीन सिर्फ़ अच्छी कर्मचारी ही नहीं बनना चाहती थी; उसका लक्ष्य तो सर्वश्रेष्ठ संभव तकनीशियन बनना था। उसने अपना अध्ययन जारी रखा और इस उपकरण का इस्तेमाल करने वाले डॉक्टरों के साथ विशेष प्रोजेक्ट्स पर काम करने की स्वैच्छिक पहल की। नतीजा यह हुआ कि बहुत ही कम समय में डरलीन अस्पताल में तकनीकी दृष्टि से सबसे ज्ञानी सोनोग्राफ़र बन गई और इस क्षेत्र में सफल करियर बनाने की दिशा में आगे बढ़ी।

प्रशिक्षण

तकनीकी सक्षमता हासिल करने के बाद भी प्रशिक्षण नहीं रुकता है। सर्वश्रेष्ठ खिलाड़ी भी प्रशिक्षण लेते रहते हैं, चाहे वे कितने भी सफल क्यों न हो जाएँ। वे जानते हैं कि प्रशिक्षण की आवश्यकता कभी ख़त्म नहीं होती।

सैम एक सफल सेल्समैन है, जिसे यक़ीन नहीं है कि उसका प्रशिक्षण कभी ख़त्म होगा। उसका कहना है, "मुझे बहुत कुछ सीखना है।" हर साल सैम सेल्समैनशिप या प्रॉडक्ट के ज्ञान में कम से कम एक प्रशिक्षण पाठ्यक्रम में जाता है। पुस्तकें पढ़ने और प्रशिक्षण टेप सुनने के लिए वह हर सप्ताह समय तय करता है। इसका परिणाम यह हुआ है कि ग्राहकों की सेवा और अपनी बिक्री बढ़ाने में सैम का प्रदर्शन लगातार बेहतर हुआ है।

दूसरों को सिखाएँ

अपनी योग्यताओं को आदर्श बनाने का एक और तरीक़ा है दूसरों को सिखाना। न सिर्फ़ इससे हमें अपने काम की सुनियोजित समीक्षा करने और उसे सुदृढ़ बनाने में मदद मिलती है, बल्कि इंसान अक्सर प्रशिक्षु को सिखाते समय ख़ुद भी सीखता है। प्रशिक्षुओं के सवाल और सुझाव प्रायः हमारे ज्ञान को बढ़ा सकते हैं।

ऐन एक राजनीतिक कार्यसमिति के लिए वर्ड प्रोसेसिंग की सुपरवाइज़र है। चुनाव क़रीब आने के कारण जब उसने दो अतिरिक्त ऑपरेटर नियुक्त किए, तो उसने उन्हें प्रशिक्षण दिया। उन्हें जल्दी और अच्छी तरह सिखाने के लिए ऐन ने एक प्रशिक्षण योजना तैयार की। इस प्रक्रिया ने ऐन को उन कई तकनीकों के बारे में दोबारा सोचने के लिए विवश किया, जिनका वह इस्तेमाल कर रही थी। उसे कुछ शॉर्टकट और विशेष नीतियाँ याद आईं, जिनका इस्तेमाल उसने कई बरसों से नहीं किया था और उसके दिमाग़ में कुछ नए विचार भी आए। जब प्रशिक्षण शुरू हुआ, तो ऐन और प्रशिक्षुओं की पारस्परिक प्रक्रिया से उसका ख़ुद का प्रदर्शन बेहतर हुआ और उसकी निजी उत्पादकता बढ़ गई।

कोशिश करना

चैंपियन कभी नहीं कहते, "यह नहीं किया जा सकता।" वे बाधाओं से उबरने का कोई न कोई तरीक़ा खोजने की कोशिश करते हैं। भले ही चैंपियन हमेशा न जीतें, लेकिन वे जीतने की कोशिश किए बिना कभी हार नहीं मानते हैं।

न्यू यॉर्क सिटी में एक औद्योगिक कॉन्ट्रैक्टर नॉर्मन स्ट्रॉस के सामने एक बड़ी समस्या थी। न्यू यॉर्क के सबसे बड़े इनडोर स्पोर्ट्स एरीना मैडिसन स्क्वेयर गार्डन की पेंटिंग का काम होना था। इसके लिए उसे अपनी निविदा सप्ताह के अंत तक भेजनी थी। छत पोतना सबसे बड़ी समस्या थी, जो ज़मीन से 110 फुट ऊपर थी। छत तक पहुँचने का आम तरीक़ा यह था कि पाइप का मंच बनाया जाए और उस पर खड़े होकर छत पर स्प्रे किया जाए। मंच बनाने की लागत सभी बोली लगाने वालों के लिए लगभग समान थी। निविदा में अपने भाव को काफ़ी कम रखने का एकमात्र तरीक़ा यह था कि पाइप का मंच बनाए बिना छत पोतने का कोई तरीक़ा खोजा

जाए। हर कोई जानता था कि यह नहीं किया जा सकता, इसलिए जहमत क्यों उठाना?

लेकिन नॉर्मन स्ट्रॉस ने आसानी से हार नहीं मानी। उसे विश्वास था कि सफलता हासिल करने के लिए इंसान को समस्या सुलझाने की कोशिश कभी नहीं छोड़नी चाहिए। उस शाम घर लौटते वक़्त नॉर्मन ने एक इलेक्ट्रिकल कंपनी को एक ऊँची स्ट्रीट लाइट पर पेंट करते देखा। इस लाइट तक पहुँचने के लिए वे "हाइड्रोलिक क्रेन" का इस्तेमाल कर रहे थे, एक ट्रक की छत पर एलिवेटर था, जिसे विभिन्न ऊँचाइयों तक ऊपर उठाया जा सकता था। नॉर्मन ने सोचा, गार्डन की छत तक पहुँचने के लिए हाइड्रोलिक क्रेन का इस्तेमाल क्यों न करें?

अगले दिन जाँच करने पर पता चला कि यह संभव भी था और किफ़ायती भी। इसकी बदौलत स्ट्रॉस अपने प्रतिस्पर्धियों से काफ़ी कम भाव की निविदा देने में सफल हुए और उन्हें वह काम मिल गया।

सोचें

बेहतर प्रदर्शन की तैयारी में अंतिम क़दम है सोचना। खेल या नौकरी को शुरू करने से पहले उसके बारे में अच्छी तरह सोचना अनिवार्य है। अच्छा गोल्फ़ खिलाड़ी पहले ड्राइव को लगाने से पहले ही यह सोच लेता है कि वह उस होल को कैसे खेलेगा। बेहतरीन प्रदर्शन करने वाला प्रोजेक्ट को शुरू करने से पहले अच्छी तरह सोच लेता है कि काम कैसे पूरा होगा।

किसी जटिल काम को करने में जितना समय लगता है, अक्सर उतना ही समय उसकी योजना बनाने पर भी लगाना चाहिए। सेल्स कॉल करने से पहले सफल सेल्स प्रतिनिधि सावधानी से सोचते हैं कि उनके सामने कौन सी समस्याएँ आ सकती हैं और उनसे कैसे निबटा जाएगा। एक्ज़ीक्यूटिव्ज़ निर्णय को लेने से पहले उस निर्णय के हर प्रभाव के बारे में सोचते हैं। यह थिएटर, सिनेमा, टेलीविज़न और खेल में सर्वश्रेष्ठ प्रदर्शन करने वालों के बारे में भी सही है।

हम बेहतरीन प्रदर्शन कर सकते हैं, अगर हम अपने सभी प्रयासों में सावधानीपूर्वक तैयारी करें, तकनीकी दृष्टि से कुशल बनें और कभी प्रशिक्षण

लेना न छोड़ें, दूसरों को सिखाएँ और कोशिश करते रहें - ख़ास तौर पर जब परिस्थितियाँ मुश्किल हो जाएँ।

प्रदर्शन की प्रक्रिया

प्रदर्शन के पैमाने आम तौर पर संतोषजनक कर्मचारियों के अनुभव पर आधारित होते हैं, जिन्होंने उस काम को लंबे समय तक किया है। ये पैमाने चाहे काम की मात्रा या गुणवत्ता के बारे में हों या दूसरे पहलुओं के बारे में, उन्हें इन मापदंडों को पूरा करना चाहिए :

विशिष्ट। काम करने वाले हर व्यक्ति को सटीकता से पता होना चाहिए कि उससे क्या करने की उम्मीद की जाती है।

मापने योग्य। कंपनी के पास कर्मचारियों के प्रदर्शन को मापने की कसौटी होनी चाहिए। प्रदर्शन को नापना तब आसान होता है, जब पैमाना संख्यात्मक हो; यदि यह व्यावहारिक न हो, तो यह ज़्यादा मुश्किल होता है (लेकिन असंभव नहीं)। जब संख्यात्मक पैमाना व्यावहारिक न हो, तो इस तरह के पैमानों को रखा जा सकता है - निश्चित काम का समय पर पूरा होना, नई अवधारणाओं को लागू करना या टीम की गतिविधियों में योगदान देना।

यथार्थवादी। जब तक कि पैमाने हासिल करने योग्य न हों, कर्मचारी उन्हें अन्यायपूर्ण मानते हैं और उनकी दिशा में काम करने का प्रतिरोध करते हैं।

प्रदर्शन परिणाम वर्णन

ख़ुद के और अपने सहयोगियों के प्रदर्शन को सुनियोजित रूप से बढ़ाना चाहिए। शुरुआत में अपनी स्थिति और परिणामों पर नज़र डालें, जिन्हें हम हर दिन, महीने और वर्ष के अंत तक पाने के लिए ज़िम्मेदार हैं। यह संगठन में ऊपर और नीचे दोनों तरफ़ जारी रहता है, ताकि शिखर से नीचे तक सामंजस्य व एकरूपता सुनिश्चित हो सके।

पहला क़दम सटीकता से तय करना है कि हम इस पद पर क्या हासिल करना चाहते हैं और इसे कैसे नापा जाएगा। इसके लिए हमें प्रदर्शन परिणाम वर्णन अर्थात परफ़ॉरमेंस रिज़ल्ट्स डिसक्रिप्शन (पी.आर.डी.) तैयार करना चाहिए। नौकरी के मूल वर्णन में इस बात पर ध्यान केंद्रित किया जाता

है कि कौन सी गतिविधियाँ या काम करने हैं, जबकि प्रदर्शन परिणाम वर्णन इस बात की तसवीर है कि अच्छी तरह पूरा हुआ काम कैसा दिखता है। यह परिणाम केंद्रित दृष्टि है, जिससे प्रबंधकों और कर्मचारियों को संगठन के स्वप्न, मिशन और मूल्यों के अनुरूप कर्मचारी के मापने योग्य लक्ष्यों के मार्ग की रूपरेखा बनाने की अनुमति मिलती है। प्रदर्शन परिणाम वर्णन न सिर्फ़ खुद के नौकरी के कार्यों की रूपरेखा बनाने में मदद करता है, जिन्हें हम मुख्य परिणाम क्षेत्र अर्थात की रिज़ल्ट एरियाज़ (के.आर.ए.) कहते हैं, बल्कि यह स्पष्ट रूप से परिभाषित प्रदर्शन मापदंडों के ज़रिये इन क्षेत्रों की सफल पूर्णता को भी सटीकता से मापता है। यह दस्तावेज़ दिशाबद्धता औज़ार है, जो पूरी टीम, विभाग और संगठन में बिलकुल स्पष्ट व्यक्तिगत जवाबदेही स्थापित करता है।

इसकी सहायता से कंपनी का हर व्यक्ति हर दिन स्वप्न, मिशन, मूल्यों और पद के लक्ष्यों को हासिल करने पर केंद्रित होता है। यह उपाय लक्ष्यों का वर्णन करने और उन्हें मापने में मदद करता है, स्पष्ट ज़िम्मेदारियाँ देने में मदद करता है और जवाबदेही तय करता है। लोग कार की गति और प्रदर्शन के लिए स्पीडोमीटर और गैसोलीन गॉज जैसे यंत्रों का इस्तेमाल करते हैं। लीडर्स ऑफ़िस में मुख्य परिणाम क्षेत्र और प्रासंगिक पैमाने तय करके प्रदर्शन का आकलन करते हैं। यह तंत्र लोगों को उनके खुद के प्रदर्शन की निगरानी करने और नापने के लिए स्वतंत्र कर देता है, जिस वजह से मापन और अनुशासन के पारंपरिक तंत्रों की आवश्यकता न्यूनतम हो जाती है।

यह दृष्टिकोण संगठन के स्वप्न, मिशन और मूल्यों के साथ शिखर पर शुरू होता है, इसके बाद यह व्यक्तिगत परिणामों पर आता है, जो हमेशा टीम, प्रबंधक और संगठन के मिशन के सामंजस्य में होते हैं।

जब हम प्रदर्शन की प्रक्रिया को अधिकतम कर लेते हैं, तो हम अपने नेतृत्व के ज़रिये एक माहौल बनाते हैं, जहाँ कर्मचारी उन परिणामों को हासिल करने के लिए स्वतंत्र हो जाते हैं, जिनकी बदौलत कंपनी प्रतिस्पर्धी बनी रहती है और ग्राहकों की अपेक्षाओं से आगे निकलती है। इसके अलावा, कर्मचारी निजी व पेशेवर दृष्टि से भी विकास करते हैं।

पी.आर.डी. के मुख्य घटक

किसी नौकरी के लिए पी.आर.डी. तैयार करते समय हमें यह तय करना चाहिए :

- इस नौकरी का उद्देश्य क्या है? दूसरे शब्दों में, यह नौकरी अस्तित्व में क्यों है?
- इस नौकरी में हम क्या करने के लिए ज़िम्मेदार हैं और क्यों?
- मुख्य परिणाम क्षेत्र क्या हैं - वे क्षेत्र, जिनमें विशिष्ट परिणाम हासिल करने होंगे, तभी उस पद का काम पूरा होगा?
- क्या हमारे लक्ष्य संगठन के लक्ष्यों, स्वप्न और मिशन के तालमेल में हैं?

प्रदर्शन के पैमाने विशिष्ट होने चाहिए

ये मुख्य परिणाम क्षेत्र संतोषजनक ढंग से तय हो जाएँ, यह सुनिश्चित करने के लिए प्रदर्शन पैमाने विशिष्ट, मापने योग्य, हासिल करने योग्य, परिणाम केंद्रित और समयबद्ध होने चाहिए। इन चीज़ों को विशिष्टता से लिखा जाना चाहिए :

- डेडलाइन
- लागत
- कर्तव्य
- मुख्य परिणाम क्षेत्र हासिल करने के लिए आवश्यक गतिविधियाँ
- योग्यताएँ, ज्ञान और क़ाबिलियत
- इस मुख्य परिणाम क्षेत्र को हासिल करने के लिए क्या आवश्यक है?

प्रदर्शन के पैमाने मापने योग्य होने चाहिए

प्रदर्शन के पैमाने मूर्त, मापने योग्य स्थितियाँ होती हैं, जिनके मौजूद होने पर ही काम अच्छी तरह से किया जा सकता है। ये पैमाने गतिविधियों पर नहीं, परिणामों पर केंद्रित होते हैं। उन्हें परिणाम केंद्रित होना चाहिए।

हालाँकि हम अपने ख़ुद के मापदंड बना सकते हैं, लेकिन उन्हें लिखने के बाद हम अपने अधिकारियों से उन पर सहमति ले सकते हैं। इसका लाभ यह है कि इससे स्पष्ट हो जाता है कि हमारा काम हर मापदंड के हिसाब से हुआ या नहीं। इससे हमारा प्रदर्शन व्यक्तिपरक के बजाय वस्तुपरक बन जाता है। इससे प्रदर्शन समीक्षा प्रक्रिया का डर भी मिट जाता है।

यहाँ पर कुछ "अग्निपरीक्षा" जैसे प्रश्न दिए जा रहे हैं, जिनका इस्तेमाल किसी प्रदर्शन मापदंड की शक्ति तय करने के लिए किया जाता है :

- क्या यह हमारे नियंत्रण या अधिकार क्षेत्र के भीतर है?
- हम परिणामों को माप रहे हैं या सिर्फ़ गतिविधियों की संख्या लिख रहे हैं?
- हम कहाँ पर पूर्णता की अपेक्षा कर रहे हैं?
- क्या शब्दावली या भाषा में ग़लतफ़हमी की कोई गुंजाइश है? मिसाल के तौर पर "अच्छे," "कई," "प्रभावी," "बेहतरीन," "सफल," "सर्वश्रेष्ठ" जैसे शब्द मापने योग्य नहीं हैं, न ही इन पर आसानी से सहमति बन सकती है।

कोई भी मूर्ख आलोचना कर सकता है, निंदा कर सकता है और शिकायत कर सकता है, लेकिन समझने और क्षमा करने के लिए चरित्र और आत्मनियंत्रण की ज़रूरत होती है।

—डेल कारनेगी

आगे प्रदर्शन मापदंडों की नमूना सूची दी जा रही है। ज़ाहिर है, हर पर व्यक्तिगत विश्लेषण की ज़रूरत होती है। इन्हें सिर्फ़ प्रक्रिया को रेखांकित करने के उदाहरण के रूप में दिया जा रहा है।

- 2010-11 के वित्तीय वर्ष में कारोबार में नए ग्राहकों से 30 प्रतिशत बढ़ोतरी हुई है।
- पूरे स्टाफ़ ने अपना अनिवार्य वार्षिक पुनर्प्रमाणीकरण नौकरी शुरू करने के एक महीने के भीतर कर लिया है, जैसा प्रमाणीकृत करने वाली संस्था के मापदंडों में आवश्यक है।

- स्टाफ़ के सभी सदस्यों ने पिछले छह महीनों में हर सप्ताह एक प्रशिक्षण बैठक में हिस्सा लिया है।
- 2010-11 के वित्तीय वर्ष में देर से डिलिवरी पहुँचने संबंधी ग्राहक शिकायतें 20 प्रतिशत कम हुई हैं।
- कर्मचारी अनुकूलन बैठक का पुनर्गठन 15 जून 2010 तक पूरा कर लिया गया है, ताकि यह स्टाफ़ के लिए ज़्यादा आनंददायक बन जाए।
- अप्रैल 2010 से सितंबर 2010 के बीच फ़ार्मास्युटिकल क्षेत्र में सेल्स टीम ने वर्तमान ग्राहकों के रिपीट बिज़नेस को 17 प्रतिशत बढ़ा लिया है।
- 2010-11 के वित्तीय वर्ष में हमारे ब्रांच ऑफ़िस में चोरी और तोड़फोड़ की घटनाओं की संख्या 50 प्रतिशत तक घटी है, जिसके फलस्वरूप बीमे की किश्त 10 प्रतिशत कम हुई है।
- ग्राफ़िक डिज़ाइन संबंधी सभी डेडलाइनें हर ग्राहक के मामले में हर बार पूरी की गई हैं।

औपचारिक प्रदर्शन मूल्यांकन

ज़्यादातर संगठनों में प्रदर्शन का औपचारिक मूल्यांकन आयोजित किया जाता है, जो आम तौर पर सालाना होता है। कई लीडर्स सहयोगियों की प्रगति के बारे में उन्हें जागरूक बनाने के लिए हर तीन या छह महीने में एक अनौपचारिक मूल्यांकन भी जोड़ देते हैं।

औपचारिक मूल्यांकन का महत्त्व

- वे कर्मचारी के समूचे कामकाजी इतिहास पर बातचीत करने का ढाँचा उपलब्ध कराते हैं। लीडर इस बैठक का लाभ लेकर कर्मचारियों की सफलताओं पर उन्हें बधाई दे सकता है और पहले से भी ज़्यादा योगदान देने के सुझाव दे सकता है।
- इससे लीडर उसी मापदंड पर समूह के सभी सदस्यों की तुलना करने में सक्षम बनता है।
- इससे मिलने वाले आँकड़े यह तय करने में मदद करते हैं कि सहयोगियों को किस तरह के अतिरिक्त प्रशिक्षण की ज़रूरत है।

- कई कंपनियों में ये मूल्यांकन सालाना वेतनवृद्धि और बोनस तय करने वाले बुनियादी घटक होते हैं।
- उनकी औपचारिकता की वजह से उन्हें प्रदर्शन संबंधी अनौपचारिक टिप्पणियों से ज़्यादा गंभीरता से लिया जाता है।
- उनका इस्तेमाल लक्ष्य-निर्धारण, करियर नियोजन और व्यक्तिगत विकास के साधन के रूप में किया जा सकता है।

प्रदर्शन मूल्यांकनों का नकारात्मक पहलू

- ये मूल्यांकन लीडर और स्टाफ़ के सदस्यों दोनों के लिए तनावपूर्ण हो सकते हैं।
- कुछ लीडर अपने सहयोगियों को नाख़ुश करने के बारे में इतने चिंतित रहते हैं कि वे उनके प्रदर्शन का अधिक मूल्यांकन कर सकते हैं।
- कई औपचारिक तंत्र अपर्याप्त, बोझिल या ख़राब तरीक़े से तैयार होते हैं, जिनसे समाधान कम, समस्याएँ ज़्यादा उत्पन्न होती हैं।
- कुछ मूल्यांकनों में अच्छे कर्मचारियों का कम मूल्यांकन होता है, क्योंकि उनके सुपरवाइज़र इस बात से डरते हैं कि कहीं उनके कर्मचारी उनके पद के दावेदार न बन जाएँ।

यदि उचित रूप से प्रबंधन किया जाए, तो प्रदर्शन मूल्यांकन कर्मचारियों और प्रबंधकों दोनों के लिए बेहद प्रेरक अनुभव बन सकता है। इसे सबसे ज़्यादा प्रभावी बनाने के लिए इसके साथ द्वंद्व जैसा बर्ताव न करें। इसके बजाय इसे दोतरफ़ा सार्थक चर्चा मानें, जिसकी बदौलत कर्मचारी बेहतर बनने की ज़िम्मेदारी लेगा और आने वाले वर्ष में ऐसे लक्ष्य तय करेगा, जिनसे वह ज़्यादा उत्पादक बनेगा और ज़्यादा संतोषजनक काम करेगा।

सर्वश्रेष्ठ तंत्र चुनना

कई औपचारिक मूल्यांकन तंत्र हैं, जिनका इस्तेमाल किया जा सकता है। आइए सबसे ज़्यादा इस्तेमाल किए जाने वाले तंत्रों पर नज़र डालते हैं :

गुण आधारित तंत्र

सबसे आम मूल्यांकन तंत्र है "गुणों" का प्रारूप। इसमें गुणों की सूची रहती है और हर कर्मचारी का मूल्यांकन असंतोषजनक से उत्कृष्ट के बीच के पैमाने पर किया जाता है। यहाँ एक आम उदाहरण दिया जा रहा है।

गुण :

- काम की मात्रा
- काम की गुणवत्ता
- कार्य का ज्ञान
- विश्वसनीयता
- निर्देश लेने की क़ाबिलियत
- पहलशक्ति
- सृजनात्मकता
- सहयोग

श्रेणी :

उत्कृष्ट : 5 पॉइंट

अच्छा : 4 पॉइंट

सामान्य : 3 पॉइंट

सुधार की आवश्यकता है : 2 पॉइंट

असंतोषजनक : 1 पॉइंट

पहली नज़र में तो यह तंत्र प्रशासन में आसान और समझने में सरल दिखता है, लेकिन यह समस्याओं से भरा हुआ है :

- केंद्रीय प्रवृत्ति। हर गुण का सावधानी से मूल्यांकन करने के बजाय यह ज़्यादा आसान है कि किसी गुण के संदर्भ में हर कर्मचारी को सामान्य (बीच वाली श्रेणी) या सामान्य के पास वाली श्रेणी दे दी जाए।

- "आभामंडल प्रभाव।" जैसा इस पुस्तक में पहले बताया गया है कि कुछ प्रबंधक एक गुण से इतने ज़्यादा प्रभावित हो जाते हैं कि वे उस कर्मचारी के सभी गुणों को ऊँची श्रेणी दे देते हैं। इसकी विपरीत प्रवृत्ति है "नकारात्मक प्रभाव।"
- व्यक्तिगत पूर्वाग्रह। प्रबंधक भी इंसान होते हैं और इंसानों में दूसरे लोगों के पक्ष या विपक्ष में व्यक्तिगत पूर्वाग्रह होते हैं। ये पूर्वाग्रह वैसे तो किसी भी प्रकार के मूल्यांकन पर प्रभाव डाल सकते हैं, लेकिन गुण तंत्र में जोखिम ज़्यादा होता है।
- नवीनतम व्यवहार। प्रबंधकों के लिए यह याद करना आसान होता है कि कर्मचारियों ने पिछले कुछ महीनों में क्या किया है, लेकिन वे आम तौर पर यह भूल जाते हैं कि उन्होंने मूल्यांकन अवधि के पहले हिस्से में क्या किया था?

जब गुण आधारित मूल्यांकन का मापन संख्यात्मक संदर्भ में किया जाता है, तो सहयोगियों की तुलना के लिए स्कोर का इस्तेमाल करने का प्रलोभन होता है। कुछ कंपनियाँ इन श्रेणियों को बनाने के लिए बेल कर्व के इस्तेमाल को प्रोत्साहित करती हैं। बेल कर्व की अवधारणा इस मान्यता पर आधारित है कि ज़्यादा बड़ी जनसंख्या में ज़्यादातर लोग सामान्य (मध्यम) श्रेणी में आएँगे, बहुत थोड़ी संख्या में लोग सामान्य-से-कमतर और सामान्य-से-बेहतर श्रेणियों में आएँगे और चंद लोग ही सर्वोच्च व सबसे निचली श्रेणी में आएँगे।

कर्मचारी मूल्यांकनों में बेल कर्व के इस्तेमाल में मुश्किल यह आती है कि छोटे समूहों में इस प्रकार के श्रेणीकरण की संभावना कम होती है - और यह शीर्ष तथा निचले स्तर के कर्मचारियों के मामले में पक्षपातपूर्ण ढंग से काम कर सकता है।

मिसाल के तौर पर, मान लें कार्ला एक जीनियस है, लेकिन वह एक ऐसे विभाग में काम करती है, जिसमें हर व्यक्ति जीनियस है। बहरहाल, कार्ला उस समूह में सबसे निचले स्तर की जीनियस है। उस समूह के संदर्भ में जो बेल कर्व बनेगा, उसमें उसे "असंतोषजनक" श्रेणी दी जाएगी। जबकि अगर वह किसी दूसरे समूह में होती, तो शायद उसे "उत्कृष्ट" श्रेणी मिलती।

मान लें, हैरॉल्ड का काम बमुश्किल संतोषजनक है, लेकिन उसका पूरा समूह सामान्य से कम स्तर पर प्रदर्शन कर रहा है। यदि हम बेल कर्व का इस्तेमाल करते हैं, तो उसके समूह के दूसरे कर्मचारियों से तुलना करने पर हमें उसे "उत्कृष्ट" श्रेणी देनी होगी।

हर प्रबंधक और समूह लीडर को हर श्रेणी के अर्थ तथा हर गुण की परिभाषा के बारे में सावधानी से जानकारी दी जानी चाहिए।

संख्या और गुणवत्ता को समझना तुलनात्मक रूप से आसान होता है। लेकिन विश्वसनीयता क्या है? पहलशक्ति, सृजनात्मकता और अन्य अमूर्त गुण क्या हैं, जिन्हें मापना है? चर्चाओं, भूमिका अभिनय और केस स्टडीज़ वाली प्रशिक्षण योजनाएँ बनाकर ऐसे मापदंड स्थापित किए जा सकते हैं, जिन्हें हर व्यक्ति समझता और इस्तेमाल करता है।

श्रेणीकरण के लिए मापदंड स्थापित करें। श्रेष्ठ और असंतोषजनक कर्मचारियों को पहचानना आसान होता है, लेकिन बीच वाली तीन श्रेणियों के संदर्भ में कर्मचारियों के बीच फ़र्क़ करना ज़्यादा मुश्किल होता है।

पूरे साल के दौरान हर कर्मचारी के प्रदर्शन का एक लॉग बनाएँ। सामान्य प्रदर्शन को दर्ज करना ज़रूरी नहीं है, लेकिन हमें हर उस ख़ास चीज़ को दर्ज कर लेना चाहिए, जो हर कर्मचारी ने हासिल की है या उसे हासिल करने में असफल रहा है। मिसाल के तौर पर, सकारात्मक टिप्पणी में यह लिखा जा सकता है, "कोटे से 20 प्रतिशत ज़्यादा उत्पादन," "प्रोजेक्ट को डेडलाइन से दो दिन पहले पूरा किया," या "ऐसा सुझाव दिया, जिससे अमुक काम में लगने वाला एक तिहाई समय बच गया।"

नकारात्मक टिप्पणियों में इस तरह की बातें लिखी जा सकती हैं, "बड़ी ग़लतियों के कारण रिपोर्ट दोबारा बनानी पड़ी," या "इस महीने लंच के बाद देर से आने के लिए तीन बार फटकारा गया।"

अपने व्यक्तिगत पूर्वाग्रहों के बारे में जागरूक बनने और उनसे उबरने की कोशिश करें। जानकारी इकट्ठी करें। असाधारण और असंतोषजनक प्रदर्शन व व्यवहार के विशिष्ट उदाहरण रखें, ताकि मूल्यांकन को समर्थन मिल सके।

परिणाम आधारित मूल्यांकन

यह मूल्यांकन विभिन्न गुणों के बारे में राय के आधार पर कर्मचारियों का श्रेणीकरण नहीं करता है। इस ज़्यादा प्रभावी मूल्यांकन तंत्र में विशिष्ट परिणामों की उपलब्धियों पर ध्यान केंद्रित किया जाता है। परिणाम आधारित मूल्यांकन का इस्तेमाल किसी ऐसी स्थिति में किया जा सकता है, जिसमें परिणामों को मापा जा सकता है। स्पष्ट रूप से संख्यात्मक घटक (सेल्स वॉल्यूम या उत्पादन इकाइयाँ) शामिल होने पर इस तंत्र का इस्तेमाल आसान होता है, लेकिन यह कुछ अमूर्त क्षेत्रों में भी उपयोगी होता है, जैसे प्रबंधन विकास में विशिष्ट लक्ष्य हासिल करना, निजी लक्ष्यों तक पहुँचना और सहयोगी प्रयास करना।

परिणाम आधारित मूल्यांकन तंत्र में मूल्यांकनकर्ता को अमूर्त गुणों से संबंधित निर्णय पर भरोसा नहीं करना होता है। इसके बजाय वे इस पर ध्यान केंद्रित करते हैं कि उनके कर्मचारियों से क्या अपेक्षाएँ थीं और वे उन्हें पूरा करने के कितने क़रीब रहे। किसी अवधि की शुरुआत में ही अपेक्षाओं पर सहमति बन जाती है और उस अवधि के अंत में उनके प्रदर्शन को मापा जाता है। फिर नए सिरे से नए लक्ष्य बनाए जाते हैं, जिन्हें आगामी अवधि के अंत में मापा जाएगा।

यह तंत्र इस तरह काम करता है :

- हर पद के लिए प्रबंधक और कर्मचारी उस पद के के.आर.ए. (मुख्य परिणाम क्षेत्रों) पर सहमत होते हैं। अपने लक्ष्यों को पूरा करने के लिए कर्मचारियों को इन क्षेत्रों में परिणाम हासिल करने होंगे।
- लीडर और कर्मचारी उन परिणामों को तय करते हैं, जिनकी अपेक्षा प्रत्येक के.आर.ए. में उस कर्मचारी से की जाती है।
- किसी सहयोगी ने प्रत्येक के.आर.ए. में जो परिणाम हासिल किए, उन्हें औपचारिक समीक्षा के दौरान इस आधार पर मापा जाता है कि अपेक्षाएँ क्या थीं।
- कुछ संगठनों में कर्मचारियों के मूल्यांकन के लिए संख्यात्मक स्तर का उपयोग किया जाता है कि वे अपने लक्ष्यों तक पहुँचने के कितने क़रीब आए। बाक़ी में कोई ग्रेड नहीं दिया जाता है। इसके बजाय एक

विवरणात्मक रिपोर्ट तैयार की जाती है, ताकि सारांश में बताया जा सके कि क्या हासिल किया गया और उसका क्या महत्त्व था।

कुछ कंपनियाँ आग्रह करती हैं कि सहयोगी वार्षिक समीक्षा के प्रारूप में ही मासिक प्रगति रिपोर्ट भी दें। इससे सहयोगी और लीडर दोनों ही प्रगति की निगरानी में सक्षम बनते हैं। मासिक रिपोर्ट्स का अध्ययन करने पर वार्षिक समीक्षा ज़्यादा आसानी से बनाई जा सकती है और उस पर बातचीत की जा सकती है।

लोगों के साथ व्यवहार करते वक़्त यह याद रखें कि आप तर्क वाले प्राणियों के साथ पेश नहीं आ रहे हैं, बल्कि भावना वाले प्राणियों के साथ पेश आ रहे हैं।

—डेल कारनेगी

360 डिग्री का आकलन

बहुस्तरीय आकलन की लोकप्रियता बढ़ती जा रही है। इसका उपयोग यह पहचानने के लिए किया जाता है कि किसी प्रबंधक को उसके बॉस, समकक्ष, अधीनस्थ और यहाँ तक कि बाहरी लोग भी (जैसे सप्लायर और ग्राहक) किस तरह से देखते हैं। आम तौर पर इसे 360 डिग्री आकलन कहा जाता है और इस तरह की समीक्षाएँ जनरल इलेक्ट्रिक, एक्सन मोबिल और अन्य फॉरच्यून 500 कॉरपोरेशनों द्वारा अपनाई गई हैं।

लोग खुद को उस तरह से नहीं देख पाते हैं, जिस तरह दूसरे लोग उन्हें देखते हैं। हम यह मानकर चलते हैं कि हमारे काम तार्किक हैं, हमारे विचार ठोस हैं और हमारे निर्णय सही हैं। पारंपरिक दृष्टिकोण से प्रदर्शन का मूल्यांकन सिर्फ़ प्रबंधक द्वारा किया जाता है। इससे हमें यह जानकारी मिल जाती है कि वह हमारे काम के बारे में क्या सोचता है, लेकिन हमारे कामकाज में वह एकमात्र व्यक्ति नहीं है, जिसके साथ हम व्यवहार करते हैं।

वरिष्ठ प्रबंधकों का मूल्यांकन और भी जटिल होता है, जिनका बहुधा मूल्यांकन होता ही नहीं है। जब अधीनस्थ और समकक्ष इन एक्ज़ीक्यूटिव्ज़

का आकलन करते हैं, तो उन्हें उनकी प्रबंधन शैली के बारे में कई ऐसी चीज़ें पता चलती हैं, जिनका उन्हें पता ही नहीं था। कई को तो यह जानकर सदमा लगता है कि उनके कर्मचारी उन्हें किस तरह से देखते हैं। इस मूल्यांकन के फलस्वरूप वे अपनी प्रबंधन शैली बदलने के लिए क़दम उठाते हैं।

बहुस्तरीय आकलनों के लाभों के बावजूद इसमें कमियाँ भी होती हैं। फ़ीडबैक से लोगों की भावनाएँ आहत हो सकती हैं। हो सकता है कि मूल्यांकन करने वाले हमेशा अच्छे या सकारात्मक न हों। कुछ लोग मूल्यांकन करने की भूमिका को दूसरों के व्यवहार की आलोचना करने का अवसर मान लेते हैं।

एक और दोष विरोधी रायों से संबंधित है। यह निर्णय कौन करेगा कि कौन सही है? अगर मूल्यांकन पूर्वाग्रह से ग्रस्त हो, तो क्या होगा? यदि मूल्यांकनकर्ता उस ख़ास कर्मचारी को पसंद न करता हो, तो वह नकारात्मक प्रतिक्रिया दे सकता है; यदि वह ख़ास कर्मचारी मित्र हो, तो उसका मूल्यांकन सकारात्मक होने की संभावना है। अक्सर लोग अपने बॉस या अन्य वरिष्ठ एक्ज़ीक्यूटिव्ज़ को सही श्रेणी देने से डरते हैं। उन्हें लगता है कि कड़वा सच बोलना ख़तरनाक हो सकता है।

360 डिग्री का आकलन परिवर्तन उत्पन्न करने का बेहतर अवसर बन सके, यह सुनिश्चित करने के लिए यह सलाह दी जाती है कि :

- मूल्यांकन अनाम और गोपनीय हो।
- जिसका मूल्यांकन किया जा रहा है, उस व्यक्ति के बारे में पर्याप्त ज्ञान हासिल करने के लिए यह आवश्यक है कि मूल्यांकनकर्ता ने उस व्यक्ति के साथ कम से कम छह महीने तक काम किया हो।
- मूल्यांकनकर्ताओं को संख्यात्मक श्रेणी देने के साथ-साथ लिखित टिप्पणियाँ भी देनी चाहिए। इससे उनके मूल्यांकन ज़्यादा विशिष्ट और अर्थपूर्ण बनते हैं।
- "सर्वेक्षण की थकान" से बचने के लिए एक ही समय में बहुत सारे कर्मचारियों के 360 डिग्री आकलन नहीं करें।

कर्मचारी मूल्यांकन साक्षात्कार

चाहे बिंदु आधारित तंत्र का इस्तेमाल किया जाए या परिणाम आधारित तंत्र का, परिणाम संबंधित कर्मचारी को बता देने चाहिए। जब सुपरवाइज़रों से पूछा जाता है कि वे अपने काम के किस पहलू को सबसे कम पसंद करते हैं, तो कर्मचारियों को नौकरी से निकालना आम तौर पर पहले स्थान पर आता है, लेकिन इसके ठीक बाद मूल्यांकन साक्षात्कार आता है। सुपरवाइज़र अपने कर्मचारियों को अच्छी बातें बताने में कोई परेशानी महसूस नहीं करते, लेकिन नकारात्मक बातें बताने में परेशानी महसूस करते हैं। ज़ाहिर है, कर्मचारी भी इसी तरह महसूस करते हैं। वे मूल्यांकन साक्षात्कार की दहशत में रहते हैं और अक्सर घबराए हुए, तनावपूर्ण या रक्षात्मक होते हैं। इस साक्षात्कार को सार्थक और उत्पादक बनाने के लिए दोनों पक्षों को इस बैठक में जाते समय यह सकारात्मक भाव रखना चाहिए कि यह एक सृजनात्मक अभ्यास है।

साक्षात्कार की तैयारी करना

प्रभावी मूल्यांकन साक्षात्कारों की योजना सावधानी से बनानी चाहिए। कर्मचारी से बात करने से पहले लीडर को मूल्यांकन का अध्ययन करना चाहिए। बातचीत के मुख्य क्षेत्रों की सूची बनाने से मदद मिलती है। प्रदर्शन के सभी सकारात्मक पहलुओं को दर्ज करें - सिर्फ़ उन्हीं क्षेत्रों को नहीं, जहाँ सुधार की आवश्यकता है। पुराने मूल्यांकनों का अध्ययन करें। पिछले मूल्यांकन के बाद हुए सभी सुधारों को दर्ज करें। अतीत के कामों के बारे में प्रासंगिक प्रश्न तैयार करें, बेहतरी के लिए उठाए जाने वाले क़दम लिखें और भावी लक्ष्य भी लिख लें।

कर्मचारी के व्यवहार की आदतों के बारे में ज़्यादा से ज़्यादा याद करने की कोशिश करें। क्या उसकी कोई ख़ास समस्याएँ या विचित्रताएँ हैं? क्या उस व्यक्ति को लड़ाकू, नकारात्मक या जज़्बाती या किसी अन्य तरीक़े से जाना जाता है, जिससे साक्षात्कार मुश्किल बन सकता है। यदि ऐसा है, तो इससे निबटने के लिए तैयार रहें।

मीटिंग कुछ दिन पहले से तय कर लेनी चाहिए। कर्मचारी को सुझाव दें कि मीटिंग से पहले वह अपने प्रदर्शन की समीक्षा ख़ुद करे। कई कंपनियाँ

कर्मचारी को एक कोरा मूल्यांकन प्रपत्र देती हैं और उनसे अपना मूल्यांकन खुद करने को कहती हैं। इससे उन्हें अपने खुद के प्रदर्शन पर एक गंभीर निगाह डालने का अवसर मिलता है और वे मीटिंग में इस पर बातचीत करने के लिए तैयार हो जाते हैं।

प्रदर्शन पर चर्चा करें

एक बार जब कर्मचारी से तालमेल जमाने की प्रक्रिया पूरी हो जाए, तो हमें नौकरी के उन क्षेत्रों को इंगित करना चाहिए, जिनमें वह व्यक्ति उत्कृष्ट रहा है और उन्हें भी जिनमें मापदंड पूरे किए गए थे। विशिष्ट उदाहरण देने से कर्मचारी जान जाएगा कि हम सचमुच उसके सकारात्मक गुणों के बारे में जागरूक हैं। कर्मचारी को टिप्पणी करने के लिए प्रोत्साहित करें।

ध्यान से सुनें और फिर प्रदर्शन या व्यवहार के उन पहलुओं पर बातचीत करें, जहाँ मापदंड पूरे नहीं हुए थे। विशिष्ट बनें। "आपका काम हमारे पैमाने के अनुरूप नहीं है," यह कहना ही काफ़ी नहीं है। इसके बजाय कुछ उदाहरण देना ज़्यादा प्रभावी रहता है, जहाँ कर्मचारी अपेक्षा से नीचे रहा है। यह आवश्यक है कि कर्मचारी प्रदर्शन के मापदंडों को स्पष्टता से समझता हो। यह बताने से उसे कोई हैरानी नहीं होनी चाहिए कि वह उन मापदंडों को पूरा नहीं कर रहा है। उसे ग़लतियों से भरा उसका काम दिखाकर या चूकी हुई डेडलाइनों की याद दिलाने से मूल्यांकन पुख़्ता बनेगा।

हर मामले में हमारी एकाग्रता व्यक्ति पर नहीं, काम पर होनी चाहिए। यह कभी न कहें, "आप क़तई अच्छे नहीं थे।" इसके बजाय यह कहें, "काम मापदंडों के अनुरूप नहीं था।"

यदि समस्याएँ प्रदर्शन के बजाय व्यवहार से संबंधित हैं, तो इसके भी उदाहरण दें। "पिछले कुछ महीनों में मैंने आपको देर से आने के बारे में टोका है। आप एक अच्छे कर्मचारी हैं। यदि आप हर दिन समय पर आएँ, तो इस कंपनी में आपके अवसर बहुत बढ़ जाएँगे।"

बेहतरी के लिए कर्मचारी के सुझाव लें

जब स्थिति पेश कर दें, तो खुद बेहतरी के सुझाव न दें। इसके बजाय कर्मचारी से उसके खुद के सुझाव माँगें। कुछ कर्मचारी इसका प्रतिरोध

करेंगे। वे भावी बेहतरी की ओर बढ़ने के बजाय अतीत के कामों के बहाने और तर्क पेश करेंगे। परानुभूति से उनकी बात सुनें और उन्हें प्रोत्साहित करें कि वे इन बातों को भूल जाएँ। एक बार जब यह कर दिया जाता है, तो वे वास्तविक स्थिति का सामना करने के लिए ज़्यादा उत्सुक होंगे और व्यावहारिक विचार बता देंगे।

पूछें, "मैं आपके प्रदर्शन को बेहतर बनाने में किस तरह से आपकी मदद कर सकता हूँ?" यथासंभव उनके सुझाव स्वीकार करें और उनके साथ मिलकर एक कार्ययोजना तैयार करें कि यह कैसे किया जा सकता है। ऑफ़िस में या बाहरी स्रोतों से अतिरिक्त प्रशिक्षण का सुझाव देने से भी अक्सर मदद मिलती है। हम अपने कर्मचारियों को अच्छी तरह से जानते हैं। अगर हम यह जानते हैं कि कोई ख़ास कर्मचारी सृजनात्मक सुझाव नहीं देगा, तो हमें अपने खुद के कुछ सुझाव तैयार रखने चाहिए।

लक्ष्य तय करें

यदि पिछली वार्षिक समीक्षा में लक्ष्य तय किए गए थे, तो उनकी समीक्षा करें। यदि वे पूरे हो गए हैं, तो कर्मचारियों को बधाई दें और पता लगाएँ कि उन्हें हासिल करने के लिए क्या किया गया था। यदि वे पूरे नहीं हुए हैं, तो इसके कारणों का पता लगाएँ और यह तय करें कि अगली अवधि में उन्हें पूरा करने के लिए क्या किया जा सकता है।

मूल्यांकन साक्षात्कार सिर्फ़ अतीत की समीक्षा ही नहीं, भविष्य की योजना भी है। यह पूछें, "अगले बारह महीनों में आप क्या हासिल करना चाहेंगे?" उत्पादन के लक्ष्य, व्यवहारवादी परिवर्तन और तरक़्क़ी की योजनाएँ पूछें। इसमें व्यक्तिगत लक्ष्य भी शामिल हो सकते हैं, जैसे अतिरिक्त शिक्षा हासिल करना, पेशेवर या व्यापार संगठनों की गतिविधियों में शामिल होना या उसके करियर को आगे बढ़ाने वाले ऑफ़िस के बाहर के अन्य प्रयास। प्रबंधक के रूप में आपको समर्थन तो करना चाहिए, लेकिन कोई झूठे वादे न करें या उपलब्धि या करियर विकास की झूठी तसल्ली न दें, जिसे आप पूरा न कर सकें।

कर्मचारियों से प्रत्येक लक्ष्य लिखने को कहें। फिर इसके बाद यह बताने को कहें कि वह लक्ष्य को हासिल करने के लिए क्या करने की योजना बनाता

है। इसकी एक प्रति कर्मचारी को दे दें और एक प्रति कर्मचारी मूल्यांकन प्रपत्र के साथ रख लें। अगले साल के मूल्यांकन साक्षात्कार में हम इसका इस्तेमाल कर सकते हैं।

संसार की सबसे महत्त्वपूर्ण चीज़ें उन लोगों ने हासिल की हैं, जो तब भी कोशिश करते रहे, जब ज़रा भी उम्मीद नहीं दिख रही थी।

—डेल कारनेगी

सारांश

मीटिंग के अंत में हमें कर्मचारी से बातचीत का सारांश पूछना चाहिए। यह सुनिश्चित करें कि वह प्रदर्शन और व्यवहार, अगली अवधि की योजनाओं और लक्ष्यों या अन्य प्रासंगिक मामलों के सकारात्मक व नकारात्मक पहलुओं को पूरी तरह से समझ गया है। इन बिंदुओं का लिखित रिकॉर्ड रखें।

जब तक कर्मचारी ख़राब काम न कर रहा हो और यह मूल्यांकन उसे नौकरी से निकालने से पहले का "आख़िरी मौक़ा" न हो, तब तक मीटिंग का अंत सकारात्मक टिप्पणी से करें : "कुल मिलाकर इस साल आपने अच्छी प्रगति की है। मुझे यक़ीन है कि आप अच्छा काम करते रहेंगे।"

यदि कर्मचारी मूल्यांकन प्रक्रिया का उचित प्रबंधन किया जाए, तो यह कर्मचारियों और प्रबंधकों दोनों के लिए बेहद प्रेरक अनुभव हो सकती है। इस साक्षात्कार को टकराव के बजाय दोतरफ़ा सार्थक चर्चा मानें, जिसकी बदौलत कर्मचारी बेहतरी के प्रयास करने की ज़िम्मेदारी लेगा और आने वाले वर्ष में ऐसे लक्ष्य तय करेगा, जिनसे वह ज़्यादा उत्पादक बनेगा और ज़्यादा संतोषजनक काम करेगा।

सार

- हर पद के लिए प्रदर्शन के पैमाने तय करें, जिन्हें उस पद पर काम करने वाले लोग स्पष्टता से समझते और स्वीकार करते हों।
- जब कर्मचारी यह बात जानते हैं कि उनसे क्या अपेक्षा की जाती है, तो वे ख़ुद ही अपने प्रदर्शन की निरंतर निगरानी कर सकते हैं।

- यदि स्टाफ़ के सदस्यों का मूल्यांकन करने के लिए गुणों की विधि का इस्तेमाल किया जाता है, तो कई ख़तरों से बचने की सावधानी रखें : जैसे केंद्रीय प्रवृत्ति, आभामंडल और नकारात्मक प्रभाव, व्यक्तिगत पूर्वाग्रह और उनके सबसे नवीनतम व्यवहार पर ज़ोर।
- परिणाम केंद्रित मूल्यांकन पूर्व-निर्धारित अपेक्षाओं के संदर्भ में वास्तविक प्रदर्शन को मापते हैं।
- प्रदर्शन समीक्षा से न घबराएँ। यह एक लाभकारी और सार्थक अनुभव हो सकता है। हम इसे सृजनात्मक अंदाज़ में करने की तैयारी करके समीक्षा को और भी ज़्यादा मूल्यवान बना सकते हैं।

प्रदर्शन मूल्यांकनों में ये करें :

- सद्भावना का भंडार बढ़ाएँ। विश्वसनीय बनें।
- जिसका मूल्यांकन हो रहा है, उसे मीटिंग से पहले सारे आँकड़ों की समीक्षा करने दें।
- सकारात्मक पहलू से शुरुआत करें।
- कोच बनें।
- सफलता पर रोशनी केंद्रित रखें।
- आकलन के लिए सटीक आँकड़ों का इस्तेमाल करें।
- कोचिंग दें और सुधार करें। ग़लतियों को व्यक्तिगत न बनाएँ।
- सामने वाले आदमी को अपनी गरिमा बनाए रखने दें।
- छोटी से छोटी बेहतरी की भी तारीफ़ करें और हर सुधार की प्रशंसा करें।
- अपने अनुमोदन में दिलदार और अपनी प्रशंसा में उदार बनें।
- बेहतरी की अपेक्षा रखें।
- सुधार की एक साझी योजना तैयार करें।
- पी.आर.डी. को संशोधित करें और जहाँ उचित हो, प्रदर्शन के नए पैमाने तय करें। मूल्यांकन के अंत में विश्वास जताएँ और ऐसी छवि पेश करें, जिसके अनुरूप सामने वाला बन जाए।

और ये न करें :

- विश्वासघात न करें या विश्वास को न तोड़ें।
- अप्रिय आश्चर्यों को बचाकर न रखें।
- नुक्ताचीनी या शिकायतें न करें। शत्रुतापूर्ण न बनें।
- पूरी तरह से असफलता पर केंद्रित न हों।
- आलोचना न करें, निंदा न करें, शिकायत न करें।
- व्यक्तिगत हमला शुरू न करें।
- सामने वाले को अपमानित न करें।
- चमत्कारों की अपेक्षा न करें।
- अगले मूल्यांकन तक उसे नज़रअंदाज़ करके ज़्यादा बेहतरी की अपेक्षा न करें।
- मूल्यांकन का अंत नकारात्मक टिप्पणी पर न करें।

6

कोच बनें

लीडर की नौकरी का संभवतः सबसे चुनौतीपूर्ण हिस्सा कर्मचारियों को एक प्रगतिशील, संवादकुशल और उच्च प्रदर्शन वाली टीम में ढालना है। हमने देखा है कि खेल जगत के कोच अपनी टीमों को एक सूत्र में कैसे पिरोते हैं और कामकाजी टीमों के लीडर के रूप में हम उनसे सीख सकते हैं।

हम यह काम टीम के सदस्यों की मदद करके करते हैं, ताकि वे अपने गुणों को अधिकतम क्षमता तक विकसित कर लें। हम अपनी टीम को संगठन के लक्ष्यों और नवीनतम पद्धतियों व तकनीकों के बारे में चौकस रखते हैं, जिनकी मदद से वे अपने लक्ष्यों तक पहुँचने में सफल होंगे। वे जो नहीं जानते हैं, उसे सीखने में हम उनकी मदद करते हैं और जो वे जानते हैं, उसे आदर्श बनाने में हम उनकी सहायता करते हैं।

बॉब इसका एक अच्छा उदाहरण है, जिसे कंपनी ने हाल ही में नियुक्त किया था। बॉब एक अनुभवी सेल्समैन था। उसकी सफल पृष्ठभूमि की वजह से बॉब को यह उम्मीद नहीं थी कि उसका प्रबंधक उसे ज़्यादा प्रशिक्षण देगा। उसने मान लिया था कि उसे बस प्रॉडक्ट लाइन के बारे में बताया जाएगा और मैदान में भेज दिया जाएगा। लेकिन बॉब के प्रबंधक ने ज़ोर देकर कहा कि वे उसे भी उतना ही व्यापक प्रशिक्षण देंगे, जितना किसी कम अनुभवी बिक्री प्रशिक्षु को देते हैं। इससे बॉब को कोई परेशानी नहीं हुई। वह हाई स्कूल में चैंपियन धावक था, लेकिन युनिवर्सिटी में उसके कोच

ने उसे भी पहली बार प्रतिस्पर्धा कर रहे टीम के नए सदस्यों जितना ही ध्यान और प्रशिक्षण दिया था। सफल प्रबंधक किसी नए कर्मचारी के मामले में इसे दिमाग़ में रखते हैं। भले ही उसके पास पुराना अनुभव हो, लेकिन काम के प्रति कंपनियों की नीतियों से वाक़िफ़ होना ज़रूरी होता है, क्योंकि वे कर्मचारी के पुराने अनुभव से भिन्न हो सकती हैं। ज़्यादातर प्रबंधक इसे किसी अनुभवहीन कर्मचारी के साथ हमेशा करते हैं, लेकिन अनुभवी कर्मचारियों के मामले में अक्सर इसे नज़रअंदाज़ कर देते हैं।

टीम के सदस्यों को उनके कामों का प्रभार देना

हमारा कामकाजी समूह या टीम अलग-अलग व्यक्तियों से बनती है। समूह का हर व्यक्ति टीम के मिशन की सफलता में योगदान देता है। इसके लिए हर सदस्य को अपने काम में पारंगत होना चाहिए और उसे बेहतरीन तरीक़े से करने के लिए प्रेरित होना चाहिए।

यहाँ कुछ सुझाव हैं, जिनसे कई लीडर फ़ायदा उठा चुके हैं :

- लीडर अपने कर्मचारियों को उनके काम में माहिर बनने के लिए प्रोत्साहित करता है। जब कर्मचारी अपने काम को अच्छी तरह जान जाते हैं और इसे पेशेवर अंदाज़ में करने लगते हैं, तो वे अपने कामकाजी जीवन में महारत हासिल करने के सही मार्ग पर होते हैं। कोच कामकाज की बुनियादी बातों में समूह के सिर्फ़ नए सदस्यों को ही प्रशिक्षित नहीं करता है, बल्कि टीम के सभी सदस्यों के साथ काम करके उन्हें नवीनतम प्रौद्योगिकी, पद्धतियों और नवाचारों के विकास की अग्रणी पंक्ति में पहुँचा देता है। इसके अलावा लीडर सदस्यों को प्रोत्साहित करता है कि वे पढ़कर, कोर्स करके, सेमिनार में जाकर, दूसरों से सीखकर अपना ज्ञान बढ़ाएँ - वर्तमान कामों के विशिष्ट पहलुओं के बारे में ही नहीं, बल्कि अपने पेशे या योग्यता क्षेत्र के ज्ञान को व्यापक बनाएँ। इससे कर्मचारी अवश्यंभावी नई चुनौतियों के सामने आत्मविश्वास महसूस करता है।
- प्रशिक्षण कभी नहीं रुकता है। प्रशिक्षण की तकनीकें खेल कोच को देखकर सीखी जा सकती हैं। पेशेवर प्रशिक्षक, चाहे वह कोच हो या प्रबंधक, प्रशिक्षण को पूर्ण उन्मुखीकरण से शुरू करेगा कि प्रशिक्षण में

क्या हासिल होना चाहिए। यह काम आपसी चर्चा में किया जा सकता है या अगर एक से ज़्यादा लोगों को प्रशिक्षण दिया जा रहा है, तो इसे समूह सत्रों में किया जा सकता है। इसमें मैन्युअल, फ़िल्म या टेप जैसे प्रशिक्षण साधनों से मदद मिलती है।

नए कर्मचारियों को तेज़ी से शुरू कराने के मामले में हाउसवेयर डिस्ट्रिब्यूटर की डाटा प्रोसेसिंग प्रबंधक एलीना का बहुत शानदार रिकॉर्ड है। जब उसके विभाग में कोई नया कर्मचारी आता है, तो एलीना पहले कुछ दिन तक लगभग पूरी तरह से उसके साथ काम करती है। वह कहती है, "मैंने शुरुआत में जितना ज़्यादा समय बिताया, सफलता की दर उतनी ही बेहतर थी।" इस शुरुआती प्रशिक्षण में एलीना अपने कर्मचारियों को अपने विभाग के कंप्यूटरों की सारी बुनियादी बातें बताती थी - चाहे नए कर्मचारी को पहले से कितना भी अनुभव हो। एलीना का कहना है कि इससे उनकी शुरुआत सही हो जाती है और इससे पिछली नौकरियों में पड़ी बुरी आदतों से छुटकारा पाने में भी मदद मिलती है।

- जब किसी कर्मचारी को स्वतंत्रता से काम करने की अनुमति दे दी जाती है, तब भी प्रशिक्षण ख़त्म नहीं होता। चाहे कोई कर्मचारी कितने ही लंबे समय से स्टाफ़ में हो, प्रबंधक का काम उसे सतत प्रशिक्षण और दोबारा प्रशिक्षण देना है। सफल लीडर सिर्फ़ उन्हीं लोगों पर प्रशिक्षण प्रयास केंद्रित नहीं करते हैं, जो संतोषजनक काम नहीं कर रहे हैं। वे अपने सभी कर्मचारियों को नियमित रूप से प्रशिक्षित करते रहते हैं। जिस तरह किसी खेल टीम का कोच लगातार खोजता है कि टीम के हर सदस्य को बेहतर कैसे बनाया जाए, उसी तरह सफल सुपरवाइज़र भी अपने हर कर्मचारी की योग्यताओं को तराशने की ताक में रहते हैं, ताकि वे उनके काम में और भी ज़्यादा प्रभावी बन सकें।
- प्रबंधकों को अपने हर कर्मचारी के साथ समय-समय पर व्यक्तिगत प्रशिक्षण सम्मेलन आयोजित करने चाहिए और पूरे स्टाफ़ की समूह सभा करनी चाहिए। सभी अधीनस्थों के प्रदर्शन में किसी तरह की भिन्नताओं के प्रति प्रबंधक को हमेशा चौकस रहना चाहिए और उन्हें बेहतर बनने के सुझाव व कोचिंग देनी चाहिए।

- उत्कृष्टता का लक्ष्य बनाएँ। ज़्यादातर टीमों में ऐसे सदस्य होते हैं, जो बेहतर प्रदर्शन कर सकते हैं। वे संतोषजनक, शायद अच्छा काम भी करते हैं, लेकिन हमें उनमें एक ऐसी क्षमता दिखाई देती है, जो उभरकर सामने नहीं आ पाई है।

  उदाहरण : बाज़ार विकास टीम की टीम लीडर कैथी को महसूस हुआ कि उसकी सहयोगी क्रिस्टीन ऐसी ही एक कर्मचारी थी। उसने क्रिस्टीन के साथ एक मुलाक़ात की और उससे कहा, "तुम्हारा काम अच्छा है, मुझे इसके बारे में कोई शिकायत नहीं है, लेकिन मैं जानती हूँ कि तुम बेहतर काम कर सकती हो और तुम्हें करना चाहिए। यदि तुम कम बुद्धिमान होतीं, तो मैं तुम्हारे वर्तमान काम से संतुष्ट हो जाती, लेकिन मैं तुममें इतनी क्षमता देखती हूँ कि तुम इस कंपनी के सर्वश्रेष्ठ लोगों में से एक बन सकती हो। तुम औसत प्रदर्शन से ही संतुष्ट हो, इसलिए तुम पर्याप्त ऊँचा लक्ष्य नहीं बना रही हो। चलो मिलकर एक योजना बनाते हैं, जिससे तुम वह हासिल कर सको, जिसे हासिल करने की क्षमता तुम्हारे पास है।"

  उन्होंने मिलकर लक्ष्य तय किए और उन तक पहुँचने की योजनाएँ बनाईं। मापदंड तय किए गए, ताकि यह मापा जा सके कि क्रिस्टीन उन लक्ष्यों को हासिल करने के कितने क़रीब पहुँच रही थी। उसकी प्रगति का मूल्यांकन करने के लिए वे समय-समय पर मुलाक़ात करते थे। कुछ ही महीनों में क्रिस्टीन बहुत प्रभावी काम कर रही थी और रोमांचक व संतुष्टिदायक करियर के मार्ग पर थी।

- सदस्य को सहभागी बनाएँ। जैसा इस पुस्तक में पहले बताया गया है, जब लोग स्वयं को प्रभावित करने वाले निर्णयों में शामिल होते हैं, तो इस बात की ज़्यादा संभावना रहती है कि वे लक्ष्य हासिल करने के लिए काम करेंगे। जब कोई नया प्रोजेक्ट सौंपा जा रहा हो, तो कर्मचारियों को उसे करने का तरीक़ा बताने के बजाय हमें पद्धतियों को तय करने में उनकी सलाह लेनी चाहिए। काम को किस तरह से किया जाएगा, इस बारे में उन्हें थोड़ा नियंत्रण सौंपना उनकी नौकरी का प्रभार देने का तरीक़ा है।

- सृजनात्मकता को प्रोत्साहित करें। जब लोगों के सुझावों और विचारों

को गंभीरता से लिया जाता है, तो ज़्यादातर लोगों को महसूस होता है कि उनका अपनी नौकरियों पर कुछ नियंत्रण है। कोई भी यह उम्मीद नहीं करता है कि उसके सभी विचार स्वीकार कर लिए जाएँगे, लेकिन वह यह उम्मीद ज़रूर करता है कि उन पर थोड़ा गंभीर विचार किया जाएगा। हमें नवाचार का एक परिवेश बनाना चाहिए। इससे कर्मचारियों को वर्तमान प्रक्रियाओं की समालोचना करने और बेहतरी के विचार सामने रखने का अवसर मिलेगा। अपने दिमाग़ को नए विचारों के प्रति खुला रखें। पुरानी कहावत है, "यदि कोई चीज़ टूटी नहीं है, तो उसे ठीक मत करो।" इसकी जगह पर यह वाक्य रख देना चाहिए, "कोई चीज़ अगर इस समय कारगर है, तो शायद यह बासी हो चुकी है।"

- किसी सहयोगी के मामले में आसानी से हार न मानें। ग़लतियाँ होंगी। ग़लतियों का इस्तेमाल उस सहयोगी के काम को बेहतर बनाने के उपाय के रूप में करें। जब लोग अपनी ग़लतियों से सबक़ सीख लेते हैं, तो उनके द्वारा ग़लतियाँ दोहराने की संभावना कम होती है।
- टीम के हर सदस्य को प्रोत्साहित करें कि वह अपने काम के बारे में दोबारा सोचे और उसे यह भी बता दें कि उसके विचार - चाहे वे कितने ही क्रांतिकारी नज़र आते हों - सुने जाएँगे।

दूसरों से बातचीत करते समय ग़ौर से सुनें। बोरियत भरा नज़रिया न रखें या अपने चेहरे पर "मैं जानता था" का भाव न आने दें।

—डेल कारनेगी

सहयोगियों की कोचिंग करने के दस सुझाव

1. हर सहयोगी के साथ नियमित रूप से मिलकर यह पहचानें कि वह व्यक्ति ज़्यादा प्रभावी बनने के लिए क्या कर सकता है और हम उसकी मदद करने के लिए क्या कर सकते हैं।
2. कमज़ोर प्रदर्शन पर फ़ीडबैक देने के लिए औपचारिक प्रदर्शन समीक्षा का इंतज़ार न करें। जैसे ही यह नज़र आए, इसे सुधारने के क़दम उठाएँ।

3. हर सहयोगी की प्रगति का रिकॉर्ड रखें। सफलताओं और असफलताओं के उदाहरण शामिल करें। ऐसे क्षेत्रों को दर्ज करें, जहाँ बेहतरी की ज़रूरत है। उस व्यक्ति के विकास के लिए स्पष्ट अनुशंसाएँ करें।

4. सहयोगियों को प्रशिक्षित करते समय यह ध्यान रखें कि लोग छोटे-छोटे क़दम उठाकर कामकाज में माहिर बनते हैं। पहले सहयोगी को छोटे काम दें और धीरे-धीरे ज़्यादा जटिल काम देकर प्रशिक्षण को आगे बढ़ाएँ।

5. प्रयासों की सराहना करके और बराबरी पर आने के लिए प्रशिक्षण को गहन करके धीमा सीखने वालों को प्रोत्साहित करें।

6. एक ही समय में कई लक्ष्य हासिल करने के बजाय सहयोगियों को सलाह दें कि वे अपनी योग्यताएँ एक बार में एक लक्ष्य पर केंद्रित रखें। एक बार जब वह लक्ष्य हासिल हो जाए, तो दूसरे लक्ष्य भी जोड़ दें।

7. ज्ञान की खोज और काम के प्रति नई नीतियाँ लागू करने के मामले में हमें सहयोगियों के लिए रोल मॉडल होना चाहिए।

8. हमें जो नए सुझाव, जानकारी और विचार मिलते हैं, उन्हें टीम के सदस्यों को बता दें। अगर हमने कोई लेख पढ़ा है, तो उसकी कतरन उन्हें दिखा दें। अगर इंटरनेट पर कोई जानकारी मिली है, तो उन्हें ईमेल कर दें। यदि नए विचार आए हैं, तो उन्हें बोलकर बता दें।

9. सहयोगियों को पूरे प्रोजेक्ट या उसके किसी हिस्से की ज़िम्मेदारी सौंपें और बिना हस्तक्षेप के उन्हें इसे पूरा करने की स्वतंत्रता दें।

10. यदि कोचिंग सत्र से बेहतर परिणाम न मिलें, तो ये प्रश्न पूछें :

    - कोचिंग सत्र का उद्देश्य क्या था?
    - उस उद्देश्य को हासिल करने के लिए मैंने क्या किया?
    - इस सत्र के फलस्वरूप क्या क़दम उठाया गया?

टीम के सदस्यों से इन्हीं सवालों के जवाब दिलाएँ और परिणामों की तुलना करें।

टीम की कोचिंग करना

आज बहुत ज़्यादा काम टीम के रूप में किया जाता है, लेकिन टीम के हर सदस्य को बेहतरीन प्रदर्शन करने का प्रशिक्षण देना ही काफ़ी नहीं है। समूह को अच्छी कामकाजी टीम में ढालना भी इतना ही महत्त्वपूर्ण है।

किसी नई टीम के संदर्भ में यह टीम के उद्देश्यों के बारे में पूर्ण उन्मुखीकरण से शुरू होता है - हर सहयोगी से क्या अपेक्षित है और कुल मिलाकर पूरी टीम से क्या अपेक्षित है। यह समूह सत्रों में किया जा सकता है या किसी नए सदस्य को जोड़ने पर एक-एक करके भी किया जा सकता है।

आइए एरिका पर नज़र डालते हैं, जो सूचना प्रौद्योगिकी टीम की लीडर है। जब टीम को एक नया प्रोजेक्ट सौंपा जाता है, तो एरिका पहला दिन या उससे भी ज़्यादा समय टीम के सदस्यों के साथ इस पर बातचीत करती है - व्यक्तिगत रूप से भी और टीम के रूप में भी। उसने टिप्पणी की, "मैं पहले जितना ज़्यादा समय बिताती हूँ, सफलता की दर उतनी ही बेहतर होती है।" उसे इस बात का फ़ायदा मिलता है कि टीम के कई सदस्य पहले भी ऐसे ही प्रोजेक्ट कर चुके हैं और मिलकर वे पूरे प्रोजेक्ट की योजना बनाते हैं। जब प्रोजेक्ट आगे बढ़ता है, तो वह हर सहयोगी की प्रगति पर नज़र रखती है। जब भी सहयोग देने, अतिरिक्त प्रशिक्षण देने या उन्हें काम में ज़्यादा प्रभावी बनाने के लिए किसी दूसरी चीज़ की ज़रूरत होती है, वह तुरंत मदद करने के लिए कूद पड़ती है।

प्रेरक चर्चाएँ दें

जिस तरह किसी खेल टीम का कोच मैच से पहले और ब्रेक में टीम को प्रेरक चर्चा देता है, उसी तरह टीम के लीडर भी पाते हैं कि प्रेरक चर्चाएँ उत्पादन को प्रेरित करती हैं। उत्साह कम हो जाने पर सदस्यों को नई स्फूर्ति देती हैं। प्रेरक चर्चा "शाबाश, टीम, शाबाश!" चिल्लाने से ज़्यादा है। प्रभावी टीम लीडर टीम को यह समझाता है कि टीम का ज़्यादा प्रभावी सदस्य बनने के लिए उन्हें क्या बदलने की ज़रूरत है और उन परिवर्तनों को करने के लिए वह उनके साथ काम करता है।

प्रेरक चर्चाएँ कुछ समय के लिए टीम को आगे धकेल देती हैं - और इसे लीक से बाहर निकालने के लिए अक्सर इतना ही पर्याप्त होता है। ज़्यादा

स्थायी प्रभाव डालने के लिए हमें टीम को इसकी प्रगति के बारे में चौकस रखना चाहिए। हर उपलब्धि की प्रशंसा करना, छोटे-छोटे बीच के लक्ष्यों तक पहुँचने का जश्न मनाना और टीम के सदस्यों के उत्कृष्ट काम को मान्यता देना महत्त्वपूर्ण होता है।

अच्छे कोच की तरह ही अच्छे लीडर भी लोगों को प्रशिक्षित करते हैं कि वे ख़ुद को प्रेरक चर्चा दें। प्रबंधक/कोच के सबसे महत्त्वपूर्ण कार्यों में से एक अपने सहयोगियों को यह दिखाना है कि उन्हें उनकी योग्यता में विश्वास है और इस तरह उनका आत्मविश्वास बढ़ाना है। सफल कोच लोगों के साथ मिलकर काम करते हैं। जब लोग उदास होते हैं, तो वे उनका उत्साह बढ़ाते हैं। जब लोग कामकाज की बुनियादी बातें भूल जाते हैं, तो वे उन्हें दोबारा प्रशिक्षित करते हैं। जब लोग विजय हासिल करते हैं, तो वे उनके साथ जश्न मनाते हैं। वे लोगों के व्यक्तित्व को समझते हैं और इन घटकों का लाभ लेने के लिए प्रेरक योजनाएँ बनाते हैं। जब कुछ लोग अपेक्षाओं को पूरा नहीं कर पाते हैं, तो प्रभावी कोच आसानी से हार नहीं मानते हैं। वे उन लोगों के साथ मिलकर काम करते हैं और टीम के लिए तय किए गए ऊँचे मापदंडों तक उन्हें ऊपर उठाने की पूरी कोशिश करते हैं।

यह तभी हो सकता है, जब प्रबंधक अपने कर्मचारियों को जानते हों और उनकी व्यक्तिगत भिन्नताओं को समझते हों। जैसा पहले बताया गया है, सभी कर्मचारी एक जैसे नहीं होते। लोगों को प्रेरित करने के मामले में यह धारणा रखना बहुत ग़लत है कि हर व्यक्ति अपनी नौकरी से एक जैसी चीज़ें चाहता है। हर कर्मचारी के लिए सामान्य प्रेरक योजना बनाना आसान लगता है, मगर सुपरवाइज़र यह पाएँगे कि आम तौर पर हर कर्मचारी अलग-अलग चीज़ों से प्रेरित होता है। इसके बावजूद ज़्यादातर प्रेरक तंत्रों में कुछ निश्चित घटक शामिल किए जा सकते हैं।

अच्छे लीडर बेहतरीन प्रदर्शन और प्रत्येक सुधार को पहचानते हैं। विशेष उपलब्धियों पर लीडर टीम की प्रशंसा करता है और बताता है कि टीम के सदस्यों के सहयोगी प्रयासों ने इस उपलब्धि में किस तरह योगदान दिया। जब भी किसी प्रोजेक्ट का कोई महत्त्वपूर्ण हिस्सा सफलतापूर्वक पूरा होता है, तो एक प्रबंधक तुरंत ही पिज़्ज़ा या आइसक्रीम की पार्टी देता है। जब कोई ख़ास तौर पर जटिल प्रोजेक्ट पूरा हो जाता है, तो एक और

प्रबंधक सभी सदस्यों तथा उनके जीवनसाथियों के लिए अपने घर पर एक बारबेक्यू पार्टी देता है।

सफल कोच अपने सदस्यों के साथ मिलकर काम करते हैं। जब वे उदास होते हैं, तो वे उनका उत्साह ऊपर उठाते हैं। जब उनकी योग्यताओं को तराशने की ज़रूरत होती है, तो वे उन्हें दोबारा प्रशिक्षित करते हैं। जब वे जीत हासिल करते हैं, तो वे उनके साथ जश्न मनाते हैं। वे टीम में दल भावना को मज़बूत करते हैं।

परिवर्तन असहज होता है, इसीलिए अगर सुदृढ़ीकरण व पुरस्कार की नीतियाँ तंत्र में स्थापित न हों, तो लोग अक्सर जल्दी ही अपने पुराने तौर-तरीक़ों की ओर लौट जाते हैं। आदत ज्ञान से ज़्यादा शक्तिशाली होती है।

कोच और प्रशिक्षु दोनों को स्वप्न में यक़ीन होना चाहिए

कोचिंग की सबसे महत्त्वपूर्ण अवधारणाओं में से एक यह है कि मन में एक स्वप्न या अंतिम लक्ष्य होना चाहिए। यह न हो, तो लोग अक्सर आवश्यक परिवर्तन करने के महत्त्व को नज़रअंदाज़ कर देते हैं। क्या संभव है, इस बात की हम जो तसवीर बनाते हैं, वह कोचिंग प्रक्रिया में इस क़दम का केंद्रीय घटक है।

जिन लोगों में यह स्पष्ट स्वप्न होता है कि कोचिंग का अंतिम परिणाम क्या है, उनमें उस दिशा में ज़्यादा तेज़ी से आगे बढ़ने की प्रवृत्ति होती है, जबकि जिन लोगों के पास यह स्पष्ट स्वप्न नहीं होता, वे उतनी तेज़ी से आगे नहीं बढ़ पाते हैं। यह अत्यंत महत्त्वपूर्ण है कि कोच और प्रशिक्षु दोनों ही लक्ष्य को स्वीकार करें और उसके स्वामी बनें। स्वामित्व के इस अहसास के बिना प्रेरणा खो सकती है। हम प्रक्रिया के अगले क़दम में प्रेरणा और सहमति पर और भी ज़्यादा ज़ोर देते हैं, लेकिन दिशा और प्रेरणा दरअसल यहीं पर शुरू होती है।

सही नज़रिया स्थापित करें

हम अपने कर्मचारियों को सचमुच कितनी अच्छी तरह जानते हैं, इसी से हमें यह ज्ञान मिल सकता है कि हमारे पास काम के लिए सही लोग हैं या नहीं,

और वे कैसे प्रेरित होते हैं। यह क़दम प्रभावी कोचिंग की प्रक्रिया का बहुत ही अहम हिस्सा है। इसके बिना हमारा बहुत सारा समय तो सिर्फ़ प्रतिरोध से उबरने में ही ख़र्च हो जाता है।

हम अक्सर सुनते हैं कि लोग परिवर्तन का प्रतिरोध करते हैं। यह सच नहीं है। लोग परिवर्तन का प्रतिरोध तभी करते हैं : 1. जब उन्हें कोई ज़रूरत नहीं दिखती है, 2. जब वे इसे करना नहीं चाहते हैं, या 3. जब उन्हें विश्वास होता है कि उनके लिए परिवर्तन करना संभव नहीं है। जब भी लोगों की सहमति के बिना उनसे बदलने को कहा जाता है, तो हम हमेशा एक प्रतिरोध उत्पन्न कर देते हैं। प्रभावी कोच एक ऐसा परिवेश बनाता है, जहाँ लोगों को उच्च प्रदर्शन करने के लिए लगातार प्रेरित किया जाता है।

संसाधन प्रदान करें

प्रभावी प्रबंधक यह सुनिश्चित करता है कि प्रशिक्षण प्रक्रिया के लिए जो भी संसाधन ज़रूरी हैं, वे सभी उपलब्ध हों। इनमें समय, धन, उपकरण, प्रशिक्षण में सहायक वस्तुएँ, जानकारी और उच्च स्तरीय सहमति व समर्थन प्रदान करना शामिल है - और सबसे महत्त्वपूर्ण, सभी संलग्न व्यक्तियों से सफल होने का व्यक्तिगत समर्पण भी हासिल करना चाहिए।

हमें सुनिश्चित करना चाहिए कि उचित संसाधन सही जगह और सही समय पर उपलब्ध हों। इससे ज़्यादा कुंठाजनक कुछ भी नहीं है कि किसी चीज़ का वादा किया जाए और वह न मिले। इससे हर व्यक्ति ऐसा महसूस कर सकता है, जैसे उसे असफल कराने की जान-बूझकर कोशिश की गई है।

शक्तियों और बेहतरी के अवसरों को पहचानें

बड़ी तसवीर से कोच शक्तियों और बेहतरी के अवसरों को पहचानने की बेहतर स्थिति में होता है। यहाँ पर कुछ विचारणीय बिंदु ये हैं :

- सफलता के लिए दूसरों को प्रोत्साहित कैसे करें?
- कितनी क़रीबी निगरानी करें और कब ढीला छोड़ें?
- प्रगति के लिए दूसरों को जवाबदेह कैसे रखें?
- सुदृढ़ीकरण कैसे करें? प्रगति करना एक बात है, लेकिन अगर इसके

सुदृढ़ीकरण और इसे क़ायम रखने की प्रणाली न हो, तो लोग जल्दी ही पुराने तौर-तरीक़ों पर लौट जाएँगे। प्रबंधकों की सबसे बड़ी भ्रांतियों में से एक यह है कि यदि लोग कोई चीज़ जानते हैं, तो वे उसे कर देंगे। लोग वह नहीं करते हैं, जो वे जानते हैं; वे तो वह करते हैं, जो उन्होंने हमेशा किया है।

कोचिंग के सुदृढ़ीकरण में हमें जिन योग्यताओं की तलाश करनी चाहिए, उनमें से कुछ ये हैं :

- जब लोग नई योग्यताएँ सीख लें, तो लोगों को परिणाम पाने के लिए सशक्त बनाना।
- सही तरह का फ़ीडबैक देना।
- फ़ॉलो-अप करना।
- प्रदर्शन के बाहर के मुद्दों को सँभालना।
- पटरी से उतरने पर लोगों और उनकी ग़लतियों को सँभालना।

उपलब्धि पर पुरस्कार दें

पुरस्कार देना विकास और प्रगति को सशक्त करने के सर्वश्रेष्ठ तरीक़ों में से एक है। जिस पर हम पुरस्कार देते हैं, उसे दोहराया जाता है। जिसे दोहराया जाता है, वह आदत बन जाता है। परिवर्तन मुश्किल होता है। इसीलिए सुदृढ़ीकरण और पुरस्कार के न होने पर लोग अक्सर जल्द ही अपने पुराने तौर-तरीक़ों पर लौट जाते हैं। आदत ज्ञान से ज़्यादा शक्तिशाली होती है। पुरस्कार और प्रशंसा किस तरह से दें, इस बारे में अध्याय तीन में कुछ सुझाव दिए जा चुके हैं।

मार्गदर्शक बनें - मार्गदर्शक बनने के लिए दूसरों को तैयार करें

हमारे कर्मचारियों का विकास करने की एक बहुत अच्छी नीति यह है कि हम अनुभवी सहयोगियों प्रशिक्षुओं का मार्गदर्शक बनने के लिए प्रोत्साहित करें। मिसाल के तौर पर, उच्च श्रेणी का कोई प्रबंधक किसी कम उम्र के

कर्मचारी को अपनी छत्रछाया में लेता है और उसका मार्गदर्शक बन जाता है। इससे न सिर्फ़ उस कर्मचारी को तरक़्क़ी के लिए शुरुआती बढ़त मिल जाती है, बल्कि वरिष्ठ प्रबंधक उसे कामकाज के बारे में अपना व्यावहारिक ज्ञान सिखाएगा, कंपनी की सूक्ष्मताओं और बारीकियों के बारे में ज्ञान देगा और "व्यापार की चालें" भी सिखाएगा।

अगर हर कर्मचारी का एक मार्गदर्शक हो, तो इससे कंपनी को बहुत लाभ होगा। लीडर के रूप में हमें न सिर्फ़ खुद मार्गदर्शन देने का काम करना चाहिए, बल्कि टीम के सभी अनुभवी सदस्यों को भी इसके लिए तैयार करना चाहिए। यदि हम एक मार्गदर्शक योजना बनाते हैं और अपनी टीम के सर्वश्रेष्ठ लोगों को किसी नए प्रशिक्षु को मार्गदर्शन देने की ज़िम्मेदारी सौंपते हैं, तो हम नए लोगों को उत्पादक बनाने की दिशा में एक बड़ा क़दम उठा लेते हैं और उन्हें व्यक्तिगत विकास की राह पर भी आगे बढ़ाते हैं।

संगठन के लीडर व्यस्त लोग होते हैं। अक्सर उनके पास सहयोगियों को, ख़ास तौर पर टीम में नए आए लोगों को देने के लिए पर्याप्त समय नहीं होता है। इसका एक समाधान यह है : नए लोगों को मार्गदर्शन देने के लिए टीम के किसी अनुभवी सदस्य को नियुक्त करें। मार्गदर्शक बनने के लिए हमेशा एक ही सदस्य को न चुनें। हर सहयोगी को यह भूमिका निभाने का अवसर मिलना चाहिए।

किसी अच्छी मार्गदर्शन योजना के लिए यह आवश्यक है कि मार्गदर्शक बनने के लिए चुने गए लोग यह काम करने के इच्छुक हों। किसी को मार्गदर्शक बनने के लिए मजबूर करना आत्मघाती है। यह ज़रूरी नहीं है कि हर व्यक्ति में मार्गदर्शक बनने की रुचि या योग्यता हो। बहरहाल, अगर हमारी राय में कोई योग्य व्यक्ति इस काम को संकोच या आत्मविश्वास के अभाव के कारण नहीं करना चाहता है, तो हमें इस बारे में खुलकर बातचीत करनी चाहिए और उसे बताना चाहिए कि उसके मार्गदर्शक बनने से उस सदस्य और टीम दोनों को लाभ होगा। जो लोग मार्गदर्शन की कला में अनुभवी हैं, उन्हें प्रशिक्षण देकर नए मार्गदर्शक तैयार करने चाहिए।

मार्गदर्शन की प्रक्रिया से मार्गदर्शन लेने वाले और मार्गदर्शन देने वाले दोनों को ही लाभ होता है। ज़ाहिर है, जिन्हें मार्गदर्शन मिलता है, वे इस प्रक्रिया से बहुत कुछ सीखते हैं। लेकिन मार्गदर्शन देने वाले को भी इतना

ही महत्त्वपूर्ण लाभ होता है, क्योंकि सिखाने के लिए उन्हें अपनी योग्यताएँ पैनी करनी होती हैं। यह ज़िम्मेदारी मार्गदर्शकों के अहसास को ऊँचा कर देती है, जब वे मार्गदर्शन लेने वालों को कंपनी की नीतियों और राजनीति की भूलभुलैया के बीच मार्गदर्शन देते हैं। इससे वे पारस्परिक संबंधों में भी ज़्यादा प्रभावी बनते हैं।

नए मार्गदर्शकों के लिए दस सुझाव

जब हमें मार्गदर्शक बनने का काम सौंपा जाता है, तो हमें मार्गदर्शन देने की कला के बारे में ज़्यादा से ज़्यादा सीखना चाहिए। यदि किसी मार्गदर्शक से मार्गदर्शन मिलने का निजी सफल अनुभव रहा है, तो मॉडल के रूप में उसका इस्तेमाल करें। यदि ऐसा नहीं हुआ है, तो किसी सफल मार्गदर्शक को खोजें और उससे सीखें।

इन दस बातों का ध्यान रखें :

1. काम के जानकार बनें। बुनियादी बातों की समीक्षा करें। उन समस्याओं के बारे में सोचें, जिनका हमने सामना किया है और जिनसे हम निबट चुके हैं। कामकाज के हर पहलू के बारे में सवालों के जवाब देने को तैयार रहें।
2. कंपनी के बारे में ज़्यादा से ज़्यादा जानकारी रखें। किसी मार्गदर्शक का एक मुख्य काम यह होता है कि वह प्रशिक्षु को कंपनी की अलिखित नीतियों और परंपराओं के अवरोधों के पार ले जाए। इससे भी ज़्यादा महत्त्वपूर्ण बात, चूँकि हम कुछ समय से उस संगठन में हैं, इसलिए हम संगठन की अंदरूनी कार्यविधि जानते हैं - वास्तविक शक्ति तंत्र - कंपनी की राजनीति। हमें प्रशिक्षु को इस भूलभुलैया के पार ले जाना चाहिए।
3. हम जिसे मार्गदर्शन दे रहे हैं, उसे जानें। प्रभावी मार्गदर्शक बनने के लिए हमें उस व्यक्ति के बारे में ज़्यादा से ज़्यादा पता लगाना चाहिए, जिसे हम मार्गदर्शन दे रहे हैं। उसकी शिक्षा, पिछले कामकाजी अनुभव, वर्तमान पद के अलावा अन्य जानकारी भी मालूम करें। उसके लक्ष्यों, महत्त्वाकांक्षाओं और कामकाज के बाहर की रुचियों को जानें। उसके व्यक्तित्व के गुणों का अवलोकन करें। संवाद के उसके पसंदीदा तरीक़ों

का पता लगाएँ - आमने-सामने, लिखित मेमो, फ़ोन, ईमेल, ट्विटर, मैसेजिंग आदि।

4. सिखाना सीखें। यदि हमें सिखाने का अनुभव कम है, तो अपनी जान-पहचान के सर्वश्रेष्ठ प्रशिक्षकों से सिखाने की पद्धतियाँ ग्रहण करें। प्रशिक्षण देने की तकनीकों पर लिखी गई पुस्तकें व लेख पढ़ें।

5. सीखना सीखें। यह अनिवार्य है कि हम सीखते रहें - सिर्फ़ अपने क्षेत्र में नवीन तकनीकें सीखना ही काफ़ी नहीं है, बल्कि हमें अपने उद्योग, कारोबारी समुदाय और प्रबंधन के सकल क्षेत्र में हो रहे नवीनतम विकास के बारे में भी लगातार सीखते रहना चाहिए।

6. धैर्यवान बनें। कुछ लोग दूसरों से ज़्यादा धीमी गति से सीखते हैं। इसका यह मतलब नहीं है कि वे मंदबुद्धि हैं। हम जिस व्यक्ति को मार्गदर्शन दे रहे हैं, यदि वह तुरंत ही न सीख पाए, तो धीरज रखें। धीमे सीखने वाले अक्सर आगे चलकर टीम के उत्पादक सदस्य बन जाते हैं।

7. व्यवहारकुशल बनें। हम ड्रिल सार्जेन्ट नहीं हैं, जो किसी नौसिखिये रंगरूट को इस बात का प्रशिक्षण दे रहे हैं कि युद्ध में जान कैसे बचाई जाए। दयालु बनें। शिष्ट बनें। नम्र बनें - लेकिन दृढ़ बनें और प्रशिक्षु को अवगत करा दें कि हम सर्वश्रेष्ठ की उम्मीद करते हैं।

8. जोखिम लेने से न घबराएँ। मार्गदर्शन लेने वाले को ऐसे काम सौंपें, जिनसे उसकी क्षमताओं को चुनौती मिले। उसे अवगत करा दें कि इन कामों में असफल हो सकता है, लेकिन विकास करने का सबसे अच्छा तरीक़ा मुश्किल काम करना है। असफलताओं को सीखने के अनुभव के रूप में देखना चाहिए।

9. सफलताओं का जश्न मनाएँ। प्रशिक्षु को अवगत करा दें कि हमें उसकी उपलब्धियों और उसकी की जाने वाली प्रगति पर गर्व है। जब वह कोई बड़ा काम कर दे, तो बड़ा धमाल मचाएँ।

10. हम जिसे प्रशिक्षण दे रहे हैं, उसे मार्गदर्शक बनने के लिए प्रोत्साहित करें। मार्गदर्शक बनने का जो सबसे अच्छा पुरस्कार हमें मिल सकता है, वह यह है कि हमने जिसे मार्गदर्शन दिया जा रहा है, वह मार्गदर्शक बनकर प्रक्रिया को जारी रखे।

सफल इंसान अपनी ग़लतियों से फ़ायदा उठाएगा और दोबारा अलग तरीक़े से कोशिश करेगा।

—डेल कारनेगी

ग़लतियों को सुधारना

सर्वश्रेष्ठ कर्मचारी भी अपने काम में समय-समय पर ग़लतियाँ करेंगे। इन ग़लतियों को सुधारने की ज़िम्मेदारी प्रबंधक की है। अगर हम अपने कर्मचारियों का मनोबल क़ायम रखना चाहते हैं और उनसे सर्वश्रेष्ठ पाना चाहते हैं, तो हमें यह काम बिना कोई द्वेष उत्पन्न किए या कर्मचारी को अक्षम या हीन महसूस कराए बिना करना चाहिए। हो सकता है कि हम स्थिति के बारे में कुंठित, विचलित या क्रोधित हों, लेकिन यह आपा खोने का समय या जगह नहीं है। यह ग़लती करने वाले व्यक्ति पर चीख़ने-चिल्लाने या भड़कने का समय नहीं है। जैसे ही स्थिति सामने आए, उसे सुलझा दें। अक्सर होता यह है कि हम इसे अच्छी तरह संप्रेषित करने की अपनी योग्यता के बारे में अनिश्चित होते हैं, इसलिए हम तब तक इंतज़ार करते हैं, जब तक कि स्थिति बिगड़ते-बिगड़ते असहनीय नहीं हो जाती और फिर हमारा गुस्सा फट पड़ता है। इसलिए तुरंत काम करें, जब स्थिति और हमारी प्रतिक्रिया दोनों को ही सँभाला जा सकता हो।

ग़लतियाँ सुधारने के नौ सुझाव

यहाँ पर कुछ सुझाव दिए जा रहे हैं कि कूटनीति से ग़लतियों को सही कैसे किया जाए तथा सहयोगी या कर्मचारी को ग़लतियाँ सुधारना और भारी ग़लतियाँ करने से बचना सिखाया जाए।

1. शोध

यह सुनिश्चित करने के लिए होमवर्क करें कि हमारे पास सभी तथ्य हैं। इसके बाद ही सहयोगी से इस पर बातचीत करें। हमारा लक्ष्य अपना पक्ष मज़बूत बनाना नहीं है, बल्कि जानकारी एकत्रित करना है। हमें खुली मानसिकता रखनी चाहिए और तथ्यों के पीछे देखकर प्रेरणाओं को ज़्यादा अच्छी तरह से समझना चाहिए।

2. *तालमेल*

जब हम ग़लती करने वाले व्यक्ति से मिलते हैं, तो सबसे अच्छा यह रहता है कि हम उस व्यक्ति को आरामदेह बनाकर शुरुआत करें और तनाव कम करें। इसे करने का एक तरीक़ा सच्ची प्रशंसा से बातचीत शुरू करना है, जिसके पक्ष में प्रमाण हों। सामान्य प्रशंसा देने के बजाय अपने देखे हुए किसी व्यवहार को चुनें। अपने कारोबारी संबंधों को स्नेहपूर्ण रखने की नीति क़ायम रखें, ताकि सामने वाला हमारी दी जाने वाली जानकारी के प्रति ग्रहणशील रहे।

यह बातचीत अकेले में करें। ऐसी कोई चीज़ न कहें, न करें, जिसके कारण उस व्यक्ति को दूसरों के सामने शर्मिंदा महसूस करना पड़े या उसकी इज्ज़त घट जाए।

वैसा नज़रिया और व्यवहार रखें, जैसा हम सामने वाले में देखना चाहते हैं। यदि हम धीरे-धीरे और शांति से बोलते हैं, तो इस बात की अच्छी संभावना है कि सामने वाला व्यक्ति भी ऐसा ही करेगा। यदि हम यह मानते हैं कि ग़लती छोटी है और आसानी से सुधर सकती है, तो सामने वाला भी यही नज़रिया अपना सकता है।

3. *स्थिति पर चर्चा करें*

समस्या को सुधारने में सफलता के लिए यह अनिवार्य है कि व्यक्ति पर नहीं, समस्या पर ध्यान केंद्रित किया जाए। व्यक्तिगत सर्वनामों को हटा दें और समस्या को व्यक्तिरहित कर दें। ग़लत काम था, उसे करने वाला व्यक्ति नहीं। हम सामने वाले व्यक्ति को यह बताने का मौक़ा देना चाहते हैं कि क्या हुआ था और फिर इसके बाद हम उसे वह बताना चाहते हैं, जो हम समस्या के बारे में जानते हैं। समझने के लिए हमें सुनना चाहिए और यह तय करना चाहिए कि वह ज़िम्मेदारी स्वीकार कर रहा है या दूसरे व्यक्तियों या स्थितियों को दोष देकर ज़िम्मेदारी से कतरा रहा है। हमारा लक्ष्य तथ्य और जानकारी इकट्ठी करना है, ताकि हम सटीकता से समस्या को पहचान सकें और यह पता लगा सकें कि यह क्यों हुआ। रक्षात्मकता को कम करने और निष्कर्षों पर न कूदने से विभिन्न दृष्टिकोण सतह पर आ जाएँगे और फिर हम समस्या के मूल कारण को पहचान सकेंगे।

किसी व्यक्ति पर नकारात्मक ठप्पा लगाने या दुर्गुण थोपने के बजाय हमें दोषारोपण से रहित शब्दावली का इस्तेमाल करना चाहिए। यहाँ कुछ उदाहरण दिए जा रहे हैं :

यह न कहें, "रिपोर्ट में सुरक्षा मसलों के बारे में पर्याप्त जानकारी नहीं है।" इसके बजाय यह कहें, "यह रिपोर्ट काफ़ी विस्तृत है; अगर सुरक्षा वाला खंड ज़्यादा विस्तृत होता, तो यह और भी प्रभावी होती..."

यह टिप्पणी न करें, "आप इन आँकड़ों के बारे में इतने लापरवाह क्यों थे?" उचित होने पर सही निदान बताएँ, "स्मिथ के पास वे नवीनतम आँकड़े हैं, जिनकी आपको ज़रूरत है। क्या आप आज उससे बात कर सकते हैं?" या "क्या आप एक्स टेक में मैरी रॉस से बात करके उसे सही शिपिंग डेट बता देंगे?"

सहयोगी समस्या में अपनी भूमिका किस तरह देखता है - इस निर्णय में उसके काम, नज़रिया और व्यवहार - उससे हमारे अगले क़दम तय होंगे।

4. *प्रदर्शन को फिर से स्थापित करें*

इस क़दम का उद्देश्य समस्या को पहचानना है, दोबारा ग़लती होने की आशंका को कम करना है और उस व्यक्ति के प्रदर्शन को दोबारा लौटाना है। इसमें समस्या की पुनरावृत्ति से बचने की योजना बनाना भी शामिल है।

इस क़दम में ज़िम्मेदारी स्वीकार करने वाले सहयोगी के साथ अलग तरीक़े से व्यवहार करें। उस सहयोगी के साथ अलग तरीक़े से व्यवहार करें, जो दूसरों को दोष देता है और ज़िम्मेदारी लेने से बचता है। ज़िम्मेदार कर्मचारी के मामले में यह नीति अपनाएँ। प्रभावी सवाल पूछकर, उसके जवाब सुनकर और कोचिंग का इस्तेमाल करके उसे समाधान सुझाने के लिए प्रोत्साहित किया जा सकता है। सहयोगी को समस्या का विश्लेषण करने और निर्णय लेने की प्रक्रिया में शामिल करें।

"दोष देने" या "ज़िम्मेदारी से बचने" वाले कर्मचारी के मामले में प्रबंधक को पहले प्रदर्शन अपेक्षाओं की दोबारा पुष्टि करने की ज़रूरत

है और इसके बाद उन्हें उसे ज़िम्मेदारी स्वीकार करने और जवाबदेही तय करने के लिए कोचिंग देने की ज़रूरत है।

5. *दोबारा आश्वस्त करें*

यह व्यक्ति पर केंद्रित है। जिस व्यक्ति ने ग़लती की है, वह कुछ हद तक यह महसूस कर सकता है जैसे वह असफल हो गया है। ऐसे में इस बात की कम संभावना रहती है कि अगले मौक़े पर उसमें आत्मविश्वास रहेगा। इसलिए प्रबंधक को सहयोगी की मदद करने की ज़रूरत है कि वह एक अलग संदर्भ में स्थिति को देखे।

सहयोगी को उसके और संगठन के महत्त्व के बारे में दोबारा आश्वस्त करने की ज़रूरत है। उसे प्रबंधक के समर्थन व प्रोत्साहन के बारे में भी आश्वस्त करने की ज़रूरत है। मीटिंग से जाते समय सहयोगी को अपना सर्वश्रेष्ठ प्रदर्शन करने के लिए प्रेरित महसूस करना चाहिए, क्योंकि उसे संगठन में एक ठोस संबंध का अहसास हो गया है।

"दोष देने वाला" या "ज़िम्मेदारी से बचने वाला" सहयोगी जब मीटिंग से लौटता है, तो उसे जवाबदेही का अहसास होना चाहिए और इस बात की समझ होनी चाहिए कि कंपनी की अपेक्षाएँ क्या हैं। उस व्यक्ति को यह भी समझना चाहिए कि उसकी सफलता व विकास में हमारी रुचि है और हम इसके प्रति समर्पित हैं।

6. *नौकरी में बनाए रखना*

यदि हमने पिछले क़दम अच्छी तरह से उठाए हैं, तो हमने उस व्यक्ति को नौकरी में बनाए रखने के अपने अवसर बढ़ा लिए हैं और उसके समर्पण को भी बढ़ा दिया है। इससे हमारी पूरी टीम का मनोबल भी मज़बूत होता है। इससे विश्वास बनता है, समर्पण का स्तर बढ़ता है और कार्य संस्कार भी मज़बूत होते हैं।

7. *दोबारा बताएँ*

बहरहाल, कई कर्मचारी ऐसे भी होते हैं, जो स्थिति या प्रदर्शन को दुरुस्त करने की हमारी कोशिशों का प्रतिरोध करते हैं या वे उस मुद्दे

से अपना किसी भी तरह का संबंध होने से इनकार कर देते हैं। ऐसे मामले में हमारा अगला क़दम यह होना चाहिए कि हम तथ्यों को दोबारा बताएँ, हम उसकी गंभीरता बताएँ, नीति व मुद्दे का उचित समाधान बताएँ। इससे उस कर्मचारी को सही काम करने का एक और मौक़ा मिलता है।

8. *फटकार*

जब लोग ज़िम्मेदारी स्वीकार करने से इनकार कर दें, तो हो सकता है कि हमें आगे क़दम उठाने से पहले उन्हें औपचारिक रूप से याद दिलाना पड़े। ज़्यादातर संगठनों में ऐसी स्थापित नीतियाँ और कार्यपद्धतियाँ होती हैं, जिनका अनुसरण अनुशासनात्मक कार्यवाही करने से पहले करना चाहिए। यह ख़ास तौर पर उन कंपनियों में महत्त्वपूर्ण है, जिनमें या तो व्यक्तिगत कर्मचारियों के साथ या श्रमिक संघ के साथ अनुबंध होते हैं। फटकार कैसे लगाई जाए, इस बारे में अध्याय 9 में बातचीत की जाएगी।

9. *हटाएँ*

कई बार हम पाते हैं कि कोई कर्मचारी किसी ख़ास काम, प्रोजेक्ट या कुछ मामलों में विभाग की गतिविधियों के किसी महत्त्वपूर्ण हिस्से के लिए उपयुक्त नहीं है। हमें यह पड़ताल करने की ज़रूरत हो सकती है कि उसकी शक्तियाँ, रुचियाँ और लक्ष्य क्या हैं। इसके बाद हम कंपनी के भीतर उसके लिए अधिक उपयुक्त बेहतर जगह खोज सकते हैं। अगर हम किसी ऐसी स्थिति को जारी रखें, जहाँ कर्मचारी यह महसूस करते हों कि वे उसमें कभी सफल नहीं हो सकते, तो यह कर्मचारियों के प्रति अन्याय है और कंपनी के प्रति भी।

अपेक्षित प्रदर्शन के लिए उन्हें कोचिंग देने की कोशिशें भी जब नाकाम हो जाएँ, तो एक ही रास्ता बचता है - उन्हें ज़िम्मेदारी के इस क्षेत्र से हटा दें। उनकी जगह पर किसी दूसरे को ले आएँ, उन्हें दूसरा काम सौंप दें या उन्हें संगठन से निकाल दें। यह निर्णय लेते समय संगठन की सभी नीतियों का पालन करना न भूलें।

सार

- लीडर का काम यह सुनिश्चित करना है कि समूह या टीम के सभी सदस्यों को संगठन के लक्ष्य मालूम हों। इसके अलावा, उन्हें उन नवीनतम पद्धतियों व तकनीकों के बारे में भी चौकस रखना चाहिए, जिनकी मदद से वे अपने लक्ष्यों तक पहुँचने में सफल हो सकते हैं। वे जो नहीं जानते हैं, उसे सीखने में लीडर उनकी मदद करता है और जो वे जानते हैं, उसे आदर्श बनाने में लीडर उनकी सहायता करता है।
- जिस तरह किसी खेल टीम का कोच लगातार खोजता है कि टीम के हर सदस्य को बेहतर कैसे बनाया जाए, उसी तरह सफल सुपरवाइज़र भी अपने हर कर्मचारी की योग्यताओं को तराशने की ताक में रहते हैं, ताकि वे उनके काम में और भी ज़्यादा प्रभावी बन सकें।
- आज बहुत ज़्यादा प्रदर्शन टीम के रूप में किया जाता है, लेकिन टीम के हर सदस्य को बेहतरीन प्रदर्शन करने का प्रशिक्षण देना ही काफ़ी नहीं है। समूह को अच्छी कामकाजी टीम में ढालना भी इतना ही महत्त्वपूर्ण है।
- जिस तरह किसी खेल टीम का कोच मैच से पहले और ब्रेक में टीम को प्रेरक चर्चा देता है, उसी तरह टीम के लीडर भी पाते हैं कि प्रेरक चर्चाएँ उत्पादन को प्रेरित करती हैं और उत्साह कम हो जाने पर सदस्यों को नई स्फूर्ति देती हैं।
- अच्छे लीडर बेहतरीन प्रदर्शन और प्रत्येक सुधार को पहचानते हैं। विशेष उपलब्धियों पर लीडर टीम की प्रशंसा करता है और बताता है कि टीम के सदस्यों के सहयोगी प्रयासों ने इस उपलब्धि में किस तरह योगदान दिया।
- अपने कर्मचारियों का विकास करने की एक बहुत अच्छी नीति यह है कि हम उनका मार्गदर्शन करें। इससे न सिर्फ़ उस कर्मचारी को तरक़्क़ी के लिए शुरुआती बढ़त मिल जाती है, बल्कि उसे कामकाज का व्यावहारिक ज्ञान भी मिलता है, कंपनी की सूक्ष्मताओं और बारीकियों की समझ आती है और वह "व्यापार की चालें" भी सीख जाता है।

- जब किसी सहयोगी की ग़लती को सुधारा जाए, तो द्वेष से बचने और सहयोग सुनिश्चित करने के लिए व्यक्ति पर नहीं - समस्या पर ध्यान केंद्रित करें।
- जो सहयोगी प्रदर्शन पैमाने पूरे करने में नाकाम रहते हैं, उनसे निबटने के लिए "नौ सुझाव" की नीति का इस्तेमाल करें।

7

बिना डरे काम सौंपना

काम सौंपना वह प्रक्रिया है, जिसमें प्रबंधक अपने एक या अधिक सहयोगियों को कर्तव्य या ज़िम्मेदारियाँ सौंपता है, साथ ही वह उनसे संबंधित अधिकार भी देता है। प्रदर्शन के पैमाने स्थापित करके और संप्रेषित करके प्रबंधक कर्मचारी को जवाबदेह बना देता है। काम सौंपने का मतलब है ज़िम्मेदारियों को बाँटना; काम करने का मतलब है सत्ता व जवाबदेही सौंपना। इससे प्रबंधक खुद उस काम को करने के बजाय प्रबंधन में समय लगाने के लिए स्वतंत्र हो जाता है।

काम सौंपने के कारण

प्रबंधक के रूप में हम कई कारणों से काम सौंपने का निर्णय ले सकते हैं। उनमें से कुछ ये हैं :

- हम पर से काम का बोझ हटने पर हम दूसरे ऐसे काम करने के लिए स्वतंत्र हो जाते हैं, जो ज़्यादा जटिल होते हैं, जिनकी प्राथमिकता ऊँची होती है या जिनमें हमारे व्यक्तिगत ध्यान की ज़रूरत होती है।
- थोड़े ज़्यादा प्रयास वाले काम सौंपना हमारे कर्मचारियों को विकसित करने का एक अवसर है।
- इससे हम अपने स्टाफ़ के दूसरे लोगों की विशेषज्ञतापूर्ण योग्यताओं या वरीयताओं का लाभ लेते हैं।

- काम सौंपने से हम काम के बोझ को बाँटने में सक्षम बनते हैं, इस तरह से काम पूरा होने की प्रक्रिया की गति बढ़ जाती है।

काम सौंपने में न डरें

अपनी सारी गतिविधियों को करने के लिए ज़्यादातर सुपरवाइज़रों या प्रबंधकों के लिए यह अनिवार्य होता है कि वे अपना कुछ काम अधीनस्थों को सौंप दें। लेकिन कई प्रबंधक अपने अधीनस्थों को काम सौंपने में घबराते हैं। आइए इनमें से कुछ कारणों पर नज़र डालते हैं:

- परिवर्तन और अज्ञात का डर।
- छोड़ने की अयोग्यता या अनिच्छा या सूक्ष्म प्रबंधन की ज्ञात प्रवृत्ति।
- यह यक़ीन करना कि हम ही अकेले हैं, जो काम को सही तरीक़े से कर सकते हैं।
- हमें जिस काम में आनंद मिलता है, उसे छोड़ने की अनिच्छा।
- अधीनस्थों में विश्वास की कमी या प्रदर्शन करने की उनकी योग्यता में विश्वास की कमी। यह धारणा होना, "अगर हम चाहते हैं कि कोई काम सही तरीक़े से किया जाए, तो इसे हमें ख़ुद ही करना होगा।"
- यह विश्वास रखना कि किसी काम को करने के लिए दूसरों को प्रशिक्षित करने के बजाय उसे ख़ुद करना ज़्यादा तेज़ और आसान तरीक़ा है।
- अहं से संबंधित डर कि अधीनस्थ हमसे बेहतर प्रदर्शन कर लेंगे या हम अनावश्यक बन जाएँगे।
- दूसरों को प्रशिक्षित करने, उनका प्रबंधन करने और नेतृत्व करने की हमारी ख़ुद की योग्यता में विश्वास का अभाव।
- दूसरों पर अप्रिय काम थोपने या माँग करने का डर, "बुरा आदमी" न बनने की इच्छा।
- संघर्ष का डर।

आत्मविश्वास को बढ़ाना

ऊपर बताए गए ज़्यादातर डर आत्मविश्वास की कमी के कारण होते हैं। एक उदाहरण है पॉल। उसे यह डर सताता है कि अगर कोई अधीनस्थ बहुत अच्छा काम करेगा, तो वह उसके लिए जोखिम बन जाएगा। "यदि बॉस देखता है कि मेरा कोई कर्मचारी मेरे काम को कर सकता है, तो मेरी नौकरी ख़तरे में पड़ सकती है।"

हालाँकि कई ऐसे भी मामले रहे हैं, जहाँ किसी कम वेतन वाले अधीनस्थ को प्रबंधक की गद्दी पर बैठा दिया गया है, लेकिन यह आम तौर पर इस तरह की स्थिति के कारण नहीं होता है। वास्तव में, इसका विपरीत ज़्यादा आम है। ज़्यादातर कंपनियाँ प्रबंधकीय योग्यताओं के मूल्यांकन में इस बात पर विचार करती हैं कि प्रबंधक अपने कर्मचारियों की क्षमताओं को कितने प्रभावी ढंग से बढ़ाते हैं।

पॉल अपने काम में ज़्यादा से ज़्यादा कुशल बनकर अपने सुपरवाइज़रों का सम्मान अर्जित करेगा, क्योंकि वह जानता है कि वह अपने काम में अच्छा है और इससे उसका खुद का आत्मविश्वास बढ़ेगा। अपने कर्मचारियों के काम को ज़्यादा प्रभावी बनाने का नतीजा यह होगा कि वह जो काम अपने अधीनस्थों को सौंपता है, उनसे ज़्यादा महत्त्वपूर्ण काम करके वह अपने पद के दूसरे पहलुओं में ज़्यादा सफल होगा।

एलन का डर ज़्यादा आम है। "यदि मेरा अधीनस्थ इस काम को गड़बड़ कर देता है, तो मुझे ही ज़िम्मेदार ठहराया जाएगा।"

सारे प्रबंधकों को उनके अधीनस्थों के काम के लिए ज़िम्मेदार माना जाता है। प्रबंधक जो काम दूसरों को सौंपते हैं, वह सही तरीक़े से हो और समय सारणी के अनुरूप हो, इस बारे में आश्वस्त होने के लिए उसे काम सौंपने की योजना बना लेनी चाहिए और इन क़दमों का पालन करना चाहिए :

काम सौंपने की योजना बनाना

किसी भी गतिविधि को सफल बनाने के लिए इसकी योजना बनानी चाहिए। बहुत बार सुपरवाइज़र काम सौंपने की तैयारी करने की जहमत ही नहीं

उठाते हैं। उन्हें पता है कि क्या करना है और वे इसे करने के लिए किसी सहयोगी को आदेश देकर यह मान लेते हैं कि इसे सही तरीक़े से कर दिया जाएगा।

नियोजन या योजना बनाने का काम इस बात की स्पष्ट अवधारणा से शुरू होता है कि क्या हासिल होना चाहिए। भले ही हम वैसा काम कई बार कर चुके हों, लेकिन एक बार फिर पूरी तरह उस पर सोचना महत्त्वपूर्ण होता है। हमें ख़ुद को सहयोगी की जगह पर रखना चाहिए। यदि हमने इस प्रोजेक्ट को पहले कभी नहीं देखा है, तो हम कौन सी जानकारी चाहेंगे। पहले उन उद्देश्यों की सूची बनाएँ, जिन्हें हम हासिल करना चाहते हैं। फिर उन्हें हासिल करने के लिए आवश्यक जानकारी, सामग्री, औज़ार, समर्थन स्रोत और काम करने के लिए आवश्यक हर चीज़ तय करें।

नियोजन का एक बहुत महत्त्वपूर्ण हिस्सा यह तय करना है कि काम किसे सौंपा जाए। उस व्यक्ति को चुनते समय काम के महत्त्व को ध्यान में रखें। यदि उस काम में यह अनिवार्य है कि यह तेज़ी से और बहुत कम निगरानी के साथ किया जाए, तो ऐसे व्यक्ति को चुनें, जो अतीत में इस तरह के काम में अपनी योग्यता दिखा चुका हो। बहरहाल, यदि यह ऐसा क्षेत्र है, जहाँ हमारे मार्गदर्शन देने के लिए पर्याप्त समय है, तो इसे कम योग्य व्यक्ति को सौंपना लाभकारी हो सकता है। इस प्रोजेक्ट का उपयोग करके हम उसकी योग्यताओं को विकसित कर सकते हैं और उसे प्रशिक्षण दे सकते हैं।

- जो काम होना है, उसमें हमारे कर्मचारियों में से प्रत्येक की क्षमताओं का आकलन करें। जो व्यक्ति इसे सही तरीक़े से करने में सक्षम नहीं होता, उसे कोई काम सौंपना असफलता को न्योता देना है। अगर हमारे पास एक भी सक्षम व्यक्ति नहीं है, तो हमारे पास इसे ख़ुद करने के सिवा कोई विकल्प नहीं होता। ऐसी स्थिति में हमारी सर्वोच्च्व प्राथमिकता यह होनी चाहिए कि हम किसी कर्मचारी को प्रशिक्षित करके इसे सँभालने के लिए योग्य बना दें, ताकि अगली बार जब भी उस तरह का काम सौंपने की आवश्यकता हो, तो एक सक्षम व्यक्ति उपलब्ध रहे।

- यह तय करें कि जिसे काम सौंपा जा रहा है, उसे समय और ध्यान के संदर्भ में कितने प्रशिक्षण, मार्गदर्शन और निरीक्षण की ज़रूरत हो सकती है। इसके अलावा, उसे किन दूसरे संसाधनों की ज़रूरत हो सकती है?
- तय करें कि इस व्यक्ति या इन व्यक्तियों को काम सौंपने से उनके वर्तमान कार्यभार पर क्या प्रभाव पड़ेगा?
- यदि कर्मचारी पूरे समय सीधे हमारे अधीन नहीं है (जैसे प्रोजेक्ट टीमों में), तो तय करें कि उसके दूसरे सुपरवाइज़रों के साथ प्राथमिकताओं या मुद्दों के किसी संभावित संघर्ष को कैसे सँभाला जाएगा?
- हाथ के काम पर निगाह रखने के अलावा हमें लोगों के प्रबंधन और नेतृत्व के मानवीय पहलू को भी दिमाग़ में रखना चाहिए। हमें यह देखने के लिए पारस्परिक समझ तकनीकों का इस्तेमाल करना चाहिए कि कर्मचारी स्थिति के बारे में कैसा महसूस कर रहे हैं। हमें उनकी प्रगति के बारे में हमेशा जागरूक होना चाहिए, उनका आत्मविश्वास बढ़ाना चाहिए, प्रदर्शन करने के लिए उन्हें प्रेरित करना चाहिए और उनकी क्षमता को अधिकतम करने के लिए कोचिंग देनी चाहिए। हमें जीत ही जीत की स्थितियाँ उत्पन्न करनी चाहिए, जहाँ हर व्यक्ति अपने श्रम से लाभ ले।

केवल एक ही तरीक़ा है... जिससे आप किसी इंसान से कोई काम करा सकते हैं। यह है सामने वाले व्यक्ति में इसे करने की इच्छा जगाकर।

—डेल कारनेगी

क्या सौंपा जा रहा है, उसे प्रभावी ढंग से संप्रेषित करना चाहिए

बारबरा कुंठित थी। उसने कैरॉल को विस्तार से बताया था कि वह क्या कराना चाहती थी और कैरॉल ने उसे आश्वस्त किया था कि वह समझ गई है। अब एक सप्ताह बाद कैरॉल ने जो काम करके दिया, वह पूरी तरह से ग़लत था। उसका बहाना : मैंने सोचा, आप यही चाहती हैं।

जब कैरॉल ने कहा कि वह समझ गई है, तो कई सुपरवाइज़रों की तरह बारबरा ने भी मान लिया कि वह सचमुच समझ गई थी। कोई अधीनस्थ किसी सौंपे गए काम को समझ गया है या नहीं, यह सुनिश्चित करने के लिए यह न पूछें, "क्या आप समझ गए हैं?" यह एक निरर्थक प्रश्न है।

अक्सर अधीनस्थ यह सोच सकते हैं कि वे किसी सौंपे गए काम को समझ गए हैं, जबकि दरअसल वे नहीं समझते हैं - और वे हमें आश्वस्त कर देते हैं कि वे समझ गए हैं। कुछ कर्मचारियों को यह बोलने में शर्म आ सकती है कि वे नहीं समझ पाए हैं, इसलिए वे कह देते हैं कि वे समझ गए हैं और फिर मन ही मन ख़ुद के दम पर सोचने की कोशिश करते हैं। इसलिए यह न पूछें, "क्या आप समझ गए हैं?" इसके बजाय यह पूछें "आप क्या करने वाले हैं?" यदि जवाब यह बता देता है कि सामने वाला स्पष्टता से नहीं समझ पाया है, तो हम तुरंत ही काम के बारे में उसकी अनुभूति को दुरुस्त कर सकते हैं।

मॉर्टन विचलित था। उसकी बॉस ने उसे अभी-अभी एक ऐसी डेडलाइन दे दी थी, जो उसके हिसाब से पूरी तरह से अयथार्थवादी थी। मॉर्टन ने सोचा, "उनका दिमाग़ सरक गया है। ऐसा कोई तरीक़ा नहीं है, जिससे मैं इतने कम समय में इतना ज़्यादा काम कर सकूँ। मैं सारे जतन कर लूँगा, लेकिन मैं जानता हूँ कि मैं इसमें कामयाब नहीं होने वाला।"

ऐसे नज़रिये के साथ इस बात की संभावना नहीं है कि मॉर्टन डेडलाइन तक काम पूरा कर पाएगा। किसी अधीनस्थ से पूर्ण सहयोग हासिल करने के लिए यह महत्त्वपूर्ण है कि वह व्यक्ति हमारी इच्छा को पूरी तरह से स्वीकार कर ले। स्वीकृति हासिल करने के लिए पहले अधीनस्थ को उस काम का महत्त्व बताएँ, फिर उसे नियोजन प्रक्रिया में सहभागी बनाएँ।

"मॉर्टन, यह काम सुबह दस बजे तक बॉस के हाथ में होना चाहिए। आप क्या सोचते हैं, आप इसे कब तक कर सकते हैं?" मॉर्टन अब काम की त्वरित आवश्यकता को समझ सकता है और हमारे साथ मिलकर एक यथार्थवादी समयसीमा तय कर सकता है, जिसमें अतिरिक्त सहायता या ओवरटाइम की अनुमति की आवश्यकता शामिल हो सकती है।

प्रभावी काम सौंपने वाले प्रबंधक अपने कर्मचारियों को कुशलता और प्रभावी ढंग से काम सौंपने के लिए संप्रेषण रणनीति बनाते हैं। इसमें किसी

संभावित प्रतिरोध को पार करने की तैयारी, प्रश्नों और चिंताओं को भाँपना आदि शामिल होता है।

कर्मचारी को काम करने के औज़ार दें

मार्था की कंपनी में कंप्यूटर टाइम मुश्किल से मिलता है। जब उसने अपने एक कर्मचारी को एक प्रोजेक्ट सौंपा, तो उसने कंप्यूटर टाइम की व्यवस्था नहीं की। नतीजा यह हुआ कि पूरा प्रोजेक्ट उलझ गया। यह सुनिश्चित करने की ज़िम्मेदारी मार्था की थी कि उसके अधीनस्थ के पास काम करने के लिए आवश्यक हर चीज़ हो। इसमें नाकाम रहकर उसने पूरे प्रोजेक्ट को असफल करा दिया।

अधीनस्थ को एक और तरह का "औज़ार" दिया जाना चाहिए, यह है मिशन पूरा करने के लिए आवश्यक अधिकार। मार्टिन को प्रोजेक्ट में एक असंभव दिखने वाली डेडलाइन तक काम पूरा करने के निर्देश दिए गए थे। इसके लिए ओवरटाइम की ज़रूरत थी, लेकिन मार्टिन को ओवरटाइम का अधिकार नहीं दिया गया। इससे प्रोजेक्ट पूरा होने में विलंब हुआ और डेडलाइन चूक गई।

कार्ययोजना बनाएँ

जिन सौंपे गए कामों में ज़्यादा समय लगेगा, उनमें सहयोगी से कहें कि वह काम शुरू करने से पहले कार्ययोजना तैयार करे। इसमें यह शामिल होना चाहिए कि क्या किया जाना है, इसे कब किया जाना निर्धारित है और कितना समय लग सकता है।

कलेन इलेक्ट्रॉनिक्स के संस्थापक पॉल कलेन 30 साल के करियर के बाद रिटायर हो रहे थे। उनके वारिस फ़्रैंक एम्स ने उनकी उपलब्धियों का ज़ोरदार जश्न मनाने का निर्णय लिया। इस काम की व्यवस्था की ज़िम्मेदारी उन्होंने अपने एच.आर. प्रबंधक मार्क लॉवेट को सौंप दी। मार्क को पूरे देश से आने वाले बड़े अधिकारियों, ग्राहकों और वेंडर्स की यात्रा योजनाओं में समन्वय करना था। सौंपे गए काम को शुरू करने से पहले उन्होंने एक कार्ययोजना लिखी, जिसमें काम के सभी पहलुओं को शामिल किया गया, जिनमें केटरर नियुक्त करना, जगह चुनना, सजावट की व्यवस्था करना,

आमंत्रण भेजना और शहर के बाहर से आने वाले अतिथियों के लिए एयरलाइन और होटल रिज़र्वेशन कराना शामिल था।

योजना में हर चरण के शुरू और पूरे होने की समयसारणी थी। इसमें यह भी लिखा गया था कि हर चरण के लिए किसके सहयोग की ज़रूरत होगी। मार्क ने एम्स के साथ इसकी समीक्षा मिलकर की, ताकि यह सुनिश्चित हो सके कि सब कुछ उनके सोचे मुताबिक़ हो रहा है। मार्क ने कार्ययोजना लिखकर सार्वजनिक कर दी, ताकि योजना पर अमल करने में शामिल सभी लोग किसी भी समय यह जाँच कर सकें कि योजना किस तरह आगे बढ़ रही है और समस्याओं को जल्दी ही पकड़ लिया जाए।

नियंत्रण बिंदु तय करें

भले ही हम ज़िम्मेदारी कर्मचारियों को सौंप दें, लेकिन इसके बावजूद प्रबंधक के रूप में हम ही जवाबदेह होते हैं। काम सही तरीक़े से और समय पर पूरा हो जाएगा, यह सुनिश्चित करने के लिए नियंत्रण बिंदु ऐसी जगहों पर तय किए जाते हैं, जहाँ हम सौंपे गए काम की प्रगति की जाँच कर सकें और कोई चीज़ ग़लत होने पर उसे शुरुआती अवस्थाओं में ही सुधारा जा सके, इससे पहले कि यह बहुत दूर तक चली जाए।

नियंत्रण बिंदु का मतलब आकस्मिक जाँच नहीं है। सहयोगी जानता है कि वे कब होने वाले हैं और उस बिंदु पर क्या अपेक्षित है। मिसाल के तौर पर, हम टेड को सोमवार को एक काम सौंपते हैं, जिसे शुक्रवार तक पूरा करना है। हम टेड से कहते हैं : "हम प्रोजेक्ट पर बातचीत के लिए कल 4 बजे मिलेंगे। तब तक आपका पहला और दूसरा हिस्सा पूरा हो जाना चाहिए।" अगर उस समय तक हम ग़लतियाँ खोज लेते हैं, तो टेड के आगे बढ़ने से पहले ही उन्हें सुधारा जा सकता है।

नियंत्रण बिंदुओं का एक और लाभ यह है कि अगर टेड को सुबह 11 बजे इस बात का अहसास हो जाता है कि वह शाम 4 बजे के नियंत्रण बिंदु तक अपना दूसरा हिस्सा पूरा नहीं कर पाएगा, तो वह समय रहते मदद माँग सकता है, ताकि प्रोजेक्ट निर्धारित समयसीमा से न पिछड़े।

फ़ॉलो अप करना

चूँकि प्रबंधक अपने अधीनस्थों के कामों के लिए ज़िम्मेदार होते हैं, इसलिए फ़ॉलो अप का तंत्र एक अनिवार्य प्रबंधन औज़ार है। सूक्ष्म प्रबंधन किए बिना ऐसा करना नाज़ुक मसला है। अगर प्रबंधक अपने कर्मचारियों के कंधे के पीछे से लगातार झाँकते रहे, तो इससे अविश्वास का भाव उत्पन्न होता है - और इससे सच्ची सफलता के लिए अनिवार्य सहयोगपूर्ण माहौल नष्ट हो सकता है।

फ़ॉलो अप सहभागिता के अंदाज़ में किया जाना चाहिए। अप्रत्याशित जाँच से अधीनस्थों को हैरान करने या लगातार काम की निगरानी करने के बजाय फ़ॉलो अप कार्य योजना में ही शामिल होना चाहिए। फ़ॉलो अप योजना थोपने के बजाय प्रबंधक को अपने अधीनस्थों के साथ मिलकर योजना बनानी चाहिए। नियंत्रण बिंदु पूरे प्रोजेक्ट में शामिल होने चाहिए। जब प्रोजेक्ट के विभिन्न चरण पूरे हो जाएँ, तो प्रबंधक और प्रोजेक्ट करने वाले कर्मचारी मिलकर यह देखते हैं कि क्या किया गया है। कर्मचारियों को काम के गुण-दोष पर विचार करने के लिए प्रोत्साहित करना चाहिए। उन्हें शायद नए या अतिरिक्त मसलों के सुझाव देने के लिए भी प्रोत्साहित करना चाहिए, जिन्हें उस सौंपे गए काम में शामिल किया जा सकता है। ज़ाहिर है, प्रबंधक भी उचित टिप्पणियों या सुझाव का योगदान दे सकता है।

इस तरह से फ़ॉलो अप सहभागी नीति का हिस्सा बन जाता है। यह अधीनस्थ के लिए उद्दीपन की तरह कार्य करता है, ताकि वह काम की चुनौती को पूरा करने के लिए और भी ज़्यादा सफलता हासिल कर सके।

> *लोग तब तक शायद ही कभी सफल होते हैं, जब तक कि उन्हें अपने काम में मज़ा न आए।*
>
> **—डेल कारनेगी**

जब हम काम सौंपते हैं, तो हम जिम्मेदारी नहीं छोड़ते हैं

प्रबंधकों को आवश्यकता पड़ने पर अपने कर्मचारियों की मदद करने के लिए उपलब्ध रहना चाहिए। जब डंकन ने एंड्रिया को नया प्रोजेक्ट सौंपा, तो

उन्होंने कहा, "मैं यहाँ आपकी मदद के लिए हूँ। यदि आपको कोई समस्या आए, तो उसे मेरे पास लाने में न हिचकें।" एंड्रिया ने इस बात को पूरी तरह सच मान लिया और अपनी समस्याओं से ख़ुद निबटने की कोशिश करने के बजाय वह उन्हें डंकन के पास लाने लगी। इससे न सिर्फ़ डंकन का बहुत सारा समय लगा, बल्कि इससे एंड्रिया की योग्यताएँ भी बेहतर नहीं हुईं।

अगली बार जब डंकन ने अपने एक कर्मचारी को नया प्रोजेक्ट सौंपा, तो उन्होंने एक बार फिर कहा कि वे उसकी मदद करने के लिए उपलब्ध हैं, लेकिन यह भी जोड़ दिया, "अपनी समस्याएँ मेरे पास लेकर आएँ, लेकिन उनके साथ समाधान का सुझाव भी लाएँ।" इससे कर्मचारी को स्थिति के बारे में सोचने और अपने ख़ुद के निष्कर्षों पर पहुँचने का प्रोत्साहन मिला। डंकन यह चाहते थे कि कर्मचारी उनसे यह न पूछें, "मुझे क्या करना चाहिए?" वे तो चाहते थे कि कर्मचारी उनसे यह पूछें, "क्या आप सोचते हैं कि यह सुझाव कारगर होगा?"

काम पूरा करने के बारे में

कोई चीज़ करने का एक ही सही तरीक़ा नहीं होता है। अंत में मनचाहा परिणाम सफलतापूर्वक हासिल करना सर्वोपरि है। इसलिए अगर कोई चीज़ सटीकता से उस तरीक़े से न की जाए, जिस तरीक़े से हम करते (ज़्यादातर मामलों में यह वैसी नहीं की जाएगी), तो यह पूरी तरह ठीक है।

ख़ुद से पूछें कि काम सौंपने वाले प्रबंधक के रूप में हमारा प्रदर्शन कैसा था। हमने इस प्रक्रिया में कौन सी चीज़ें सही कीं और कौन सी ग़लत कीं? क्या कोई ऐसी चीज़ है, जिसे हम अलग तरह से करना चाहेंगे? हम भविष्य में क्या अलग तरीक़े से करेंगे?

विश्लेषण करें कि जिस कर्मचारी को काम सौंपा गया था, उसने कैसा प्रदर्शन किया? क्या उसने कोशिश करके इस अवसर का लाभ उठाया? क्या चुनौती की वजह से उसकी क्षमताओं का विस्तार हुआ या उसकी क्षमताओं के पार जाने से वह पराजित हो गया? क्या कर्मचारी ने हमें इस बारे में व्यक्तिगत फ़ीडबैक दिया कि उसके हिसाब से चीज़ें कैसी हुईं? क्या हमने विकास के इस अवसर का फ़ायदा उठाते हुए कर्मचारी की यथोचित प्रशंसा

की और मान्यता दी? क्या हमने इसके साथ-साथ निष्पक्ष, खुली और ईमानदार सृजनात्मक आलोचना भी दी?

विचार करें कि इस अनुभव से उस कर्मचारी के साथ हमारे संबंध किस तरह से बदले हैं और चीज़ें यहाँ से कहाँ जाएँगी। सोचें कि हम इस प्रगति को आगे कैसे बढ़ा सकते हैं या किसी नुक़सान को सही कैसे कर सकते हैं।

अंत में, यह न भूलें कि जब हमारे वरिष्ठ अधिकारियों को जानकारी देने का समय आता है, तो अंततः हम ही परिणाम के लिए पूरी तरह ज़िम्मेदार और जवाबदेह हैं। प्रबंधक और लीडर के रूप में हमारा कर्तव्य है कि हम अपने कर्मचारियों को श्रेय दें और उनके साथ सफलता का जश्न मनाएँ। लेकिन "ताज पहनने" का दूसरा पहलू यह है कि यदि परिस्थितियाँ गड़बड़ होती हैं, तो दोष पूरी तरह से हमारे सिर पर ही आएगा। प्रबंधन और नेतृत्व इसी का नाम है।

काम सौंपने की सुनियोजित नीति रखने से हम भी ज़्यादा सफल बनते हैं, क्योंकि हमारे कर्मचारी वे चीज़ें कर रहे होंगे, जो अधीनस्थों के लिए ज़्यादा उपयुक्त हैं और इससे हम ज़्यादा महत्त्वपूर्ण काम करने के लिए स्वतंत्र हो जाएँगे। हम प्रबंधक की सबसे महत्त्वपूर्ण भूमिकाओं में से एक भी निभाएँगे – अपने स्टाफ़ की क्षमताओं को बढ़ाना। काम सौंपना लोगों को अनुभव देने के सर्वश्रेष्ठ तरीक़ों में से एक है, जो उनके ख़ुद के विकास के लिए बहुत महत्त्वपूर्ण है।

टीमों को काम सौंपना

जब किसी संगठन में टीमें बनाई जाती हैं, तो काम को टीम गतिविधि के रूप में सौंपा और किया जाना चाहिए। जब सौंपे गए कामों पर कर्मचारियों का थोड़ा-बहुत नियंत्रण होता है, तो वे उत्साह और समर्पण भाव से काम करते हैं।

जब बॉस हमें कोई जटिल प्रोजेक्ट दे, तो इसे अपनी टीम को पूरी तरह से दिखाएँ। हमें टीम के साथ बातचीत करनी चाहिए कि इस काम को हिस्सों में कैसे तोड़ा जाए। इसके बाद हर हिस्सा टीम के व्यक्तिगत सदस्यों को सौंपने का काम आसानी से हो जाएगा। ज़्यादातर सदस्य उन क्षेत्रों को लेना चाहेंगे, जिनकी उनके पास सबसे ज़्यादा विशेषज्ञता होती है। यदि दो

सदस्य एक ही क्षेत्र चाहते हैं, तो उन्हें इसे आपस में सुलझाने दें। लेकिन अगर स्थिति गड़बड़ हो जाए, तो बीच में दख़ल देकर समस्या को कूटनीति से सुलझाएँ। "गुस्ताव ने हमारे पिछले प्रोजेक्ट में शोध किया था, इसलिए इस बार लिज़ को यह सँभालने का मौक़ा दे देते हैं।"

यह तय है कि काम के कुछ हिस्से मुश्किल या अप्रिय होंगे। कोई भी कर्मचारी उन्हें करने की स्वयं पहल नहीं करेगा। इस तरह के काम सौंपने के लिए टीम से एक न्यायपूर्ण तंत्र बनवाएँ।

टीम लीडर के रूप में यह सुनिश्चित करें कि टीम का हर सदस्य अपनी ज़िम्मेदारियों के साथ-साथ हर साथी की ज़िम्मेदारियों के बारे में जागरूक हो। इस तरह से हर व्यक्ति को पता रहेगा कि हर व्यक्ति क्या कर रहा है और वह दूसरों को किस तरह का समर्थन दे सकता है या उनसे समर्थन ले सकता है।

हर एक को ताज़ा जानकारी देने के लिए एक चार्ट बनाएँ, जिसमें उस काम के प्रत्येक हिस्से और इसे करने वाले की सूची है। इसमें डेडलाइन और अन्य प्रासंगिक जानकारी भी होनी चाहिए। आसान संदर्भ के लिए इस चार्ट को कार्यालय में लगा दें।

सार

काम सौंपने के बारे में कुछ मुख्य बिंदु :

- एक बार जब लक्ष्य तय हो जाते हैं, तो इसके बाद उन्हें हासिल करने के साधनों को तय करें। इसके बाद किए जाने वाले कामों और उनकी ज़िम्मेदारी को तय करें।
- आवश्यक ज़िम्मेदारियाँ इतनी ज़्यादा जटिल, विविधतापूर्ण या भारी-भरकम होती हैं कि एक व्यक्ति उन्हें नहीं सँभाल सकता, इसलिए काम सौंपने की आवश्यकता पड़ती है।
- जब काम और उससे जुड़ी ज़िम्मेदारियाँ किसी व्यक्ति को सौंपी जाती हैं, तो इसके साथ ही उस काम को कराने के लिए आवश्यक अधिकार भी सौंपने चाहिए। सशक्तिकरण के बिना काम सौंपने से कुंठा और असफलता ही हाथ लगेगी।

- आवश्यक कामों को करने के लिए ज़िम्मेदारी निभाना कर्मचारी का दायित्व है। जवाबदेही का मतलब है जिस कर्मचारी को काम सौंपा जाता है, मनचाहे परिणाम देना उसका दायित्व है। अंतिम ज़िम्मेदारी और जवाबदेही काम सौंपने वाले प्रबंधक की होती है। उसका दायित्व संगठनात्मक उद्देश्यों को सफलतापूर्वक हासिल करना है।
- काम सौंपने में समय लगता है - योजना बनाना, संप्रेषण, निगरानी आदि - लेकिन इससे आगे चलकर समय बचता है। काम सौंपने का मतलब तुरत-फुरत समाधान नहीं होता (हालाँकि यह कई बार हो भी सकता है), बल्कि काम पूरा कराने की दीर्घकालीन सामरिक नीति होती है।
- महत्त्वपूर्ण : याद रखें, ज़िम्मेदारी, अधिकार और जवाबदेही सौंपने का मतलब अंतिम जवाबदेही छोड़ना नहीं है! काम सौंपने वाला प्रबंधक अब भी अंतिम परिणाम हासिल करने के लिए अंततः ज़िम्मेदार और जवाबदेह होता है। प्रबंधकों और लीडरों को अच्छे के साथ बुरा भी स्वीकार करना चाहिए।
- अंत में, यह कहावत याद रखें, "काम सौंपने का मतलब ज़िम्मेदारी छोड़ना नहीं है।"
- और जब काम सफलतापूर्वक पूरा हो जाए, तो यह महत्त्वपूर्ण है कि हम मान्यता और जश्न को न भूलें!

8

नवाचार और सृजनात्मकता को प्रोत्साहित करना

"ज़्यादा, बेहतर, ज़्यादा तेज़, कम दामों में" वह मंत्र है, जो हमें आजकल अक्सर सुनाई देता है। हम परिवर्तनों के साथ कैसे चलें और परिवर्तन से निबटने के लिए सक्रिय गति कैसे पकड़ें?

चुनौतीपूर्ण सिर्फ़ परिवर्तन ही नहीं है; यह तो परिवर्तन की गति है। यह हर बार ज़्यादा तेज़ी से होता है। यह हमारे संगठन के भविष्य के लिए अनिवार्य है।

नए प्रॉडक्ट्स या तंत्रों में नवाचार की योग्यता कैसे आती है? मौजूदा प्रॉडक्ट्स सेवाओं या तंत्रों को विकसित करने की योग्यता कैसे आती है? इन प्रश्नों पर कई दशकों तक कई अलग-अलग तरीक़ों से अध्ययन किया गया है। कुछ शोधकर्ताओं ने यह उजागर करने और समझने की कोशिश की है कि कौन सी चीज़ इंसान को सृजनात्मक बनाती है। बाक़ियों ने उस तरह के परिवेश को खोजा है, जो सृजनात्मक प्रयास को प्रेरित करते हैं और इसे फलने-फूलने में समर्थ बनाते हैं। बाक़ी ने सृजनात्मक प्रॉडक्ट्स और सेवाओं के विकास पर ध्यान केंद्रित किया है।

सदियों तक लोग सृजनात्मक प्रक्रिया से मंत्रमुग्ध रहे हैं - क्रमबद्ध क़दमों की शृंखला, जिनके ज़रिये कोई व्यक्ति या समूह सुनियोजित, निष्पक्ष और अपारंपरिक दिखने वाले तरीक़े से किसी समस्या या अवसर का

विश्लेषण करने के लिए सृजनात्मक सोच के सिद्धांतों का उपयोग करता है। हाल के समय में सामाजिक और व्यवहारवादी विज्ञानों में हुआ आधुनिक शोध इस अवधारणा के रहस्य को उजागर करता है और दिखाता है कि विवेक बुद्धि, विश्लेषण और प्रयोगशीलता की छोटी शक्तियाँ भी हमें नवाचार की प्रकृति और इसके कई चेहरों व अभिव्यक्तियों में जानकारी हासिल करने में कैसे मदद करती हैं।

इस बढ़ी हुई जागरूकता और समझ ने पूरे संसार के गुणवत्ता-चेतन प्रबंधकों की कल्पना को जाग्रत कर दिया है। वे अपने कर्मचारियों की सृजनात्मक शक्तियों और समस्या सुलझाने की योग्यताओं को विकसित करने के भारी लाभों को पहचान गए हैं। वास्तव में, सर्वेक्षण दिखाते हैं कि सृजनात्मक तरीक़े से सोचने की योग्यता - नए, नवाचारी तरीक़ों से समस्याओं और अवसरों का विश्लेषण करने की योग्यता - उन सबसे मूल्यवान योग्यताओं में से एक है, जिन्हें हम ख़ुद में और अपने संगठन में विकसित कर सकते हैं।

क्यों? क्योंकि सृजनात्मक विचारों के फलस्वरूप नई खोजें होती हैं, काम करने, लागत घटाने और प्रदर्शन बढ़ाने के बेहतर तरीक़े खोजे जाते हैं - ये मुद्दे उन व्यवसायियों के लिए अत्यंत महत्त्वपूर्ण हैं, जो आधुनिक प्रतिस्पर्धी परिवेशों में काम कर रहे हैं।

सोचने की प्रक्रिया

मानव मस्तिष्क की सोचने की प्रक्रिया का वर्णन करते हुए कहा जा सकता है कि इसमें दो तत्व होते हैं : एक हिस्सा होता है स्वच्छंद सृजनात्मक सोच के लिए और दूसरा होता है विश्लेषणात्मक या विवेकपूर्ण सोच के लिए।

"हरी बत्ती वाली सोच" शब्दावली उस विचार प्रक्रिया को बताती है, जो विचार उत्पन्न करने के सबसे अनुकूल होती है। इस प्रकरण में विचारों की गुणवत्ता के बजाय संख्या पर ज़ोर दिया जाता है।

मस्तिष्क का विवेकपूर्ण हिस्सा सृजनात्मक, स्वच्छंद हिस्से से उत्पन्न होने वाले विचारों का विश्लेषण और मूल्यांकन करता है। यहाँ ध्यान का केंद्र विचारों की गुणवत्ता पर होता है। इस प्रक्रिया के वर्णन के लिए अक्सर "लाल बत्ती वाली सोच" शब्दावली का इस्तेमाल किया जाता है। "हरी

बत्ती" और "लाल बत्ती" वाली सोच दो अलग-अलग प्रक्रियाएँ हैं। दोनों ही अच्छी व उपयोगी हैं। वे बस एक ही समय में नहीं हो सकतीं। किसी के विचार पेश करते समय हम अक्सर लाल बत्ती चालू कर देते हैं, क्योंकि हम विवेकपूर्ण सोच रहे हैं, तभी हमें इसके परिणामों की स्पष्ट अवधारणा मिलेगी।

यह दूसरों के नवाचारी विचारों को प्रोत्साहित करने के बारे में ही सच नहीं है, बल्कि हम इसे आत्मसात कर लेते हैं और हम अपने ख़ुद के दिमाग़ को खोलना पसंद नहीं करते। चूँकि हमारी ज़्यादातर शैक्षणिक प्रक्रियाएँ और प्रणालियाँ विवेकपूर्ण सोच के कामों (जैसे निर्णय लेने, स्थितियों की तुलना एवं आकलन करने, सही और ग़लत के बीच भेद करने की योग्यता आदि) को विकसित करने के प्रति समर्पित रही हैं, इसलिए ज़्यादातर लोगों को अपनी सृजनात्मक योग्यता की सीमाओं का अहसास नहीं होता। वास्तव में इस क्षेत्र में हम हमेशा से सक्षम रहे हैं और हम इस योग्यता को बड़ी ही आसानी से और भी ज़्यादा सीमा तक विकसित कर सकते हैं। हमें अपनी सृजनात्मक क्षमताओं में कभी विश्वास नहीं खोना चाहिए।

अपने मस्तिष्क को सारे समय परिवर्तन के प्रति खुला रखें। इसका स्वागत करें। इसे रिझाएँ। अपनी राय और विचारों की जाँच करके और दोबारा जाँच करके ही आप प्रगति कर सकते हैं।

—डेल कारनेगी

हर इंसान सृजनात्मक होता है

हर इंसान सृजनात्मक होता है। पोषण देने पर जो सृजनात्मक रसायन बड़ी आसानी से प्रवाहित होते हैं, दुर्भाग्य से वे ज़्यादातर लोगों में बचपन के बाद बंद हो जाते हैं, क्योंकि उनके जीवन में अति विश्लेषण और अनुरूपता का जाल बिछा दिया जाता है, जो उनके जीवन में सत्ता के पद पर बैठे लोग थोप देते हैं। सृजनात्मकता प्रायः लाल बत्ती वाली सोच से अवरुद्ध हो जाती है। "इसे रोक दो," "यह कंपनी की नीति के ख़िलाफ़ है," "हमने इसे इस तरह से कभी नहीं किया।"

हम नए विचारों को न आज़माने के कारण तलाशते हैं, जबकि हमें दिमाग़ खोलकर नए विचारों की तलाश करनी चाहिए। हरी बत्ती जला दें। इसकी आगे पड़ताल करें। स्पष्ट से परे, इसके बारे में अपनी सोच का विस्तार करें।

गैरी ने अपने मन में आए एक विचार के बारे में सोचा, जिससे प्रणालियों में आसान परिवर्तन करके उत्पादकता को बढ़ाया जा सकता था। क्या उसे बॉस को बता देना चाहिए? आख़िरी बार जब उसने एक सुझाव दिया था, तो उसके सुपरवाइज़र ने उसे झिड़क दिया था। उन्होंने कहा था कि यह कारगर नहीं होगा। उन्होंने उसे पूरी तरह से समझाने का मौक़ा ही नहीं दिया था। अब जहमत क्यों उठाना?

हमें यह विश्वास हो सकता है कि हमारे विचार ठुकराए जा सकते हैं। लेकिन यह तो कोई कारण नहीं है कि हम सृजनात्मक बनने से ख़ुद को रोक दें। हताशा के सामने हार मानना आसान है, लेकिन जब तक हम विचार नहीं सोचेंगे, हम अपनी सृजनात्मक क्षमताओं का गला दबा देंगे। नवाचार सतत इस्तेमाल से तराशा जाता है।

दूसरे लोग उनके विचारों को किस तरह लेंगे, इस बाबत लोगों में अपनी आलोचना करने की प्रवृत्ति होती है। स्वयं की आलोचना दूसरों की आलोचना से कहीं ज़्यादा बुरी होती है, क्योंकि इससे इंसान अयोग्य महसूस करने लगता है। हम ग़लतियाँ करेंगे; हम ऐसे सुझाव देंगे जो कारगर नहीं होंगे; हो सकता है हमारा बॉस या हमारे साथी हमारी खिल्ली उड़ाएँ, लेकिन इससे हमें नहीं रुकना चाहिए। आइंस्टाइन, एडिसन, व्हिटनी और वाट सभी की कई बार खिल्ली उड़ाई गई थी। सृजनात्मक विचारों के झरने को बहते रहने दें।

सृजनात्मकता को अवरुद्ध करना

ज़रूरी नहीं है कि हर विचार कारगर हो या पीछा करने लायक़ हो। बहरहाल, कम से कम हमें इसके बारे में सोचकर या दूसरों से बात करके इसकी व्यावहारिकता की पड़ताल करनी चाहिए। यदि इसे ख़ारिज कर देना चाहिए, तो कारणों का पता लगाएँ। निराश न हों। हो सकता है कि विचार अच्छा हो, लेकिन विशिष्ट अमल में उपयुक्त न हो या उस वक़्त उचित न हो।

इसका यह मतलब नहीं है कि विचार अच्छा नहीं है। इसे कभी व्यक्तिगत तिरस्कार नहीं मानना चाहिए। अस्वीकृत हम नहीं हुए हैं, हमारा विचार हुआ है।

सृजनात्मकता को विकसित करना

ज़्यादातर लोगों को सचमुच यक़ीन नहीं होता कि वे सृजनात्मक हैं। जीवन भर उन्हें सिखाया गया है कि सृजनात्मकता एक ख़ास तरह का गुण है, जो केवल चित्रकारों, आविष्कारकों और जीनियसों के पास होता है। यह सच नहीं है। मनोवैज्ञानिकों ने साबित कर दिया है कि सृजनात्मक सोच को विकसित किया जा सकता है।

यहाँ कुछ चीज़ें दी जा रही हैं, जिनसे हम ख़ुद को ज़्यादा सृजनात्मक बना सकते हैं :

अवलोकन

सृजनात्मक बनने के लिए इंसान को सपने में नए विचारों को देखने की ज़रूरत नहीं है। हमारे आस-पास की चीज़ों को देखना और वर्तमान स्थितियों पर अपनी सीखी बातों को लागू करना भी उतना ही सृजनात्मक है, जितना कि पूर्ण नवाचार।

लास वेगस में हूपर स्टील के प्रबंधक स्टैन ने देखा कि ज़्यादा से ज़्यादा गैस स्टेशन "स्व-सेवा" वाले बन रहे थे और कारों में ऑइल बदलने या लुब्रिकेशन की सुविधा नहीं रह गई थी, इसलिए इस आवश्यकता को पूरा करने के लिए त्वरित लुब्रिकेशन स्टेशन उभर आए थे। स्टैन ने ऐसे ही एक ल्यूब स्टेशन पर अपनी कार का लुब्रिकेशन कराया। काम की गति और गुणवत्ता से वे ख़ुश हुए।

बरसों से हूपर स्टील अपने ट्रक नियमित लुब्रिकेशन के लिए डीलर के सर्विस विभाग में भेजती आ रही थी। यह आसान नहीं होता था। इसके लिए दो कर्मचारी डीलर के यहाँ ट्रक छोड़ने जाते थे (जिनमें से एक अपनी कार में दुकान से दूसरे व्यक्ति को बैठाकर लाता था), डीलर के यहाँ पूरे दिन ट्रक रखा रहता था और बाद में ट्रक उठाने में एक बार फिर दो कर्मचारियों का समय ख़राब होता था।

स्टैन ने सोचा, "हम अपने ट्रकों के लिए त्वरित ल्यूब स्टेशन का इस्तेमाल क्यों न करें?" परिणाम : एक ड्राइवर त्वरित ल्यूब स्टेशन जाता था और ट्रक की सर्विसिंग के लिए लगभग 30 मिनट तक इंतज़ार करता था। इस तरह स्टैन ने सेवा की लागत और लगने वाले समय के संदर्भ में हर महीने अपनी कंपनी के लगभग 1,600 डॉलर बचा लिए। इसके अलावा, अब वे ज़्यादातर दिन ट्रक का इस्तेमाल भी कर सकते थे।

फेरबदल

क्या हम किसी मौजूदा प्रॉडक्ट या अवधारणा में फेरबदल करके किसी भिन्न चीज़ का सृजन कर सकते हैं? "बड़ा सोचो" के संस्थापकों ने मानक प्रॉडक्ट्स में बदलाव करके ज़्यादा बड़े संस्करण बनाए। उन्होंने पेंसिल से लेकर टेलीफ़ोन मैसेज पैड और जानवरों से लेकर फ़र्नीचर तक लोकप्रिय प्रॉडक्ट्स की विशाल कॉपियाँ बनाईं। इससे विज्ञापन, सजावट और नवीन वस्तुओं के क्षेत्र में एक बिलकुल नया बाज़ार बन गया।

हमारे कंप्यूटर और इलेक्ट्रॉनिक उद्योग का विकास भी फेरबदल पर आधारित है, जिसमें हम इलेक्ट्रॉनिक तंत्रों और पुर्ज़ों को छोटा करते-करते माइक्रोचिप तक पहुँचे हैं।

विस्थापन

सामूहिक डाक भेजने वाली एक कंपनी की ऑफ़िस प्रबंधक डरलीन मुश्किल में थी। काम बहुत बोझिल और नीरस था, इसलिए कर्मचारी बहुत जल्दी नौकरी छोड़कर चले जाते थे। यह काम था ब्रोशर्स और सैंपल्स को लिफ़ाफ़ों में रखना। काम की प्रकृति ऐसी थी कि इसे सामान्य स्वचालित मशीन से नहीं किया जा सकता था। न सिर्फ़ कर्मचारियों के छोड़कर जाने से कंपनी को नुक़सान होता था, बल्कि उसे पक्का विश्वास नहीं रहता था कि काम करने के लिए कोई वहाँ पर होगा।

उसने सोचा कि अगर तथाकथित "सामान्य" लोग इस काम को इतना बोझिल मानते हैं, तो शायद मानसिक चुनौती प्राप्त लोग इसे ऐसा न मानें। डरलीन ने इन "धीमे सीखने वालों" को नियुक्त कर दिया, जो काम से ऊबते नहीं थे और वे आगे चलकर स्थायी तथा मूल्यवान कर्मचारी बन गए।

हटाना

जिल क्रोधित था। उसकी कंपनी ने सेल्समैनों के भरने के लिए एक और फ़ॉर्म जारी कर दिया था। उसे कोफ़्त हुई कि वह इतना सारा काग़ज़ी काम करेगा, तो बाहर जाकर सामान कब बेचेगा? जब उसने अपनी सेल्स प्रबंधक से शिकायत की, तो वे कंधे उचकाकर बोलीं कि जानकारी "ऊपर वालों को" चाहिए थी। जिल ने उन सभी फ़ॉर्मों का अध्ययन किया, जिन्हें उसे भरना होता था। उसने विश्लेषण किया कि उनमें कौन-कौन सी जानकारियाँ माँगी गई थीं। जल्दी ही यह स्पष्ट हो गया कि एक ही जानकारी को अलग-अलग फ़ॉर्मों में माँगा जा रहा था। इस दोहराव की संख्या बहुत अधिक थी। इस बारे में शिकायत करने के बजाय जिल ने एक नया फ़ॉर्म तैयार किया, जिससे प्रबंधन को आवश्यक तथ्य भी मिल जाते थे और उसे भरना भी आसान था। इससे न सिर्फ़ सेल्समैनों का काम ज़्यादा आसान हुआ, बल्कि कंपनी का काफ़ी समय और पैसा भी बचा। एक अतिरिक्त लाभ : इससे कंपनी ने अपने सभी फ़ॉर्मों की सुनियोजित समीक्षा की और उनमें संशोधन किए, जिससे कई दकियानूसी और अनावश्यक रिपोर्ट्स ख़त्म हो गईं।

ये सिर्फ़ चंद तरीक़े हैं, जिनसे सृजनात्मक रसायनों को उद्दीप्त किया जा सकता है। अपनी कल्पना के पंख फैलाकर, अपने क्षितिजों का विस्तार करके, समस्याओं के प्रति पारंपरिक नीतियों से नाता तोड़कर हम ज़्यादा आविष्कारक बन सकते हैं, ज़्यादा मुश्किल समस्याओं को सुलझा सकते हैं और रोमांचक नई अवधारणाओं को शुरू व लागू कर सकते हैं। जब हम अपने विचारों को सफलतापूर्वक लागू होते देखेंगे, तो इससे न सिर्फ़ कंपनी को लाभ होगा, बल्कि हमें भी उपलब्धि का भारी अहसास होगा।

> *सबसे दूर तक जाने वाला इंसान आम तौर पर वह होता है, जो काम करने और जोखिम लेने का इच्छुक होता है। सुरक्षित रखी नाव कभी किनारे से दूर नहीं जा पाती है।*
>
> **—डेल कारनेगी**

समूह सृजनात्मकता

ज़्यादातर लोग यह कल्पना करते हैं कि सृजनात्मक व्यक्ति एक अकेला व्यक्ति होता है, जो बिल गेट्स या स्टीव जॉब्स की तरह विचार या आविष्कार उत्पन्न करता है। लेकिन यह हमेशा सच नहीं होता। कई सृजनात्मक विचार लोगों के समूहों की देन होते हैं। समूह में विचारों के आदान-प्रदान और प्रेरणा से नया विचार उद्दीप्त होता है।

पुरानी कहावत है, "दो दिमाग़ एक से बेहतर होते हैं।" इसका विस्तार है, "कई दिमाग़ कुछ से बेहतर होते हैं।" ये कथन बार-बार सच साबित हुए हैं। समितियों और सम्मेलनों में सामूहिक प्रयासों ने बहुतेरी समस्याओं को सुलझाने में मदद की है।

एक नीति का प्रभावी ढंग से इस्तेमाल किया जाता है और यह है मस्तिष्क मंथन। मस्तिष्क मंथन किसी विषय पर यथासंभव अधिकतम विचार हासिल करने की एक तकनीक है। सामान्य क़िस्म की बैठक और मस्तिष्क मंथन बैठक के बीच फ़र्क़ यह होता है कि इसमें उद्देश्य बस विचार उत्पन्न करना है - हरी बत्ती वाली सोच। मस्तिष्क मंथन से अधिकतम लाभ लेने के लिए लाल बत्ती वाली सोच प्रतिबंधित होती है। किसी प्रतिभागी के किसी सुझाव की बाक़ी लोग आलोचना नहीं कर सकते, विश्लेषण नहीं कर सकते, अस्वीकार या स्वीकार नहीं कर सकते, चाहे वह कितना ही मूर्खतापूर्ण या मूल्यहीन अथवा ज़ोरदार नज़र आए।

मस्तिष्क मंथन के पीछे के मनोवैज्ञानिक सिद्धांत को सक्रियकरण कहा जाता है। कोई भी विचार श्रोता के मन में दूसरे विचार को सक्रिय कर सकता है। एक व्यक्ति का मूर्खतापूर्ण विचार किसी दूसरे के मन में अच्छा विचार ला सकता है। मस्तिष्क मंथन लोगों को स्वतंत्रता से सोचने और प्रतिक्रियाओं की परवाह न करने की अनुमति देता है। यह लोगों को स्वतंत्र करता है कि वे अपने दिमाग़ पर ज़ोर डालें और उस विचार के लिए राह बनाएँ, जो मूल्यवान साबित हो सकता है।

आम मस्तिष्क मंथन सत्र में समूह एक विषय ले लेता है, जो मीटिंग के पहले ही घोषित कर दिया जाता है। एक बार जब अध्यक्ष इस विषय को सामने रख देती है, तो वह पीछे हट जाती है और समूह की सामान्य सदस्य बन जाती है। एक व्यक्ति को नियुक्त किया जाता है कि वह फ़्लिपचार्ट

पर विचारों की सूची बनाए। विचार बोले और दर्ज किए जाते हैं। समर्थन या विरोध में कोई टिप्पणी नहीं की जाती है। बेपरवाही को प्रोत्साहित किया जाता है। विचार जितना अजीब हो, उतना ही बेहतर है। सफलता का पैमाना उत्पन्न होने वाले विचारों की संख्या होती है। प्रतिभागियों को प्रस्तुत किए गए विचारों पर अपने दिमाग़ी घोड़े दौड़ाने के लिए प्रोत्साहित किया जाता है। सत्र के बाद एक समिति विचारों की समीक्षा, पड़ताल और विश्लेषण करती है। इसके बाद ही लाल बत्ती वाली सोच शुरू होती है।

मस्तिष्क मंथन सभी तरह की समस्याओं के लिए उचित नहीं है, लेकिन कई स्थितियों में यह बहुत सहायक हो सकता है। यह दीर्घकालीन लक्ष्य या आम नीतियाँ तय करने के बजाय विशिष्ट समस्याएँ सुलझाने में सबसे अच्छी तरह काम करता है। सफल मस्तिष्क मंथन के कुछ उदाहरण हैं किसी नए प्रॉडक्ट का नाम तय करना, वितरण के नए मार्ग खोलना, नौकरियों को कम बोझिल बनाना और किसी प्रॉडक्ट या सेवा की मार्केटिंग के ग़ैर-पारंपरिक तरीक़े खोजना।

सभी विचारों के प्रति खुले रहें

"हमारी कंपनी अलग है।" हमने यह बात कितनी बार सुनी है? कई कंपनियाँ महसूस करती हैं कि वे अनूठी हैं और जब तक कोई विचार, प्रक्रिया या योजना उनके द्वारा न बनाई जाए, तब तक उनकी ज़रूरतें पूरी नहीं हो पाएँगी। यह सही है कि हर कंपनी की अलग संस्कृति और निजता होती है, लेकिन हम दूसरी कंपनियों से बहुत कुछ सीख सकते हैं - उन कंपनियों से भी, जिनका व्यवसाय हमारे व्यवसाय से काफ़ी अलग है।

लीक से बाहर निकलें

जब लोग लंबे समय तक एक साथ काम करते हैं, तो उनमें एक जैसा सोचने की प्रवृत्ति आ जाती है। एक के द्वारा पेश किए गए विचारों को बाक़ी सभी लोग आलोचनात्मक विश्लेषण के बिना स्वीकार कर सकते हैं, क्योंकि समूह के सभी सदस्यों का दृष्टिकोण समान होता है। जनरल मोटर्स के एक संस्थापक अल्फ़्रेड स्लोन इस बात से वाक़िफ़ थे। कंपनी एक बड़ा प्रोजेक्ट शुरू करने वाली थी। स्लोन सहित समूह के सभी सदस्यों की नज़र में यह

एक अच्छा विचार था। बहरहाल, स्लोन इस बारे में थोड़ी उलझन में थे। उन्होंने अपने समूह से कहा कि उन्हें इस पर ज़्यादा विचार करना चाहिए और यह जाँच करनी चाहिए कि ऐसे ही प्रोजेक्ट में दूसरी कंपनियों के सामने क्या-क्या समस्याएँ आई थीं। उन्होंने प्रस्ताव को कई महीनों तक टेबल पर रखा। जब दोबारा बैठक हुई, तो पहले जिन समस्याओं को नज़रअंदाज़ किया गया था, उन पर बातचीत की गई और कुछ महीने पहले जिसे बिना आलोचना के शुरू कर दिया जाता, उसे गंभीर पुनर्विचार और पुनर्शोधन के लिए दोबारा भेज दिया गया।

मानदंड

पूर्ण गुणवत्ता प्रबंधन अवधारणा का एक बुनियादी सिद्धांत यह है कि सफल कंपनियाँ दूसरी कंपनियों से ऐसे विचार लेने से नहीं डरती हैं, जिनसे उनके लक्ष्य पूरे करने में मदद मिल सकती है। वास्तव में, मैल्कम बाल्डरिज पुरस्कार (व्यवसाय में उच्च गुणवत्ता के लिए अमेरिकी सरकार का सर्वोच्च पुरस्कार) की एक शर्त यह होती है कि प्रतिभागी पुरस्कार हासिल करने में प्रयुक्त पद्धतियाँ और तकनीकें सभी दिलचस्पी रखने वाले पक्षों को बताएँ। इसे "मानदंडीकरण" कहा जाता है।

सीधे प्रतिस्पर्धी

एक सवाल यह रहता है कि कोई सफल कंपनी अपने प्रतिस्पर्धियों को अपनी सफलता के राज़ क्यों बताएगी। यह सच है कि कई कंपनियाँ वे राज़ नहीं बताना चाहेंगी, जो उन्हें उच्च गुणवत्ता की ओर ले गए। लेकिन उनमें से ज़्यादातर राज़ ज़्यादा बड़े "राज़" नहीं होते हैं। यह तो एक प्रक्रिया होती है, जिससे सभी को लाभ होता है।

जोस गेन्सविले, फ़्लोरिडा में एक छोटा एप्लाएंस रिपेयर बिज़नेस चलाता है। उसे महसूस होता है कि वह उतना अच्छा प्रदर्शन नहीं कर पा रहा है, जितना वह कर सकता है। जोस सलाह के लिए अपने सफल प्रतिस्पर्धी कार्लोस से पूछना चाहता है, लेकिन वह जानता है कि शायद उसकी हँसी उड़ाई जाएगी। कार्लोस किसी ऐसे व्यक्ति की मदद क्यों करेगा, जो उससे कारोबार छीन सकता है? लेकिन जोस मदद के लिए अपने सीधे

प्रतिस्पर्धियों तक ही सीमित नहीं रहता है। एक कारोबारी प्रकाशन से उसे पता चलता है कि पेल सिटी, अलाबामा की एक छोटी कंपनी उन समस्याओं से सफलतापूर्वक उबर चुकी है, जिनका वह सामना कर रहा है। ये लोग प्रतिस्पर्धी नहीं हैं, इसलिए इस बात की बहुत ज़्यादा संभावना है कि वे जोस को अपने कुछ विचार बता देंगे। टेलीफ़ोन करने या उससे भी बेहतर, उस कंपनी की यात्रा से काम बन जाएगा।

दूसरे उद्योगों की ओर देखें

हमारा उद्योग अनूठा नहीं है। हो सकता है कि किसी दूसरे व्यवसाय में काम करने वाली दूसरी कंपनियों के सामने वैसी ही समस्याएँ आई हों और उन्होंने उन्हें सुलझाया हो। वे हमारी मदद करने के लिए बहुत इच्छुक हो सकती हैं।

उपनगरीय न्यू यॉर्क से हवाई अड्डे तक लोगों को लाने-ले जाने वाली एक शटल सर्विस में शिकायतों का अंबार लगा था। जो ग्राहक सेवा लेने के लिए फ़ोन करते थे, उन्हें नौ-दस घंटियों तक इंतज़ार करना पड़ता था, जिसके बाद ही फ़ोन उठाया जाता था और इसके बाद भी कुछ मिनटों तक होल्ड पर रखा जाता था। अंत में जब कोई क्लर्क उनसे बात करने के लिए लाइन पर आता था, तो उन्हें अपने पिक-अप के बारे में बहुत से सवालों का जवाब देना पड़ता था, भले ही वे उस सेवा का इस्तेमाल पहले भी कई बार कर चुके हों।

मालिक ने दूसरे शहरों के दूसरे ट्रांसपोर्टर्स से मदद माँगी, लेकिन सभी के सामने वही समस्या थी और कोई भी इसे नहीं सुलझा पाया था। चूँकि ज़्यादातर जगहों पर यह यातायात का सबसे सस्ता साधन था, इसलिए उन्हें महसूस हुआ कि कम क़ीमत के कारण लोगों से इंतज़ार कराना जायज़ था।

इस कंपनी के एक कर्मचारी ने अपने बॉस को बताया : "मुझे भी यही समस्या आती थी, जब मैं एल.एल. बीन से सामान मँगाता था, जो मशहूर आउटडोर पोशाक और उपकरण मेल ऑर्डर कंपनी है। मुझे बहुत इंतज़ार करना पड़ता था और हर बार मेरा पता, क्रेडिट कार्ड, साइज़ आदि पूछा जाता था। अब मैं जब फ़ोन करता हूँ, तो यह सब उनके कंप्यूटर पर पहले से होता है। वे तुरंत फ़ोन का जवाब देते हैं और जब मैं उन्हें अपना नाम और फ़ोन नंबर बताता हूँ, तो वे बस यह जानना चाहते हैं कि मैं किस

चीज़ का ऑर्डर देना चाहता हूँ। कुछ ही मिनटों में फ़ोन पर मेरा काम हो जाता है।"

मालिक ने एल.एल. बीन के एक एक्ज़ीक्यूटिव से बात करने का अपॉइंटमेंट लिया, जिसने ख़ुशी-ख़ुशी उन्हें उस कंप्यूटर प्रोग्राम की जानकारी दी, जिसका वे इस्तेमाल कर रहे थे। कुछ ही महीनों में उन्होंने भी अपने यहाँ ऐसा ही कंप्यूटर प्रोग्राम लगा लिया, जिससे ज़्यादातर समस्याएँ ख़त्म हो गईं।

कुछ वर्षों बाद उन्होंने एक ज़्यादा अच्छी प्रणाली के बारे में पढ़ा और अपने प्रोग्राम को बेहतर बना लिया। अब कॉलर आई.डी. से फ़ोन करने वाले को पहचान लिया जाता था और कंप्यूटर अपने आप उस ग्राहक की फ़ाइल खोल देता था, जिससे सारी आवश्यक जानकारी तुरंत दिखने लगती थी।

मानदंड बनाने के लिए कर्मचारियों को प्रोत्साहित करना

दूसरी कंपनियों से सीखने का काम सिर्फ़ अधिकारियों तक ही सीमित नहीं है। कर्मचारियों को भी विशेषज्ञता के अपने क्षेत्र में दूसरे लोगों से सीखकर अपनी योग्यताएँ बढ़ाने के लिए प्रोत्साहित करना चाहिए।

बाज़ार शोध विश्लेषक मेलिसा को अमेरिकन मार्केटिंग असोसिएशन की स्थानीय मीटिंगों में जाने की आदत थी। एक मीटिंग में वह टेबल पर एंजेला के साथ बैठी, जो उस वक़्त एक मार्केटिंग प्रोजेक्ट पर काम कर रही थी। इस प्रोजेक्ट में कुछ नई तकनीकों का इस्तेमाल किया जा रहा था, जिनसे मेलिसा परिचित नहीं थी।

एंजेला ने सिस्टम देखने के लिए मेलिसा को अपने ऑफ़िस में बुलाया। मेलिसा ने अपने बॉस से कहा कि वे उसे एंजेला के ऑफ़िस में कुछ समय जाने की अनुमति दें, ताकि वह यह जान सके कि वे क्या कर रहे थे। इसका परिणाम यह हुआ कि मेलिसा ने अपने काम के प्रति एक नई नीति सीखी, जिससे वह अपनी कंपनी के लिए ज़्यादा प्रभावी काम करने में सक्षम बनी।

अपने दम पर समस्याएँ सुलझाने में एक ख़ास तरह की संतुष्टि होती है और इसे हतोत्साहित नहीं किया जाना चाहिए। बहरहाल, संसार में हम अकेले ही नहीं हैं, जिसके सामने ये समस्याएँ आई हैं। दूसरों ने क्या किया है, यह पता करके और सफल कंपनियों व लोगों से मदद माँगकर काफ़ी

समय व मेहनत बचाई जा सकती है। इस नीति से हमें ऐसे समाधान मिल सकते हैं, जो हमें और हमारी कंपनी को अपने क्षेत्र में अग्रणी बनाए रखेंगे।

जोखिम लें

अलेक्स का बचपन शिकागो में गुज़रा था। किशोरावस्था में वह और उसके मित्र कब्स के जोशीले प्रशंसक थे। जब उनकी टीम जीतती थी, तो वे बहुत खुश होते थे और जब हारती थी, तो बहुत दुखी। अलेक्स को अपने दोस्तों से ज़्यादा दुख होता था। कब्स की टीम के हारने पर वह बुरी तरह निराश हो जाता था। एक ख़ास बुरे दौर के बाद अलेक्स ने सोचा, "यह इस लायक़ नहीं है। मैं किसी टीम के साथ इतना नहीं जुडूँगा कि इतना बुरा महसूस करूँ।" उस समय के बाद उसने कब्स या किसी टीम के साथ खुद को जोड़ने से इनकार कर दिया।

अलेक्स ने यह विचार अपने जीवन के सारे पहलुओं में अपना लिया। उसका दर्शन था : "अगर मैं बहुत ज़्यादा शामिल नहीं होऊँगा, तो मैं कभी आहत नहीं हो सकता।" स्कूल में और अपनी नौकरियों में वह हमेशा मध्यम मार्ग पर चलता था। अलेक्स कभी आहत नहीं हुआ, लेकिन उसे कभी सच्ची खुशी भी नहीं मिली। उसका पसंदीदा व्यक्ति, टीम या चीज़ सफल नहीं होगी, यह जोखिम न लेकर वह "विचारों की पीड़ा" से तो बच गया, लेकिन उसने कभी "विजय के रोमांच" का भी अनुभव नहीं किया।

समर्पण से न डरें

टेरेसा बेहद रोमांचित थी। बहुत सोच-विचार के बाद उसके मन में एक विचार आया था और उसे लग रहा था कि इससे नौकरी में उसके सामने की बड़ी समस्या सुलझ जाएगी। जब उसने अपने बॉस के सामने विचार रखा, तो उन्होंने उसे हवा में उड़ाते हुए कहा, "यह कभी काम नहीं करेगा। वापस जाकर इस पर दोबारा सोचो।" कुछ लोग ऐसी अस्वीकृति के बाद चुप बैठ सकते थे, लेकिन टेरेसा को पक्का यक़ीन था कि यह काम करेगा, इसलिए वह विचार को बेहतर बनाती रही और समय के साथ उसने अपने बॉस को यक़ीन दिला दिया कि यह व्यावहारिक था। आविष्कारकों और नवाचार करने वालों को हमेशा खिल्ली का सामना करना पड़ा है। जोनस साक को बार-बार

बताया गया था कि वे पोलियो वैक्सीन की खोज में ग़लत मार्ग पर जा रहे थे। बिजली के बल्ब के आविष्कार में सफल होने से पहले एडिसन ने सैकड़ों नाकाम कोशिशें की थीं। सफल आविष्कारकों को अपने लक्ष्यों तक पहुँचने से पहले एक के बाद एक पराजयों, शंकाओं और निराशाओं से उबरने के लिए तैयार और समर्थ होना चाहिए।

असहमत होने के लिए तैयार रहें

मान लें, दूसरे लोग किसी समस्या को किसी ख़ास तरीक़े से सुलझाने के पक्ष में हैं, लेकिन आप उस तरीक़े से सहमत नहीं हैं। ज़्यादातर लोग ऐसी स्थिति में असहज हो जाते हैं, जब वे लोकप्रिय उपाय का विरोध करने वालों के अल्पमत में होते हैं। उन्हें लगता है कि अगर उन्होंने असहमति जताई, तो दूसरे उनका तिरस्कार कर सकते हैं। सुरक्षित रास्ता यह है कि सबके साथ चलो और असहमति को अपने दिल में ही रखो। लेकिन अगर हमें यह यक़ीन हो कि समूह ने समस्या के किसी महत्त्वपूर्ण पहलू को नज़रअंदाज़ कर दिया है, तो अस्वीकृत होने का जोखिम उठाना महत्त्वपूर्ण है। हम जिसमें विश्वास करते हैं, उसे पेश और साबित करने की कोशिश करना भी महत्त्वपूर्ण है।

जोखिम लेने का यह मतलब नहीं है कि इंसान को दुस्साहसी होना चाहिए। तार्किक लोग तार्किक जोखिम लेते हैं, लेकिन जोखिम की परिभाषा में ही असफलता की आशंका छिपी होती है। सफल व्यावसायिक एक्ज़ीक्यूटिव अपने हर निर्णय में जोखिम लेते हैं। बहरहाल, निर्णय लेने से पहले वे सावधानीपूर्वक शोध और विश्लेषण करते हैं, जिससे उनकी सफलता के अवसर अधिकतम हो जाते हैं। लेकिन आख़िरकार जब निर्णय ले लिया जाता है, तो प्रबंधक को धन, समय, ऊर्जा और भावना की संभावित क्षति का जोखिम लेने का इच्छुक होना चाहिए। जोखिम के बिना लाभ की कोई संभावना नहीं होती है।

चैंपियन जोखिम लेते हैं

नौवीं इनिंग के अंत में ब्लू जेज़ की टीम यांकीज़ से 2-1 से आगे थी। पहले दो हिटर आउट हो गए। यांकी का नामी हिटर डेव विनफ़ील्ड बैटिंग करने

उतरा। गेंद सीधी प्लेट के पार आती है। धड़ाक! शानदार हिट। विनफ़ील्ड पहला बेस चुराने के लिए दौड़ता है। वह इसे आसानी से पूरा कर लेता है। क्या उसे दूसरे की कोशिश करनी चाहिए? एक सेकेंड से भी कम समय में डेव को यह निर्णय लेना होगा कि क्या उसे सुरक्षित खेलना चाहिए, या फिर उसे उस अतिरिक्त बेस की कोशिश का जोखिम लेना चाहिए, जिससे वह स्कोरिंग की स्थिति में आ जाएगा। अगर वह असफल हो गया, तो मैच ख़त्म हो जाएगा, लेकिन यह जोखिम लेने से पराजय के विजय में बदलने की संभावना बढ़ जाएगी। जोखिम लेना विनफ़ील्ड के स्वभाव में है, इसलिए अगर सफलता की 50 प्रतिशत से अधिक संभावना है, तो वह दूसरा बेस चुराने की कोशिश करेगा। खेल की तरह ही जीवन में भी चैंपियन लोग जोखिम लेते हैं। इसी से वे चैंपियन बनते हैं।

वह सबसे बुरा क्या है, जो हो सकता है?

अपनी पुस्तक *हाउ टु स्टॉप वरीइंग ऐंड स्टार्ट लिविंग* में डेल कारनेगी सलाह देते हैं कि जब भी आपके सामने कोई मुश्किल आए, तो यह करें : "ख़ुद से पूछें कि वह सबसे बुरा क्या है, जो संभवतः हो सकता है?" फिर सबसे बुरे को स्वीकार करने की तैयारी करें; सबसे बुरे को बेहतर बनाने की कोशिश करें।

मिसाल के तौर पर, जिल एक संभावित ग्राहक के परचेज़िंग प्रबंधक एलन से अपॉइंटमेंट हासिल करने में कामयाब नहीं हो पा रहा था। उसने फ़ोन किया था, पत्र लिखे थे और "उनके दरवाज़े पर धरना भी दिया था" - लेकिन कोई फ़ायदा नहीं हुआ था। उसके सहकर्मियों ने उसे सलाह दी कि वह एलन को भूल जाए और अपनी ऊर्जा व समय दूसरे ग्राहक बनाने में लगाए। लेकिन जिल ज़िद्दी था। एलन के ध्यान को पाने का कोई न कोई तरीक़ा तो होगा। उसे पता चला कि एलन एक उद्योग कार्यशाला में व्याख्यान देने वाले हैं। जिल ने सोचा, अगर मैं उस कार्यशाला में जाता हूँ, तो मैं उनके व्याख्यान के बाद उनके पास जा सकता हूँ, उनसे कुछ सवाल पूछ सकता हूँ और फिर अपना परिचय दे सकता हूँ, ताकि वे कम से कम यह तो जान जाएँ कि मैं कौन हूँ? उसके सेल्स प्रबंधकों और सहकर्मियों ने उसे हतोत्साहित किया। "वह इतना आगबबूला हो जाएगा कि वह इस कंपनी के किसी व्यक्ति से दोबारा कभी बात नहीं करेगा।"

जिल ने कारनेगी के सिद्धांतों पर अमल करते हुए प्रतिक्रिया की। "वह सबसे बुरा क्या है, जो हो सकता है? वह हमारे साथ कारोबार नहीं करेगा? यह ज़्यादा बुरा नहीं है, क्योंकि वह इस समय भी हमारे साथ कारोबार नहीं कर रहा है, इसलिए हमारे पास खोने के लिए दरअसल कुछ भी नहीं है।" "सबसे बुरे को स्वीकार करने की तैयारी करें : अगर मैं मीटिंग में उन्हें प्रभावित नहीं कर पाया, तो मैं उस अकाउंट पर काम करना छोड़ दूँगा।" "सबसे बुरे को बेहतर बनाने की कोशिश करें : मैं जो सवाल पूछता हूँ, उनकी सावधानी से योजना बनाकर मैं उन्हें दिखा सकता हूँ कि मुझे उनके कारोबार के बारे में कितना सच्चा ज्ञान है और इससे शायद वे मुझसे मिलने की अनिच्छा से उबर जाएँगे।" जोखिम लेकर जिल एक "मुश्किल" संभावित ग्राहक तक पहुँच गया और उसने अपनी कंपनी के लिए एक बहुत लाभदायक अकाउंट खोल लिया।

> *असफलता से सफलता विकसित करें। हताशा और असफलता सफलता की दो अचूक सीढ़ियाँ हैं। उनका अध्ययन करें और उनसे लाभ लें। पीछे की ओर देखें। क्या आपको यह नहीं दिखता है कि आपकी असफलताओं ने आपकी कहाँ मदद की है?*
>
> **—डेल कारनेगी**

सृजनात्मक बनने के लिए हमें असफलता का जोखिम लेने की ज़रूरत होती है

हम सभी जीवन में कई चीज़ों में असफल हुए हैं, लेकिन हम अपनी ग़लतियों से सीखते हैं और सीख-सीख कर कामयाब होते हैं। जब हम किसी नई चीज़ को पहली बार आज़माते हैं, तो यह संभव है कि हम सफल न हों। जब छोटी ट्रिसिया ने अपनी पहली ज़िगसॉ पज़ल को जमाने की कोशिश की, तो वह कुंठा में रोने लगी। पज़ल के हिस्से जम ही नहीं रहे थे। लेकिन धैर्य और माँ के थोड़े मार्गदर्शन की बदौलत वह सही आकृति को पहचानने लगी और कुछ ही समय में उसकी असफलताएँ सफलताओं में बदल गईं।

जब हमारे पास पर्याप्त अनुभव और जानकारी होती है, तब भी हम हमेशा सफल नहीं हो सकते। कई मौक़ों पर हम असफल हो जाते हैं, लेकिन

हमें असफलता की अवधारणा को खुद पर हावी नहीं होने देना चाहिए। हम अपनी ग़लतियों से सीखते हैं और सीखी बातों का इस्तेमाल करके अपनी असफलताओं से उबरते हैं।

यदि हम अपनी नौकरी और जीवन में तरक़्क़ी करना चाहते हैं, तो हमें जोखिम लेना होगा। सावधानीपूर्वक विश्लेषण करके हम असफलता के जोखिमों को कम तो कर सकते हैं, लेकिन हम इसे पूरी तरह कभी नहीं मिटा सकते। जोखिम के बिना लाभ नहीं होता। हमेशा सुरक्षित रहकर हम कष्ट से तो बच सकते हैं, लेकिन हम उस भारी ख़ुशी और संतुष्टि को कभी महसूस नहीं कर पाएँगे, जो बाधाओं से उबरने और अपने लक्ष्यों तक पहुँचने से मिलती है।

सार

- सृजनात्मक तरीक़े से सोचने की योग्यता - नए, नवाचारी तरीक़ों से समस्याओं और अवसरों का विश्लेषण करने की योग्यता - उन सबसे मूल्यवान योग्यताओं में से एक है, जिन्हें हम खुद में और अपने संगठन में विकसित कर सकते हैं।
- समाधान खोजते समय सबसे पहले नई अवधारणाओं, विचारों या नीतियों को सामने लाने के लिए "हरी बत्ती" वाली सोच का इस्तेमाल करें। फिर विश्लेषण और मूल्यांकन करने के लिए "लाल बत्ती" जलाएँ।
- खुद को ज़्यादा सृजनात्मक बनाने के लिए हम जो चीज़ें कर सकते हैं, उनमें से कुछ ये हैं :
    - किसी स्थिति का अवलोकन करके सीखना और किसी अलग समस्या को सुलझाने के लिए उसका इस्तेमाल करें।
    - किसी विद्यमान प्रॉडक्ट या अवधारणा को नई स्थितियों के अनुकूल बनाने के लिए फेरबदल करें।
    - कम प्रभावी पारंपरिक नीतियों के बजाय अपारंपरिक प्रणाली का चुनाव करें।
    - प्रणालियों और प्रक्रियाओं का मूल्यांकन करना तथा दोहराव या निरर्थकताओं को ख़त्म करें।

- समूह सहभागिता से ढेर सारे विचार पाने के लिए मस्तिष्क मंथन का इस्तेमाल करें।
- "मानदंडीकरण" के ज़रिये हम यह सीख सकते हैं कि दूसरे संगठन किस तरह हमारे सामने आने वाली समस्याओं से निबट चुके हैं।
- मुश्किल स्थितियों से जूझते समय तार्किक जोखिम लेने से न डरें।

9

नेतृत्व संबंधी समस्याओं से निबटना

जब हमें नेतृत्व के पद पर प्रमोशन दिया जाता है या इसका काम सौंपा जाता है, तो वे योग्यताएँ और तकनीकें ख़ुदबख़ुद ही नहीं आ जाती हैं, जिनसे हम अच्छे लीडर बन सकते हैं। हमें उन्हें सीखना होता है। यह हमारे साथियों का सम्मान अर्जित करने से शुरू होता है।

आप जो करते हैं, उसमें अच्छे बनें

लोग पेशेवर अंदाज़ का सम्मान करते हैं। इसका यह मतलब नहीं है कि हमें हमारे प्रत्येक कर्मचारी के काम से बेहतर काम करने में सक्षम होना चाहिए। दरअसल, प्रबंधन में जो व्यक्ति जितनी ज़्यादा ऊँचाई पर पहुँचता है, यह संभावना उतनी ही कम होती है कि वह उन कई कामों को कर सकता है, जो उसका स्टाफ़ करता है। यह संभावना बहुत कम है कि किसी कंपनी का प्रेसिडेंट कंपनी के हर उपकरण को चला सकता हो या कंप्यूटरों की प्रोग्रामिंग कर सकता हो। प्रबंधन के निचले स्तरों पर भी हमें शायद उन लोगों का निरीक्षण करने की ज़रूरत होगी, जो हमसे बिलकुल भिन्न काम करते हैं। लेकिन हम जो भी करते हैं, अगर हम उसे पेशेवर अंदाज़ में करते हैं, तो हमारे कर्मचारी हमारा सम्मान करेंगे।

लोगों के साथ न्यायपूर्ण व्यवहार करें

जब तक हम अपने कर्मचारियों के साथ समानता का व्यवहार न करें, तब तक वे हमारा सम्मान नहीं करेंगे; उलटे वे हमसे द्वेष करेंगे। इसका यह मतलब नहीं है कि हमें हर कर्मचारी का प्रबंधन एक ही तरीक़े से करना चाहिए। सभी लोग एक दूसरे से अलग होते हैं और अच्छे लीडर इन भिन्नताओं को जान लेते हैं और हर व्यक्ति की निजी विशेषताओं के अनुरूप उसके साथ व्यवहार करना सीख लेते हैं।

> *मित्र बनाने और किसी दूसरे की राय को प्रभावित करने का एक अचूक तरीक़ा उसकी राय को महत्त्व देना है और उसे उसके महत्त्व की भावना को क़ायम रखने देना है।*
>
> **—डेल कारनेगी**

अपने कर्मचारियों की रक्षा करें

यदि हमारे विभाग का किसी दूसरे विभाग से विवाद चल रहा है, तो हमें अपने कर्मचारियों की रक्षा करनी चाहिए, भले ही यह हमेशा राजनीतिक दृष्टि से फ़ायदेमंद न हो। कैरी ने एक प्रोजेक्ट के लिए ज़रूरी काम को पूरा करने की पूरी कोशिश की थी, जिस पर उसका सहकर्मी स्टैन काम कर रहा था। नए कंप्यूटर सॉफ़्टवेयर की तकनीकी समस्याओं की वजह से उसके कर्मचारी डेडलाइन तक काम पूरा नहीं कर पाए। स्टैन उसके ऑफ़िस में आकर गरजने लगा। "आपके कर्मचारी कर क्या रहे हैं? मेरा स्टाफ़ हमारे प्रोजेक्ट का काम तब तक शुरू नहीं कर सकता, जब तक कि आप उन्हें सारा डेटा न दे दें। यह लचर बहाना मत बनाना कि कंप्यूटर ख़राब है।"

कैरी अपने सहकर्मी को विरोधी नहीं बनाना चाहती थी, लेकिन वह जानती थी कि उसके कर्मचारी डेटा हासिल करने की पूरी कोशिश कर रहे थे और उनके सामने कंप्यूटर की समस्याएँ सचमुच आ रही थीं।

उसने प्रतिक्रिया की : "स्टैन, हम भी डेटा हासिल करने के बारे में आप जितने ही चिंतित हैं, लेकिन कंप्यूटर की समस्या वास्तविक है, कोई

बहाना नहीं है। मैंने समस्या ठीक करने के लिए तकनीकी कर्मचारियों को बुलाया है और यह काम आज हो जाएगा।"

लोगों ने जो किया है, उसके लिए उन्हें श्रेय दें

उपलब्धियों की प्रशंसा करें। लोगों को अवगत करा दें कि उनके काम की प्रशंसा होती है। दूसरी ओर, सुपरवाइज़र जो सबसे विनाशकारी चीज़ें कर सकता है, उनमें से एक यह है कि वह किसी ऐसी चीज़ का पूरा श्रेय ख़ुद ले ले, जो उसके किसी कर्मचारी ने की है।

अपने सहयोगियों की बात सुनें

जब तक कि कोई सुनता नहीं है, तब तक हम दूसरों के साथ निरंतर संबंध क़ायम नहीं रख सकते। बहरहाल, सुनने का मतलब कान खोलकर खड़े होना या बैठना नहीं है। हमें सक्रिय श्रोता बनना चाहिए। सक्रिय श्रोता कही गई बात के बारे में सवाल पूछते हैं। वे अपने शब्दों में उसे दोहराते हैं, "तो मैं इसे इस तरह से देखता हूँ..." जब लोगों को अहसास हो जाता है कि हम सचमुच उनकी बात सुनते हैं, तो वे जान जाते हैं कि हम उनका सम्मान करते हैं और इस वजह से वे हमारा ज़्यादा सम्मान करने लगेंगे।

अपने स्टाफ़ का समर्थन करें

जैसा अध्याय 6 में बताया गया है, उन्हें ऐसे औज़ार दें और ऐसी तकनीकें सिखाएँ, जिससे वे उनके काम में सफल हो सकें। जब भी आवश्यक हो, अपने लोगों को कोचिंग देने का समय निकालें - भले ही इसके लिए हमें अतिरिक्त घंटे काम करना पड़े या किसी दूसरे प्रोजेक्ट को स्थगित करना पड़े, उनके सामने समस्याएँ आने पर उन्हें सलाह दें, और उन्हें आश्वस्त करें कि वे हमारी टीम का अटूट हिस्सा हैं।

नेतृत्व की भारी भूलें, जिनसे बचना चाहिए

सुपरवाइज़र बनना कभी आसान नहीं होता और जब किसी को प्रमोशन देकर पहली बार सुपरवाइज़र बनाया जाता है, तो यह ख़ास तौर पर मुश्किल होता है। आइए सुपरवाइज़रों की कुछ आम भारी भूलों पर नज़र डालते हैं।

ग़लत तरह से शुरुआत करना

नए काम को शुरू करते वक़्त हम जो पहले क़दम उठाते हैं, उनसे ही आने वाले महीनों में विभाग का माहौल तय होगा। यदि हमें प्रमोशन मिला है, तो इस बात की अच्छी संभावना है कि विभाग के दूसरे लोगों की नज़रें भी उस पद पर जमी होंगी। हमारे सफल होने के लिए यह अनिवार्य है कि हम अपने पूर्व प्रतिद्वंद्वियों का सहयोग हासिल करें। उनके असंतोष को न्यूनतम करने के लिए सबसे अच्छा यह रहता है कि हम अपने प्रमोशन की घोषणा खुद न करें। यह बॉस द्वारा की जानी चाहिए, जिसने निर्णय लिया है। उसे असफल उम्मीदवारों के साथ बैठकर इस तरह की बात कहनी चाहिए :

> "टॉम, जैसा आप जानते हैं, आप उन तीन लोगों में से एक थे, जिनके नाम पर मैंने प्रमोशन के लिए विचार किया था। आप सभी बहुत योग्य लोग हैं, लेकिन चूँकि एक ही पद ख़ाली था, इसलिए मुझे किसी एक को चुनना था। यह एक मुश्किल निर्णय था। इस पद के लिए मैंने सूज़न को चुना। इसका यह मतलब नहीं है कि आपके काम में गड़बड़ है, लेकिन चूँकि सूज़न को नए उपकरण का काफ़ी अच्छा ज्ञान है, इसलिए मुझे महसूस हुआ कि वह विभाग को ज़्यादा तेज़ी से ज़्यादा उत्पादक बना सकती है। हम विकास कर रहे हैं और आगे अवसर आने पर आपके नाम पर निश्चित रूप से विचार किया जाएगा। मैं इस बात की सराहना करूँगा, अगर आप लोग सूज़न को वह सारी मदद दें, जो आप दे सकते हैं, ताकि यह विभाग उतना अच्छा बन सके, जितना हम जानते हैं कि यह बन सकता है।"

जब सूज़न शुरुआत करती है, तो उसे एक मीटिंग बुलाकर यह नहीं कहना चाहिए, "मैं इस विभाग की नई बॉस हूँ और आगे से हम यहाँ मेरे तरीक़े से काम करने वाले हैं।" यह मित्र बनाने और कर्मचारियों को प्रभावित करने का तरीक़ा नहीं है। मीटिंग बुलाने के बजाय विभाग के हर व्यक्ति से व्यक्तिगत बातचीत करें। अपने कुछ विचार बताएँ। उनके कुछ विचार जानें। उनका सहयोग माँगें। "मैं यह काम अकेली नहीं कर सकती। यह टीम का प्रयास है। मुझे आपकी मदद की ज़रूरत है।"

हो सकता है कि नए सुपरवाइज़र बनने के बाद हम विभाग में होने वाली चीज़ों के तौर-तरीक़ों में तुरंत और क्रांतिकारी परिवर्तन करना चाहते हों। ऐसा न करें! परिवर्तन क्रांति से नहीं, विकास से करना चाहिए।

कर्मचारी-मित्रों से पेश आना

किसी सुपरवाइज़र को अपने अधीनस्थों के साथ कितना दोस्ताना होना चाहिए? बहुत दोस्ताना बनने में यह ख़तरा रहता है कि हमारा उतना नियंत्रण नहीं रह पाएगा, जितना हमारे पास होना चाहिए, जबकि बहुत दूर-दूर रहने से द्वेष और सहयोग का अभाव उत्पन्न हो सकता है। मध्यम मार्ग को खोजना आसान नहीं है।

बारबरा को डाटा एंट्री सेक्शन के सुपरवाइज़र पद पर प्रमोशन मिला और वह दस महिलाओं की अधिकारी बन गई। इससे पहले इनमें से तीन के साथ उसकी ख़ास दोस्ती थी। अब वह उनकी बॉस बन गई थी। क्या उसे यह संबंध जारी रखना चाहिए? वह इन महिलाओं को पसंद करती थी और उनकी मित्रता नहीं खोना चाहती थी। बहरहाल, विभाग के अन्य कर्मचारी ईर्ष्या कर रहे थे और हालाँकि बारबरा ने पक्षपात न करने की पूरी कोशिश की, लेकिन फिर भी उसके कामों की अक्सर नकारात्मक व्याख्या की जाती थी।

इस बारे में विचलित होकर बारबरा ने एक अनुभवी प्रबंधक से सलाह माँगी। उन्होंने कहा, "मुझे अपने करियर में कई दुखद चीज़ें करनी पड़ी हैं, उनमें से एक यह है कि मुझे सीढ़ी पर ऊपर चढ़ते समय पूर्व सहकर्मियों के साथ व्यक्तिगत बंधन तोड़ने पड़े हैं, लेकिन ऐसा करना ज़रूरी था। इसे अचानक न करें। इसे चरणबद्ध तरीक़े से करें। धीरे-धीरे ऑफ़िस के बाद का मेल-मिलाप और लंच बंद करें। दूसरे सुपरवाइज़रों के साथ भोजन करने लगें। शुरुआत में इससे आपकी पुरानी सहेलियाँ आहत होंगी और आप भी ख़ुश नहीं होंगी, लेकिन जब तक आप यह नहीं करती हैं, तब तक आप अपने विभाग को कार्यकुशलता से नहीं चला पाएँगी और इस कंपनी में आगे बढ़ने की आपकी संभावनाएँ कम हो जाएँगी।"

लोगों के गुणों को जानने और उनका इस्तेमाल करने की असफलता

क्लॉडिया और डेव बहुत सृजनात्मक लोग थे। उनके पास कई अच्छे विचार थे, जिनसे उनके विभाग में हर एक काम ज़्यादा आसान बन सकता था। लेकिन उनकी सुपरवाइज़र कार्ला ने इस बात पर ज़ोर दिया कि हर चीज़ उसी तरह की जाए, "जिस तरह हम इसे हमेशा करते थे।"

जब कार्ला को उसके बॉस ने उसके विभाग के कम उत्पादन के लिए फटकारा, तो वह बौखला गई, "यह मेरी ग़लती नहीं है। मेरे कर्मचारी काम के बारे में परवाह ही नहीं करते हैं।" अगर उसने क्लॉडिया, डेव और अपने कई अन्य सहयोगियों के गुणों का इस्तेमाल किया होता, तो न सिर्फ़ उनके योगदान से उत्पादन बेहतर हो जाता, बल्कि उसके अधीनस्थ काम की "परवाह करते," जिससे और भी बेहतर परिणाम मिलते।

नकारात्मकता से निबटना

ज़्यादातर संगठनों में हमें नकारात्मक चिंतक मिलेंगे। वे हमेशा नए विचारों का विरोध करने का कोई न कोई कारण खोज लेंगे और हर बात पर दूसरों से बहस करेंगे। आइए नकारात्मक लोगों की वजह से उत्पन्न होने वाली कुछ समस्याओं पर नज़र डालते हैं :

- परिवर्तन का प्रतिरोध। सकारात्मक नज़रिये वाले लोग भी बदलना नहीं चाहते हैं। चीज़ों को उसी तरह करते रहना आरामदेह होता है, जिस तरह उन्होंने हमेशा किया है। तार्किक कारण बताकर सकारात्मक लोगों को परिवर्तन के लिए राज़ी किया जा सकता है। नकारात्मक लोग बस प्रतिरोध करने की ख़ातिर परिवर्तन का प्रतिरोध करते हैं। किसी तर्क से कोई मदद नहीं मिलती है। वे किसी स्थिति को गड़बड़ भी कर सकते हैं, ताकि वे कह सकें, "मैंने आपको बताया था।"
- टीम के मनोबल पर प्रभाव। जिस तरह एक सड़ा सेब सेबों से भरे पूरे पीपे को सड़ा सकता है, उसी तरह एक नकारात्मक व्यक्ति पूरी टीम के मनोबल को नष्ट कर सकता है।

भावनाओं को नियंत्रित करें

नकारात्मक लोगों के सामने अधीर बनना आसान होता है। बहरहाल, अगर कोई लगातार हमारी अवहेलना कर रहा हो, तब भी अप्रसन्नता दिखाने की ज़रूरत नहीं है। इस तरह न सोचें, "वह अपनी पुरानी चालें चल रही है। मैं उसे यह अनुमति नहीं देने वाला कि वह मुझे यहाँ से वहाँ धकाए।" इसके बजाय हमें यह सोचना सीखना चाहिए, "वह सत्ता-विरोधी भावनाएँ प्रकट कर रही है। इसका समस्या से या मुझसे कोई संबंध नहीं है।" इसे व्यक्तिगत निरादर के रूप में न लेकर हम इससे भावनात्मक के बजाय तार्किक अंदाज़ में निबट सकते हैं।

स्पष्टता से समझ में आने वाले दिशानिर्देश तय करें

नकारात्मक लोगों के साथ पेश आने में बहुत स्पष्ट निर्देश देने के बजाय, जहाँ संभव हो, उनसे पूछें कि उन्हें सौंपा गया काम कैसे किया जाना चाहिए और काम की डेडलाइन क्या होनी चाहिए। उन्हें प्रदर्शन के बिलकुल स्पष्ट पैमाने दें, लेकिन उन्हें तय करने दें कि उन्हें पूरा करने के लिए क्या करना है। इससे विवरणों और छुटपुट मसलों पर लड़ाई-झगड़ा कम हो जाता है। इसके बावजूद नकारात्मक लोग आपत्ति करने के लिए चीज़ें खोज लेंगे, लेकिन उनके काम पर उन्हें ज़्यादा नियंत्रण देकर आप हर बिंदु पर झगड़ने की उनकी ज़रूरत को ख़त्म कर देते हैं।

वे जो नहीं कहते हैं, उसे सुनें

नकारात्मक लोग हमें बेझिझक बता देते हैं कि उनके दिमाग़ में क्या है। बहरहाल, हो सकता है कि वे असली मुद्दे न बता रहे हों। किसी ग़लत व्यवहार की निंदा इस डर को छिपाने का बहाना हो सकती है कि हम उसे पसंद नहीं करते हैं। अक्सर नकारात्मकता मदद की गुहार होती है। उनकी शिकायतों से ऐसे क्षेत्रों की जाँच करें, जिनका ज़िक्र नहीं किया गया है। इस तरह हम नकारात्मक नज़रिये का असली कारण सामने ला सकते हैं।

ऐसी स्थितियों पर प्रतिक्रिया करके यह तय करें कि हम असली स्थिति के साथ-साथ ग़लतफ़हमी से हुए कष्टों पर प्रतिक्रिया करने के लिए इस पल

क्या कह सकते हैं या क्या कर सकते हैं। ग़ैर-दुराग्रही, ग़ैर-आलोचनात्मक प्रतिक्रिया से सहयोगी प्रोत्साहित होगा कि वह ज़्यादा भावनाएँ उजागर करे, बशर्ते उसे महसूस हो कि उसकी बात समझ ली गई है। एक बार जब यह हो जाता है, तो उस व्यक्ति के सहयोग करने की ज़्यादा संभावना होती है।

यदि तात्कालिक समस्या का विश्लेषण करने पर हमें यह अनुभूति होती है कि कर्मचारी के मन में यह डर है कि हम उसे पसंद नहीं करते हैं, तो उसके बाद उस कर्मचारी के कुछ अच्छे कामों के बारे में टिप्पणी करें और अपनी प्रशंसा व सम्मान देकर उसे आश्वस्त करें।

सकारात्मक संबंध बनाने के लिए काम करें

नकारात्मक लोगों का विश्वास लगातार बढ़ाने की ज़रूरत होती है। उनके साथ मज़बूत सकारात्मक संबंध बनाने की कोशिश करके शायद हम उसके व्यक्तित्व को तो नहीं बदल पाएँगे, लेकिन हम उसके व्यवहार को ज़रूर प्रभावित कर सकते हैं।

उनसे बात करें। उनकी रुचियों, उनके लक्ष्यों, उनके असली जीवन के बारे में ज़्यादा से ज़्यादा जानकारी हासिल करें। पता लगाएँ कि वे इस नौकरी से क्या चाहते हैं, जो उन्हें इस समय नहीं मिल रहा है। यदि संभव हो, तो उनकी समस्याओं से उबरने और उनके लक्ष्यों तक पहुँचने में उनकी मदद करने के लिए प्रशिक्षण, समर्थन और कोचिंग की पेशकश करें।

उनका मित्र बनना आवश्यक नहीं है, लेकिन यह महत्त्वपूर्ण है कि हम उनके शत्रु न रहें। अपने निर्णयों को स्पष्ट करने का समय निकालें। उनके विचार और राय माँगें। ग़ैर-कारोबारी मसलों के बारे में उनसे अनौपचारिक ढंग से बातचीत करें, ताकि वे हमें बॉस या प्रबंधन का प्रतिनिधि मानने के बजाय पूर्ण इंसान मानें।

यदि हम नकारात्मक लोगों के बारे में जानने का समय निकालते हैं और उन्हें समस्या कर्मचारी से समस्याओं वाला इंसान मानकर उनके बारे में अपने सोचने का तरीक़ा बदल लेते हैं, तो हमारे संबंध ज़्यादा सुचारू और ज़्यादा उत्पादक बनेंगे।

अनुशासन लागू करें

प्रबंधकों के सबसे अप्रिय कामों में से एक स्टाफ़ को अनुशासन में रखना है। जब हम "अनुशासन" शब्द सुनते हैं, तो वह पहला पर्यायवाची कौन सा है, जो हमारे दिमाग़ में उभरता है। ज़्यादातर लोग कहते हैं, "सज़ा।" हमने हमेशा अनुशासन को कर्मचारियों को सज़ा देने के तरीक़े के रूप में देखा है, चाहे यह कंपनी के नियमों का उल्लंघन करने के लिए हो या उत्पादन मानदंडों को पूरा न करने के लिए हो।

> *केवल एक ही तरीक़ा है... किसी से कोई चीज़ कराने का। यह है सामने वाले में इसे करने की इच्छा जगाना।*
>
> **—डेल कारनेगी**

पारंपरिक अनुशासन तंत्र फटकार से शुरू होता है और इसके कारगर न होने पर ज़्यादा गंभीर सज़ाएँ दी जाती हैं, जैसे औपचारिक लिखित रिपोर्ट, परिवीक्षा पर रखना, निलंबन और अंततः नौकरी से निकालना। यह इस अवधारणा पर आधारित है कि कर्मचारी को अपने अपराध की क़ीमत चुकानी चाहिए। यह नज़रिया हानिकारक है। सज़ा को द्वेष और शत्रुता की निगाह से देखा जा सकता है। कई संगठन एक नई नीति और सकारात्मक अनुशासन को आज़माते हैं। यह सज़ा देने के बजाय समर्पण के पुनः-पुष्टिकरण से हासिल होता है।

यह इस तरह काम करता है :

- संप्रेषण। कर्मचारी को अनुकूलन की प्रक्रिया के दौरान कंपनी के नियमों और नीतियों के बारे में पूरी जानकारी दे दी जाती है। उससे इस नीति को स्वीकार करने और इसके प्रति समर्पित रहने को कहा जाता है।
- सुदृढ़ीकरण। नौकरी के कुछ महीने बाद कर्मचारी अपने सुपरवाइज़र से मिलता है। नियम व नीतियाँ दोबारा समझाई जाती हैं और कर्मचारी अपने समर्पण का नवीनीकरण करता है।
- उल्लंघन। यदि किसी नियम का उल्लंघन होता है, तो सुपरवाइज़र कर्मचारी से बातचीत करेगा और कंपनी की नीतियों के प्रति समर्पित

होने के उस व्यक्ति के अनुबंध की समीक्षा करेगा। सुपरवाइज़र कर्मचारी से यह आश्वासन चाहता है कि उसने अपनी ज़िम्मेदारियों और नियमों दोनों को पूरी तरह समझ लिया है। इसकी पुष्टि एक मेमो द्वारा की जाती है, जिस पर कर्मचारी और सुपरवाइज़र दोनों के हस्ताक्षर होते हैं।

- दूसरा उल्लंघन : यदि कर्मचारी वादे को तोड़ता है और दोबारा उल्लंघन करता है, तो दूसरी वार्ता की जाती है और वादे को सुदृढ़ बनाया जाता है।
- अंतिम वार्ता : यदि कर्मचारी निश्चित अवधि में तीसरी बार किसी छोटे नियम का या पहली बार किसी बड़े नियम का उल्लंघन करता है, तो सुपरवाइज़र कर्मचारी से पूछता है कि क्या वह सचमुच कंपनी में नौकरी करते रहना चाहता है। यदि कर्मचारी कहता है कि वह नौकरी करना चाहता है, तो कर्मचारी एक दस्तावेज़ पर हस्ताक्षर करता है, जिसमें लिखा होता है कि वह इस उल्लंघन के बारे में जागरूक है और वह आगे से अनुबंध के अनुरूप काम करने के प्रति समर्पित रहेगा।
- बर्ख़ास्तगी। यदि वादा पूरा नहीं किया जाता है, तो कर्मचारी को बर्ख़ास्त कर दिया जाएगा।
- इस नीति का इस्तेमाल करने वाली कंपनियाँ बताती हैं कि यह कर्मचारियों के व्यवहार और मनोबल के ऊँचे स्तर क़ायम रखने का प्रभावी तरीक़ा है।

सार

उत्कृष्ट मैनेजरों के गुण

हालाँकि व्यक्तिगत शक्तियाँ और योग्यताएँ भिन्न हो सकती हैं, लेकिन शोध यह संकेत करता है कि उत्कृष्ट प्रबंधक संसार को समान तरीक़ों से देखते हैं। नीचे उत्कृष्ट प्रबंधकों और लीडरों में आम तौर पर पाए जाने वाले गुण दिए जा रहे हैं :

1. उनमें सशक्त जीवनमूल्य और उच्च नैतिक मानदंड होते हैं।
2. वे मिसाल पेश करके नेतृत्व करते हैं, अपने पेशेवर और व्यक्तिगत दोनों तरह के जीवन में ईमानदारी के साथ काम करते हैं।

3. वे कंपनी और विभाग के लक्ष्यों की जानकारी रखते हैं और परिवर्तनों की जानकारी भी रखते हैं।
4. वे भविष्य का एक स्वप्न विकसित करते हैं, प्रोऐक्टिव होते हैं और परिणाम हासिल करने के लिए स्व-प्रेरित होते हैं।
5. वे शक्तिशाली संप्रेषक और असाधारण श्रोता होते हैं।
6. वे विश्वास, विश्वसनीयता और सम्मान अर्जित करते हैं।
7. वे दबाव में लचीले होते हैं और अपनी भावनाओं को नियंत्रण में रखते हैं।
8. उनका नज़रिया सही बनाम सही होता है। वे सृजनात्मक विचार-भिन्नता तथा असहमति को आमंत्रित करते हैं और परिवर्तन व नए विचारों के लिए खुले होते हैं।
9. वे विचारों, अवधारणाओं और प्रक्रियाओं को सरल बनाते हैं।
10. वे टीम की अवधारणा को पोषण देते हैं और विविधता का सम्मान करते हैं।
11. वे यह जानने का समय निकालते हैं कि टीम के व्यक्तिगत सदस्यों को कौन सी चीज़ प्रेरित करती है और वे सफल होने के लिए उन्हें प्रोत्साहित करने व उनकी मदद करने में आनंदित होते हैं।
12. वे दूसरों की शक्तियों को पहचानते हैं और उन्हें अधिकतम करते हैं।
13. वे ख़ुद को और दूसरों को परिणामों के लिए जवाबदेह ठहराते हैं।
14. वे कार्यकुशल होते हैं और अपने समय का प्रभावी ढंग से प्रबंधन करते हैं।
15. वे सृजनात्मक और नवाचारी होते हैं।
16. वे समस्याओं को सुलझाते समय, निर्णय लेते समय और संघर्षों को दूर करते समय उत्कृष्ट विवेक दिखाते हैं।
17. वे लगातार सीखने और बेहतर बनने के प्रति समर्पित होते हैं।
18. वे अनुशासन को सज़ा देने की प्रक्रिया के बजाय सीखने की प्रक्रिया मानते हैं।

मैनेजरों की दस आम ग़लतियाँ

1. सम्मान हासिल करने के लिए अपने पदनाम पर निर्भर होना।
2. अपनी बात से पलटना या मुकरना।
3. कामकाज संबंधी मसलों को व्यक्तिगत रूप से लेना।
4. कर्मचारियों के अलग-अलग गुणों या प्रेरणाओं को समझने के बजाय सभी कर्मचारियों से एक जैसा व्यवहार करना।
5. कंपनी के उद्देश्यों और रणनीतियों को पूरी तरह समझे बिना लक्ष्य तय करना।
6. अपने विभाग के लक्ष्यों की योजना बनाने और प्राथमिकीकरण करने की उपेक्षा करना।
7. उद्देश्यों को स्पष्टता से संप्रेषित करने और सर्वसम्मति हासिल करने की असफलता।
8. ख़ुद ही ऐसे काम करते रहना, जिन्हें कर्मचारियों को सौंपना चाहिए
9. जब सहयोगी मानदंड पूरे करने में असफल हों, तो निर्णायक रूप से काम करने में असफल होना।
10. प्रशंसा और मान्यता प्रदर्शित करना भूलना।

परिशिष्ट अ

डेल कारनेगी के बारे में

डेल कारनेगी एक नवप्रवर्तक थे, जिनके क्षेत्र को अब मानवीय संभावना या क्षमता अभियान कहा जाता है। उनके शिक्षण और लेखन ने पूरे संसार के लोगों को आत्मविश्वासी, लोकप्रिय और प्रभावी व्यक्ति बनने में मदद की है।

1912 में कारनेगी ने न्यू यॉर्क सिटी के वाय.एम.सी.ए. में सार्वजनिक संभाषण में अपना पहला कोर्स शुरू किया। उस वक़्त के ज़्यादातर सार्वजनिक संभाषण कोर्सों की तरह ही कारनेगी ने भी एक सैद्धांतिक व्याख्यान के साथ क्लास शुरू की, लेकिन जल्दी ही उन्होंने ग़ौर किया कि क्लास के सदस्य ऊब रहे थे और बेचैन दिख रहे थे। कुछ न कुछ नया करने की ज़रूरत थी।

एक दिन डेल ने अपना व्याख्यान रोक दिया और पीछे वाली क़तार के एक व्यक्ति की ओर इशारा करके कहा कि वह खड़े होकर अपनी पृष्ठभूमि के बारे में तुरंत कुछ बताए। जब उस विद्यार्थी ने अपनी बात पूरी कर ली, तो उन्होंने दूसरे विद्यार्थी से बोलने को कहा और यह सिलसिला तब तक जारी रहा, जब तक कि कक्षा में हर एक ने अपने बारे में छोटा व्याख्यान नहीं दे दिया। उनके पास अपनी क्लास के साथियों का प्रोत्साहन और कारनेगी का मार्गदर्शन था, इसलिए उनमें से प्रत्येक अपने डर से उबरा और उसने संतोषजनक व्याख्यान दिए। कारनेगी ने बाद में कहा, "मैं क्या कर रहा था, यह जाने बिना ही मुझे अचानक डर को जीतने की सर्वश्रेष्ठ पद्धति मिल गई।"

उनका कोर्स इतना लोकप्रिय बन गया कि उनसे इसे दूसरे शहरों में देने को कहा गया। समय गुज़रने के साथ-साथ वे अपने कोर्स की सामग्री को बेहतर बनाते गए। उन्होंने सीखा कि विद्यार्थियों की सबसे ज़्यादा रुचि आत्मविश्वास बढ़ाने, अपने संबंधों को बेहतर बनाने, अपने करियर में सफल होने और डर व चिंता से उबरने में थी। इसके फलस्वरूप कोर्स सार्वजनिक संभाषण से हटकर इन मसलों पर केंद्रित हो गया। ये व्याख्यान लक्ष्य बनने के बजाय माध्यम बन गए।

उन्होंने अपने विद्यार्थियों से जो सीखा, उसके अलावा कारनेगी ने सफल स्त्री-पुरुषों के जीवन की नीति पर व्यापक शोध किया। उन्होंने इसे अपनी कक्षाओं में शामिल किया। इसके फलस्वरूप उन्होंने बाद में अपनी सबसे मशहूर पुस्तक *हाउ टु विन फ़्रेंड्स ऐंड इन्फ़्लुएन्स पीपल* लिखी।

यह पुस्तक तुरंत बेस्टसेलर बन गई और 1936 में इसके प्रकाशन (1981 में इसके संशोधित संस्करण) के बाद इसकी 2 करोड़ प्रतियाँ बिक चुकी हैं। इसका अनुवाद 36 भाषाओं में हो चुका है। 2002 में *हाउ टु विन फ़्रेंड्स ऐंड इन्फ़्लुएन्स पीपल* को 20वीं सदी की नंबर वन बिज़नेस बुक घोषित किया गया। 2008 में *फ़ॉरच्यून* पत्रिका ने इसे उन सात पुस्तकों में से एक क़रार दिया, जो हर लीडर की लाइब्रेरी में होनी चाहिए। उनकी पुस्तक *हाउ टु स्टॉप वरीइंग ऐंड स्टार्ट लिविंग* 1948 में लिखी गई। इसकी भी करोड़ों प्रतियाँ बिकीं और 27 भाषाओं में इसका अनुवाद हो चुका है।

डेल कारनेगी का निधन 1 नवंबर 1955 को हुआ। वॉशिंगटन के अख़बार में छपी श्रद्धांजलि समाज के प्रति उनके योगदान का सार है : "डेल कारनेगी ने सृष्टि के गहरे रहस्यों में से एक भी रहस्य को नहीं सुलझाया। लेकिन शायद अपनी पीढ़ी के किसी दूसरे व्यक्ति से अधिक उन्होंने यह सीखने में इंसानों की मदद की कि दूसरों के साथ हिल-मिलकर कैसे रहा जाता है - जो कई बार सभी की सबसे बड़ी ज़रूरत नज़र आती है।"

डेल कारनेगी ऐंड असोसिएट्स के बारे में :

1912 में स्थापित डेल कारनेगी ट्रेनिंग स्व-सुधार की शक्ति में एक व्यक्ति के विश्वास से विकसित होकर प्रदर्शन-आधारित प्रशिक्षण कंपनी बन चुकी है, जिसके पूरे संसार में ऑफ़िस हैं। यह व्यवसाय में कार्यरत लोगों को

अपनी योग्यताएँ पैनी करने का अवसर देने और सकारात्मक, स्थायी व लाभकारी परिणाम पाने के लिए उनके प्रदर्शन को बेहतर बनाने पर ध्यान केंद्रित करती है।

डेल कारनेगी के ज्ञान के मौलिक भंडार को लगभग एक सदी के वास्तविक कारोबारी अनुभवों के ज़रिये लगातार अद्यतन किया गया है, व्यापक बनाया गया है और तराशा गया है। पूरे संसार में कार्यरत 160 डेल कारनेगी फ्रैंचाइज़ी अपने प्रशिक्षण व परामर्शदाता सेवाओं का उपयोग सभी व्यावसायिक क्षेत्रों में कार्यरत सभी आकार की कंपनियों के ज्ञान और प्रदर्शन बढ़ाने के लिए करते हैं। इस सामूहिक, वैश्विक अनुभव का परिणाम कारोबारी कुशाग्रता का व्यापक होता भंडार है, जिस पर हमारे ग्राहक व्यावसायिक परिणाम देने के लिए भरोसा कर सकते हैं।

डेल कारनेगी ट्रेनिंग का मुख्यालय हॉपॉग, न्यू यॉर्क में है और यह अमेरिका के सभी 50 राज्यों और 75 से अधिक देशों में कार्यरत है। 2,700 से ज़्यादा प्रशिक्षक 25 से अधिक भाषाओं में डेल कारनेगी ट्रेनिंग प्रोग्राम देते हैं। डेल कारनेगी ट्रेनिंग पूरे विश्व के व्यावसायिक समुदाय की सेवा करने के प्रति समर्पित है। अब तक लगभग 70 लाख लोग डेल कारनेगी ट्रेनिंग ले चुके हैं।

डेल कारनेगी ट्रेनिंग ऐसे प्रोग्राम तैयार करके व्यावहारिक सिद्धांतों और प्रक्रियाओं पर ज़ोर देती है, जो लोगों को वह ज्ञान, योग्यताएँ और आदतें सिखाती है, जिनकी ज़रूरत उन्हें अपने व्यवसाय का मूल्य बढ़ाने के लिए होती है। आज़माए हुए समाधानों को असल संसार की चुनौतियों से जोड़ने की बदौलत डेल कारनेगी ट्रेनिंग को अंतरराष्ट्रीय रूप से लीडर माना जाता है, जो लोगों के सर्वश्रेष्ठ स्वरूप को उजागर करती है।

इन प्रोग्रामों में हिस्सा लेने वालों में बड़े कॉरपोरेशनों के सी.ई.ओ., हर आकार-प्रकार व वाणिज्यिक व औद्योगिक गतिविधि के व्यवसायों के मालिक व प्रबंधक, शासन के विधायक और कार्यपालिका के अधिकारी तथा असंख्य व्यक्ति शामिल हैं, जिनका जीवन इस अनुभव से समृद्ध हुआ है।

ग्राहक संतुष्टि पर आयोजित वैश्विक सर्वे में डेल कारनेगी ट्रेनिंग के 99 प्रतिशत स्नातकों ने प्रशिक्षण से संतुष्टि व्यक्त की है।

संपादक के बारे में

इस पुस्तक को डॉ. आर्थर आर. पेल ने संकलित और संपादित किया है, जो डेल कारनेगी ऐंड असोसिएट्स में 22 साल तक परामर्शदाता थे और उन्हें कंपनी ने डेल कारनेगी की *हाउ टु विन फ्रेंड्स ऐंड इन्फ़्लुएन्स पीपल* का संपादन करने और उसे अद्यतन करने के लिए चुना था। उन्होंने *एनरिच युअर लाइफ़, द डेल कारनेगी वे* भी लिखी है और उन्होंने मासिक डेल कारनेगी फ़ीचर *द ह्यूमन साइड* को भी लिखा व संपादित किया है, जिसे 150 व्यापारिक व पेशेवर पत्रिकाओं में प्रकाशित किया जाता है।

उन्होंने प्रबंधन, मानव संबंधों और स्व-सुधार पर 50 से अधिक पुस्तकें और सैकड़ों लेख लिखे हैं। अपने ख़ुद के लेखन के अलावा डॉ. पेल ने मानव क्षमता क्षेत्र में कई कालजयी पुस्तकों के संपादन और अद्यतन करने का काम किया है, जैसे नेपोलियन हिल की *थिंक ऐंड ग्रो रिच,* जोसेफ़ मर्फ़ी की *द पॉवर ऑफ़ युअर सबकॉन्शियस माइंड,* जेम्स एलन की *एज़ अ मैन थिंकेथ,* युरिटोमो ताशी की *कॉमन सेंस,* और ओरिसन स्वेट मार्डन, जूलिया सेटन तथा वैलेस डी. वैटल्स की पुस्तकें।

परिशिष्ट ब

डेल कारनेगी के सिद्धांत

ज़्यादा दोस्ताना इंसान बनें

1. आलोचना न करें, निंदा न करें या शिकायत न करें।
2. ईमानदार, सच्ची प्रशंसा दें।
3. सामने वाले व्यक्ति में उत्सुक इच्छा जगाएँ।
4. दूसरों में सच्ची रुचि लें।
5. मुस्कराएँ।
6. याद रखें कि किसी व्यक्ति का नाम उस व्यक्ति के लिए किसी भी भाषा का सबसे मधुर शब्द होता है।
7. अच्छे श्रोता बनें। दूसरों को उनके बारे में बात करने के लिए प्रोत्साहित करें।
8. सामने वाले की रुचियों के संदर्भ में बात करें।
9. सामने वाले को महत्त्वपूर्ण महसूस कराएँ - और इसे ईमानदारी से करें।
10. किसी भी बहस में जीतने के लिए - इससे बचें।
11. सामने वाले की राय के प्रति सम्मान दिखाएँ। कभी किसी व्यक्ति से यह न कहें कि वह ग़लत है।
12. यदि आप ग़लत हैं, तो इसे तुरंत, ज़ोर देकर स्वीकार करें।
13. दोस्ताना अंदाज़ में शुरुआत करें।

14. सामने वाले व्यक्ति से तुरंत "हाँ" कहलाएँ।
15. सामने वाले व्यक्ति को ज़्यादा बोलने दें।
16. सामने वाले व्यक्ति को यह महसूस कराएँ कि यह विचार उसका है।
17. सामने वाले के दृष्टिकोण से स्थिति को देखने की ईमानदार कोशिश करें।
18. सामने वाले के विचारों और इच्छाओं के साथ सहानुभूति रखें।
19. ज़्यादा बड़े उद्देश्य बताकर आग्रह करें।
20. अपने विचारों का नाटकीकरण करें।
21. चुनौती दें।
22. प्रशंसा और सच्ची क़द्र से शुरुआत करें।
23. लोगों की ग़लतियों की ओर अप्रत्यक्ष रूप से ध्यान दिलाएँ।
24. सामने वाले की आलोचना करने से पहले अपनी खुद की ग़लतियों के बारे में बात करें।
25. सीधे आदेश देने के बजाय प्रश्न पूछें।
26. सामने वाले को अपनी लाज बचाने दें।
27. हल्के से सुधार की प्रशंसा करें और हर सुधार की प्रशंसा करें। "अपने अनुमोदन में दिलदार बनें और अपनी प्रशंसा में उदार बनें।"
28. सामने वाले को एक अच्छी प्रतिष्ठा दें, जिसे वह क़ायम रख सके।
29. प्रोत्साहन का इस्तेमाल करें। ऐसा दिखाएँ कि ग़लती को सुधारना आसान है।
30. सामने वाले व्यक्ति को वह चीज़ करने के बारे में खुश बनाएँ, जिसका आप सुझाव देते हैं।

चिंता से उबरने के बुनियादी सिद्धांत

1. "डे-टाइट कम्पार्टमेंट" में जिएँ।
2. मुश्किल का सामना कैसे करें?

3. खुद से पूछें, "वह सबसे बुरा क्या है, जो संभवतः हो सकता है?"
4. सबसे बुरे को स्वीकार करने के लिए तैयार हो जाएँ।
5. सबसे बुरे को बेहतर बनाने की कोशिश करें।
6. खुद को याद दिलाएँ कि अगर आप चिंता करते हैं, तो अपने स्वास्थ्य के संदर्भ में आपको कितनी बड़ी क़ीमत चुकानी पड़ सकती है।

चिंता का विश्लेषण करने की बुनियादी तकनीकें

1. सारे तथ्य इकट्ठे करें।
2. सभी तथ्यों को तौलें - फिर किसी निर्णय पर पहुँचें।
3. एक बार जब निर्णय पर पहुँच जाएँ, तो फिर काम करें!
4. नीचे दिए गए प्रश्नों को लिखें और उनका जवाब दें :
    - समस्या क्या है?
    - समस्या के कारण क्या हैं?
    - संभव समाधान क्या हैं?
    - सर्वश्रेष्ठ संभव समाधान क्या है?

चिंता की आदत तोड़ें, इससे पहले यह आपको तोड़ दे

1. व्यस्त रहें।
2. छोटी-छोटी बातों का बतंगड़ न बनाएँ।
3. अपनी चिंताओं को दूर करने के लिए औसत के नियम का इस्तेमाल करें।
4. अवश्यंभावी के साथ सहयोग करें।
5. यह निर्णय लें कि किसी चीज़ के बारे में कितनी चिंता करनी चाहिए और उसके बारे में उससे ज़्यादा चिंता नहीं करें।
6. अतीत के बारे में चिंता नहीं करें।

एक ऐसा नज़रिया विकसित करें जिससे आपको शांति और ख़ुशी मिले

1. अपने दिमाग़ में शांति, साहस, स्वास्थ्य और आशा के विचार भर लें।
2. अपने शत्रुओं से बदला लेने की कोशिश नहीं करें।
3. कृतघ्नता की अपेक्षा करें।
4. अपनी मुश्किलों के बजाय अपने वरदान गिनें।
5. दूसरों की नक़ल न करें।
6. अपने नुक़सानों से लाभ उठाने की कोशिश करें।
7. दूसरों को ख़ुशी दें।

अनुवादक के बारे में

डॉ. सुधीर दीक्षित *टाइम मैनेजमेंट, सफलता के सूत्र, 101 मशहूर ब्रांड्स* और *अमीरों के पाँच नियम* सहित सात लोकप्रिय पुस्तकों के लेखक हैं, जिनमें से कुछ के मराठी व गुजराती भाषाओं में अनुवाद हो चुके हैं। इसके अलावा उन्होंने हैरी पॉटर सीरीज़, चिकन सूप सीरीज़ तथा मिल्स ऐंड बून सीरीज़ सहित 150 से भी अधिक अंतर्राष्ट्रीय बेस्टसेलर्स का हिंदी अनुवाद किया है, जिनमें रॉन्डा बर्न, डेल कारनेगी, नॉर्मन विन्सेन्ट पील, स्टीफ़न कवी, रॉबर्ट कियोसाकी, जोसेफ़ मर्फ़ी, एडवर्ड डी बोनो, ब्रायन ट्रेसी आदि बेस्टसेलिंग लेखक शामिल हैं। उन्होंने मशहूर भारतीय क्रिकेट खिलाड़ी सचिन तेंदुलकर की आत्मकथा *प्लेइंग इट माय वे* का हिंदी अनुवाद भी किया है।

हिंदी साहित्य और अँग्रेज़ी साहित्य में स्नातक की उपाधि लेने के अतिरिक्त डॉ. दीक्षित अँग्रेज़ी साहित्य में एम.ए. तथा पीएच.डी. भी हैं। उनकी साहित्यिक अभिरुचि की शुरुआत हिंदी जासूसी उपन्यासों से हुई, जिसके बाद उन्होंने अँग्रेज़ी के सभी उपलब्ध जासूसी उपन्यास पढ़े। वे अगाथा क्रिस्टी और आर्थर कॉनन डॉयल के लगभग सभी उपन्यास व कहानियाँ पढ़ चुके हैं।

कॉलेज के दिनों में डेल कारनेगी की पुस्तकों का उन पर गहरा प्रभाव पड़ा। कॉलेज की शिक्षा पूरी करने के बाद डॉ. दीक्षित ने *दैनिक भास्कर, नई दुनिया, फ़्री प्रेस जर्नल, क्रॉनिकल, नैशनल मेल* आदि समाचार पत्रों में कला, नाटक एवं फ़िल्म समीक्षक के रूप में शौक़िया पत्रकारिता की। उन्हें म.प्र. फ़िल्म विकास निगम द्वारा फ़िल्म समीक्षा के लिए पुरस्कृत भी किया गया। चेतन भगत और डैन ब्राउन उनके प्रिय लेखक हैं। डॉ. दीक्षित को पाठक sdixit123@gmail.com पर फ़ीडबैक प्रदान कर सकते हैं।